KB077492

라일락과 깃발

존 버거 소설   그들의 노동에 3

노부인이 전하는 어느 도시 이야기

라일락과 깃발

김현우 옮김

열화당

다른 사람들이 노동하였고,
너희는 그들의 노동에 들었느니라.
—『요한복음』 4장 38절.

『라일락과 깃발』은 내가 지난 십오 년 동안 매달렸던 '그들의 노동에' 삼부작의 마지막 책이다. 그 긴 시간 동안, 톰 엥겔하트가 나의 책을 편집해 주었다. 친애하는 톰, 당신은 나를 북돋아주고, 바로잡아 주고, 지탱해 주었습니다. 감사합니다.

암스테르담의 트랜스내셔널 인스티튜트의 지원이 없었다면 나는, 이 삼부작의 첫 장을 쓰기 전부터 지금까지, 이 프로젝트를 시작할 용기를 내지 못했을 것이다. 파울루스 포테르스트라트와 코네티컷애비뉴, 그리고 사울 란다우에 있는 모든 분들께도 감사의 뜻을 전하는 바이다.

일러두기

이 책 『라일락과 깃발(Lilac and Flag)』(1990)은 존 버거가 1974년부터 집필을 시작해 1990년에 완성한 삼부작 소설 '그들의 노동에(Into Their Labours)'의 세번째권이다. 첫번째권 『끈질긴 땅(Pig Earth)』(1979)은 산간 마을의 전통적인 삶을 배경으로 한 이야기들이고, 두번째권 『한때 유로파에서(Once in Europa)』(1987)는 그런 마을의 삶이 사라지고 현대화하는 과정에서 펼쳐지는 사랑 이야기들이다. 마지막권 『라일락과 깃발』은 자신들의 마을을 떠나 대도시에 영원히 정착한 농민들의 사랑 이야기다.

차례

카트야와 오레스테스에게

오래된 연애시

건초에서는
하늘이 땅을 사랑하는
냄새가 났습니다.
당신은 내 갈비뼈의 통증
건초를 부리는 수레에서
아팠습니다.

죽은 이들이
문간에 가득했습니다
그 너머로 보이는 풍경.
당신은 집이고
자두나무 아래의 촛불이고
나의 영원함이었습니다.

탄생

세 마리 나비가 불꽃 위의 재처럼 평원 위로 날아오른다. 나의 죽은 이들이 나를 도와주기를. 세 마리 중 한 마리가 다시 나타나, 내가 곧 낫으로 베어야만 할 키 큰 풀 위로 날아와서는, 파란 꽃 위에 내려앉아 날개를 펼친다. 녀석의 양쪽 날개에는 짙은 회색 무늬가 있다. 목탄으로 그림을 그릴 때 종이 위에 맨 처음 나타나는 그 회색이다. 나는 가장 먼저 쥬자를 떠올린다. 어쩌면 그녀가 나를 떠올린 것일 수도 있다. 두번째 나비가 내려와 첫번째 나비를 가려 준다. 두번째 나비는 수쿠스다. 두 마리의 나비가 펼친 날개가, 바람에 펄럭이는 네 장의 책장처럼 흔들린다. 갑자기 수쿠스가 날아오른다. 나의 죽은 이들이 나를 도와주기를. 쥬자도 날개를 접고, 체꽃에서 미끄러지듯 떨어져 나머지 두 마리에게 합류하고, 내가 곧 낫으로 베어야만 할 키 큰 풀 위를 지나 멀리 날아간다. 나는 그들 모두를 사랑했다.

음식

쥬자는 무두질 공장 뒤의 언덕에 있는 집에 살았다. 공장은 높고, 벽이 없이 트인 건물이었는데, 매 층마다 가죽을 넣어놓고 바다에서 불어오는 소금기있는 바람에 말렸다. 바람을 맞아 조금 부풀어 오른 가죽들은 거꾸로 매달려 잠든 거대한 박쥐처럼 보였다. 오래된 공장을 헐고, 해안에서 좀더 떨어진 다른 곳에 새 건물을 짓는다는 이야기가 몇 년째 있었다. 그 계획이 실행되지 않은 건 도시의 보건 담당 부서에서 내린 경고 때문이었다. 오래된 공장을 허물면 거기서 지내며 새끼를 치던 수백만 마리의 쥐들이 언덕을 떠나 트로이에 몰려들 거라고, 보건 담당 부서에서는 겁을 줬다. 마리우스가 오래전에 일했던 무두질 공장이 바로 그곳이었다. 그때까지는 도시에서 일하던 많은 남자들이 살아서 돌아올 수 있었다.

쥐 언덕에 있는 쥬자 어머니의 집은 파란색이었다. 종종 부두에서 일하곤 했던 디마 아저씨가 훔쳐 온 페인트로 칠을 해 주었다. 수영장에 쓰기 위해 특별히 제작된, 밝은 청록색 페인트.

이제 다이빙대만 있으면 되겠네요! 디마 아저씨가 집을 다 칠하고 나서 쥬자는 그렇게 말했다.

일주일 후, 디마 아저씨는 친구 두 명과 함께 트로이의 외곽순환도로에 있는 심야 정비소의 금전등록기를 부수려다가 체포되었다.

쥬자의 아버지는 오 년 전, 아무 흔적도 남기지 않고 사라졌다. 도시들 사이를 잇는 도로에서 사람들이 종종 사라졌다. 여기 마을에서는 남자들이 아내와 아이들을 두고 떠나는 일이 있지만, 결국에는 그들의 소식이 들려오기 마련이다. 아버지가 사라지고 이 년이 지난 어느 일요일 아침, 어머니는 디마 아저씨와 함께 집에 왔다. 여기 새로 마련한 가죽이야, 그녀는 아들 나이시와 두 딸에게 그렇게 말했다.

15

파란 집에는 방이 두 개 있었다. 몇몇 이웃들의 판잣집에 비하면, 그곳은 제대로 된 집이었다. 담장은 콘크리트 벽돌로 세웠고, 미 해군에서 훔쳐 온 방수포로 덮은 지붕은 타르칠을 해서 나무 막대기로 받쳐 놓았다.

여동생과 달리 쥬자는 말랐다. 손목과 발목뿐 아니라, 어깨와 가슴, 엉덩이까지 그랬다.

쟤는 문틈으로도 빠져나갈 것 같아, 어머니는 불평을 했다.

사람들은 몸이 성격을 드러낸다고 말한다. 그들은 틀렸다. 몸은 카드 패처럼 우리에게 주어질 뿐이다. 성격은 당신이 받은 패를 활용하는 방식에서 나타나기 시작한다. 열아홉 살 때 쥬자는 소년처럼 보였다. 하지만 그녀는 이미 그 어떤 유모들보다 더 여성적이었다. 그것은 그녀 스스로 자신에게 부과한 철칙이었다.

그녀가 수쿠스를 처음 만난 곳은 성 조제프 앞이었다. 성 조제프는 교회가 아니라 교도소로, 이천 명의 재소자를 수용할 수 있는 큰 곳이었다. 그녀는 디마 아저씨를 면회하러 간 길이었다.

어떻게 지내세요, 아저씨?

네 생각엔 도대체 어떨 것 같니?

나빠요?

이보다 더 나쁠 순 없지.

오늘 날씨는 맑은데.

씨발, 십일 개월이라니. 뭐 좀 가지고 왔냐?

고기 파이랑 파인애플, 훈제 대구 간이요.

대구 간! 세상에! 너희 엄마 같은 사람이 아니고서야 어떻게 대구 간을 훈제할 생각을 했겠니?

여기 담배도 좀 있어요.

쥬자, 네가 가서 리코 좀 만나 봐야겠다.

저 그 사람 싫어요, 아저씨.

내 친구가 싫다고?

지난번에 저를 자빠뜨리려고 했어요.

멀찌감치 떨어져 있어, 그럼 되잖아. 네가 리코한테 가서 말을 좀 전해 줘라. 트럭이 준비됐다고.

알았어요.

뭐라고 말해야 한다고?

트럭 찾아와도 된다고요.

아니! 트럭이 준비됐다고 하라니까.

같은 말이잖아요.

하느님 맙소사, 너희 엄마는 무슨 짓을 했기에 이런 바보 딸을 낳았다니? 트럭이 준비됐다고.

그렇게 말할게요, 아저씨. 걱정 마세요. 그래도 누가 가서 찾아와야 하는 거잖아요, 안 그래요?

그냥 그렇게만 말해, 트럭이 준비됐다고. 그럼 알아들을 거야.

저 가야 해요.

뽀뽀해 줘야지.

여기서 하면 안 돼요.

그럼 손이라도 줘 봐라.

계세요, 아저씨.

가라, 쥬자. 잊으면 안 된다.

교도소 수위실은 백 년쯤 된, 벽돌 건물이었다. 죄수들을 들여오거나 내보내는 검은색 승합차가 지날 때만 열리는 엄청나게 큰 문 위에 아치가 있고, 거기 간판업자 글씨로 '국립 교도소'라고 적힌 나무판이 걸려 있었다. 그 우아한 글씨 위로 간판업자는 금색으로 저울도 하나 그려 놓았다. 도보로 드나드는 사람들은 커다란 문 한쪽에 집행유예를 내리듯 만들어 놓은 작은 출입구를 이용했다. 교도소 비품업자와 장례업자 들은 현대적 장비들을 갖춘 다른 건물의 전자동 출입문으로 드나들었다. 그 건물은 다른 층, 언덕 아래쪽에 있었다.

음식

교도소 정문 앞의 마르스 광장에 서면 부두와, 부다페스트라고 알려진 기차역 주변 구역, 그리고 북쪽의 산업지구까지 내려다보였다. 무더운 여름, 바다가 마치 호수처럼 보이는 그 무렵이면 산업지구 위로 훈제 대구의 색과 비슷한 노란 연기가 장막처럼 펼쳐지곤 했다. 교도소를 떠날 때 쥬자는 집행유예를 내리듯 만들어 놓은 작은 문으로 나왔다. 바깥에 군인 두 명이 서 있었다.

쥬자가 지나갈 때 두 군인은 눈을 돌려 그녀의 모습을 좇았다. 그녀는 샌들에 청바지, 가슴 부분에 '스탠퍼드 대학(STANFORD UNIVERSITY)'이라고 적힌 티셔츠 차림이었다. 군인들은 발음할 수 없는 그 글자들을 궁금하다는 표정으로 쳐다봤다. 군인 한 명은 팔꿈치에 낀 반자동 소총의 총구를 손가락으로 두드리며 말했다.

멋진 레몬이 두 개 달려 있네!

나는 이제 할머니지만, 나를 원하는 남자들의 시선을 받으며 걸어가는 것이 어떤 기분이었는지는 아직 기억하고 있다. 그 모습이 혐오스러운 남자도 있고 아름다운 남자도 있다. 우리는 괴물도 낳고, 성자도 낳고, 둘 중 어느 쪽도 아닌 모든 사람들을 낳는다. 나사렛의 예수도 낳고 헤롯 왕도 낳는다. 모든 선과 악이 우리의 두 다리 사이에서 나오며, 우리가 젊을 때는, 모든 선한 꿈과 악한 꿈이 다시 그리로 들어온다.

쥬자의 걸음걸이가 달라지는 것을 본 군인은 그녀가 자신의 말을 들었음을 알아차렸다. 멀리서 아이들 몇 명이 당나귀와 장난을 치고 있었다. 뜨거운 열기 속에서, 교도소 감시탑의 깃대에 걸린 국기는 축 처져 있었다.

멋진 레몬이 두 개라고!

두번째 군인이 쥬자의 뒤를 좇아왔다. 그때 갑자기, 하늘에서 그녀를 구하기 위해 내려온 것처럼 젊은 남자 한 명이 나타났다. 남자는 유리잔 몇 개와 파란색 보온병이 담긴 색깔있는 쟁반을 낮은 담

라일락과 깃발

장에 놓고 서 있었다.

커피 드실래요?

얼마예요?

육백.

설마.

레몬주스가 나을 것 같은데! 군인이 추파를 던지며 말했다.

색깔있는 쟁반을 든 남자가 쥬자에게 커피 한 잔을 건네고는, 군인과 그녀 사이에 버티고 섰다.

드세요, 그가 말했다. 제가 선물로 드리는 겁니다.

이름이 뭐예요?

수쿠스.

남자 이름치고는 재미있네요!

어릴 때 사탕을 팔고 다녔다고 사람들이 붙여 준 이름이에요.

수쿠스(sucus, 라틴어로 '과즙'이라는 뜻—옮긴이)라, 사탕의 일종인가요?

그렇죠.

군인은 손바닥으로 개머리판의 아랫부분을 한 번 친 다음 그들에게 등을 돌리고 물러갔다.

지금은 커피를 파시네요.

자릿세로 오천을 냅니다.

누구한테요?

수쿠스는 보초들이 있는 쪽을 턱으로 가리켰다.

비싸네요.

남자들이 여기서는 기꺼이 커피 값을 내니까요.

그래요?

출소한 남자들이 그렇죠, 입소하는 사람들은 아니고. 저 안에서 형기를 다 마친 남자는, 자기가 꿈을 꾸고 있는 것이 아님을 확인하기 위해 커피가 필요합니다. 거의 여자를 원하는 것만큼이나 커피를 원하죠. 그리고 면회객들도 있어요. 이 사람들은 방금 만나고 온 사람들과 자신이 다르다는 것을 확인하기 위해 또 커피가 필요합니다. 그쪽은, 안에 누가 있는 거예요?

애인이요.

얼마나 있어야 하는데요?

십 년.

돌아 버릴 겁니다.

찌르레기 한 무리가, 도끼질에 흩어지는 수천 개의 검은 나무 조각들처럼 마르스 광장을 가로질러 교도소의 검은색 타일 지붕에 내려앉았다.

그렇지 않아요, 쥬자가 말했다. 저 대문 안쪽에 들어가면 가장 먼저 변하는 게 그거예요. 돌아 버릴 것 같은 마음이 서서히 사라지죠. 하루하루 지날수록 더 작아지고, 압박이 줄어들다가(그녀는 손바닥을 관자놀이 부근에 갖다 댔다. 반지를 네 개 꼈고, 손톱에는 은색 매니큐어를 발랐다) 어느 날 완전히 사라지는 거예요. 돌아 버리는 건 밖에 있는 사람들이죠. 아마 제가 먼저 돌아 버릴 가능성이 커요.

애인 이름이 뭐예요?

그녀는 망설이며 주변을 둘러보았다. 찌르레기 무리의 끝을 따라가다, 오후의 열기 속에서 교도소 감시탑 깃대에 축 처진 채 걸려 있는 국기가 눈에 들어왔다.

깃발이요, 그녀가 말했다.

이름이 깃발이라고요?

그렇게 불러요, 말하자면.

이상한 이름이네.

태어날 때 일이 있었어요. 거리에서 태어났는데, 유월 칠일, 국경일이에요. 온갖 곳에 국기가 걸려 있었죠. 예정일보다 한 달, 정말 꽉 채운 한 달이나 일찍 태어났거든요. 저녁이었고, 그이 어머니는 그날 밤에 모두들 그랬듯이, 알렉산더 광장에서 춤을 추고 계셨는데….

라일락과 깃발

그 이야기는 누가 해 준 거예요?

갑자기 언덕들 위로 벼락이 치고 천둥이 울린 거예요! 그때 양수가 터져 버렸죠.

수쿠스는 그녀의 얼굴을 바라보았다. 눈이 컸다, 너무 컸다. 그녀가 눈을 감았다. 그는 짙은 색 눈이었다는 것은 기억했지만, 정확한 색은 떠오르지 않았다. 회색이었던가, 아니면 갈색?

그래서 그 자리에서, 위급하니 어쩌니 말할 겨를도 없이, 롤러코스터 아래, 잘 쏘면 사람만 한 봉제 인형이나 곰 인형을 상품으로 받는 사격장 앞에 있는 잔디밭에서 아기를 낳은 거예요! 옆에서는 사람들이 쉬지 않고 총을 쏴 대고, 문제는 아기를 감쌀 천이 없었다는 거였는데, 사람들이 가로등에 걸려 있던 깃발을 하나 풀어서 아기를 싼 거죠. 그 후로 그게 이름이 됐어요, 사람들이 깃발이라고 불렀죠.

교도소에는 왜 들어간 거죠, 당신의 그 깃발 씨는?

사람을 죽였어요.

의도적으로?

사람을 의도적으로 죽이는 건 여자들만 할 수 있어요.

확실해요?

확실해요.

그래서 무슨 짓을 했는데요, 깃발 씨가?

남자 한 명이 칼에 찔렸죠. 깃발은 질투를 했어요.

당신 때문에요?

쥬자는 다시 눈을 감고는, 말했다. 네, 저 때문에.

그럼 그 남자는요? 깃발 말고, 다른 남자요.

그 남자는 저한테 손도 못 댔어요. 내가 절대 못 하게 했으니까.

그럼 깃발 씨는 아무것도 아닌 일에 질투를 한 거네요.

깃발은 저 때문에 질투심에 불탔어요.

그리고 다른 남자는 죽었고요?

네.

쥬자는 아랫니 두 개가 빠지고 없었다. 그는 그녀가 미소 지을 때 알아보았다.

못 믿겠어요.

커피 아주 맛있었습니다, 쥬자가 말했다.

못 믿겠다니까요.

정말이에요, 맛있었어. 이번 주에 마신 커피 중 최고였어요.

당신이 해 준 깃발 이야기 못 믿겠어요.

믿어 달라고 부탁하지도 않아요, 그녀가 말했다.

그게 아니라 카 오디오 털려다 잡힌 남동생 면회 다녀오는 것 같은데, 그나저나 어디 살아요?

바벡이요.

언덕 위에요?

쥐 언덕.

나는 강 건너에 살아요, 그가 말했다, 카샹.

카샹. 쥬자는 놀란 듯 말했다. 우리 엄마가 매일 밤 거기서 일하시는데.

카샹은 끝도 없이 넓어요.

엄마는 청소부예요. 아이비엠 건물에서. 동이 트기 전에 마지막으로 하는 일이 영업 관리자의 사무실에 있는 장미를 갈아 주는 거예요. 매일 새로운 장미로 갈아 주는데, 전날 있던 장미는 집으로 가지고 오시죠. 저는 장미가 너무 좋아요. 저한테 백 송이 장미를 주면요, 백 송이 훔친 장미를 갖다 주면 저를 가질 수 있어요.

잠깐, 수쿠스가 턱으로 교도소 쪽을 가리키며 말했다. 저기 한 명 나왔어요.

남자는 옷가방을 들고 있었다.

잘 봐요, 보초들이 저 남자를 괴롭힐 거니까.

남자는 높은 곳에 좁은 널빤지를 놓고 중심을 잡으려는 것처럼, 가방을 들지 않은 손을 몸에서 조금 뗀 채 걸음을 옮겼다. 고개를 뻣

라일락과 깃발

뻣하게 들고, 앞만 보고 움직였다.

저러고 가네! 두 군인 중 한 명이 말했다. 저 새끼는 집에 가면 사람들이 아직 자기를 기억해 줄 줄 알 거야.

남자는 계속 걸었다, 작은 걸음을 옮기며. 마치 배에서 부두로 내려가기 위해 좁은 널빤지 위를 걷는 것처럼.

저런 새끼는 집을 가질 자격도 없어!

저 새끼 엄마 보지에서는 대구 비린내가 날 거야, 다른 군인이 말했다.

이제 남자는 정문을 지났다. 그는 마르스 광장 전체를, 평원의 나무들과, 그 아래 트로이의 도심, 당나귀와 놀고 있는 아이들, 색깔있는 쟁반을 들고 있는 수쿠스, 그리고 와인처럼 짙은 바다까지 모두 볼 수 있었다. 그는 그때까지도 널빤지 위를 걷는 것처럼 움직였다.

저 새끼 엄마 보지에서 무슨 냄새 나는지 너는 몰라?

커피 한잔 하시죠, 선생님? 쥬자가 물었다.

풀려난 재소자는 망설이다가 주머니에서 손수건을 꺼냈다.

자유의 첫맛이에요, 쥬자가 말했다.

설탕 없이 블랙으로, 남자가 말했다.

남자는 잔을 손수건으로 감싼 채 양손으로 받아 들고는, 낮은 담장에 앉아 천천히, 커피 향을 즐기며 마셨다.

비소가 든 건 아니죠?

쥬자가 웃음을 터뜨렸고, 수쿠스는 생각했다. 그녀가 웃을 때면, 우리는 그 누구보다도 커진다고.

소식 못 들으셨나 보네, 남자가 말했다. 경찰청장이 지난주에 병원에 실려 갔어요. 비소 중독으로. 아내가 자백을 했어. 함께한 아내들이 모두 네 명이었죠. 모두 남편 커피에 비소를 타기로 한 거지. 매일 조금씩 말이야. 남편들은 모두 법을 집행하는 사람들이었어요. 짭새들.

죽이려고 한 거예요?

아니. '철없는 늙은이'들을 혼내 주려고 했을 뿐이지.

누구요?

남편들이 바람피우는 걸 끝장내고 싶었다고(그렇게들 말했다고 합디다) 했다더군요. 비소를 약간 먹이면 다리를 절게 된다는 이야기를 어디서 들었나봐. 그렇게 되면 다른 여자들이랑 잠자리는 못 가지게 될 테니까. 그중 한 명은 남편이 먹는 커스터드에도 넣었다고 했어요. 비소의 쓴맛을 숨기려면 설탕을 써야 하거든. 그래서 내가 커피에 설탕을 넣지 말라고 한 거요.

쥬자가 웃음을 터뜨렸고 수쿠스는 다시 한번 생각했다. 그녀가 웃을 때면, 우리는 그 누구보다도 커진다고.

처음엔 누구나 겁을 먹기 마련이니까, 남자가 말했다.

지금은요? 그녀가 물었다.

어디로 가야 할지를 모르니까.

남자는 낡은 옷가방을 열고 신문지에 싼 물건을 꺼냈다.

뭘 선택하는 법을 잊어버리니까.

신문지에 싼 물건은 가죽 모자였다. 새것처럼 보이는 아주 납작한 그 모자를 남자는 힘겹게 머리 위에 올리고는 면도한 옆머리를 뭉툭한 손가락 끝으로 더듬으며 모자의 높이가 제대로 됐는지 확인했다.

쥬자가 가방에서 거울을 꺼내 남자에게 건넸다. 풀려난 재소자는 거울 속에서 눈빛이 거칠어진 육십대 남자의 모습을 보았다.

잘 어울려요, 그녀가 말했다.

그렇게 생각하시나? 저기 모퉁이를 돌자마자 모자란 옛날 친구들을 마주치고 싶지는 않은데.

그 모자를 쓰면 모자란 친구들이 못 알아볼 거예요, 그녀가 말했다.

모자란 친구를 물리치는 모자라! 남자가 농담처럼 말했다. 그의 눈빛은 그동안의 상실 때문에 거칠어져 있었다.

오늘은 다 잘될 거예요.

라일락과 깃발

얼마 드리면 될까나?

천이백이요, 쥬자가 말했다.

남자는 계산을 하고, 옷가방을 잠그고, 손가락 끝으로 모자를 살짝 건드리며 인사하고는 도심을 향해 내려갔다.

믿을 수가 없었어요, 수쿠스가 말했다. 저 분한테 두 배를 부를 때 믿을 수 없었다고요.

안에서도 물가가 올랐다는 이야기는 들었겠지만, 쥬자가 말했다. 실제로 바깥 물가를 계산하는 법은 잊어버렸을 거예요. 출소하면 처음엔 다들 어린 아기 같으니까.

일을 마친 수천 명의 사람들이 커다란 나무들 아래를 배회하고, 나무들 사이로 비치는 가로등은 달처럼 보였다. 상점의 진열장, 새벽이 되어서야 불이 꺼지는 그 진열장에는 은빛 구두, 가죽 부츠, 레인코트, 핸드백, 목걸이, 서류가방, 향수, 지붕을 열 수 있는 자동차, 헤어드라이어, 결혼 예복, 나뭇가지 모양의 촛대, 비디오카세트리코더, 그리고 진짜 오렌지 나무가 전시되어 있었다. 진열장 위로 우뚝 솟은, 외벽이 유리로 된 건물들은 빙하처럼 높았다. 유리 외벽 안으로 사무실들의 바닥이 보였다. 바닥은 어둡지도 환하지도 않은 흐릿한 회색빛으로 가득했는데, 마치 켜져만 있고 영상은 아무것도 나오지 않는 텔레비전의 빈 화면 같았다.

저기 보이는 카페에 누가 다니는지 알아요? 쥬자가 물었다.

누가 다니는데요?

코글리오니(coglióne, 이탈리아어로 '바보' '멍청이'를 뜻한다—옮긴이).

그 사람이라면 카페를 통으로 살 수 있을 걸요.

그 사람은 돈을 한 푼도 안 내요. 사람들도 절대 돈을 받으려고 하지 않고.

문제를 일으키고 싶지 않은 거죠, 수쿠스가 말했다. 앉아서 뭐 좀 주문하죠. 나중에 계산서를 가지고 오면 우리가 코글리오니의 친구라고 하지 뭐.

자식들, 우리는 그 사람 자식들인 거예요! 쥬자가 말했다.

자식이 너무 많아서 아무도 정확히 몇 명인지 모를 거예요.

몇 살이에요? 쥬자가 물었다.

당신의 그 깃발 씨랑 동갑입니다.

그는 비어 있는 테이블로 그녀를 데리고 가, 텔레비전에서 본 흰색 정장을 입은 남자처럼, 의자를 빼 주었다.

나는 위스키 먹을 건데, 당신은요?

아이스크림 먹을래요. 모자처럼 여러 가지 색으로 장식한 커다란 아이스크림.

기다란 은수저로?

기다란 은수저로. 그녀는 그의 말을 따라하고는, 약 올리듯 혀를 내밀었다.

옆 테이블에는 흰색 레이스 장갑을 낀 여성 두 명이 앉아 있었다. 두 여인이 방금 들어온 한 쌍의 남녀를 가만히 바라보았다.

남아나질 않네, 그중 한 명이 소곤거렸다. 망치 손잡이처럼 빨간 립스틱을 바른 여자였다. 이제 안전하다는 느낌이 드는 곳이 하나도 남아 있질 않아.

두 여성을 놀라게 한 건, 징이 박힌 허리띠를 맨 남자와 맨발로 다니는 젊은 여자가, 자신들과 지나치게 가까이 있다는 사실이었다. 두 사람은 옆 테이블이 아니라 도시 반대편에 있어야 했다.

둘이서 동시에 주문을 해 보면 어떨까요? 쥬자가 제안했다.

위험해요, 수쿠스가 말했다.

여성분 초상화 그려 드릴까요?

수쿠스가 고개를 들었을 때 눈에 처음 눈에 들어온 건 마르고 털이 많은 다리뿐이었다. 그 위로 너무 꽉 끼어서 속옷처럼 보이는 반바지가 보이고, 마침내 수염이 난 긴 얼굴도 보였다.

라일락과 깃발

아뇨, 수쿠스가 말했다. 우린 초상화 안 좋아해요.

몇 분이면 됩니다.

남자는 어느새 테이블 쪽으로 의자를 끌어당기고 있었다.

시간 낭비 하시는 거라니까요.

친구분 얼굴이 자기를 그려 달라고 외치고 있습니다. 수염 아래, 툭 뛰어나온 남자의 입술은 거의 파란색이었다.

저기, 선생님, 누구신지는 모르겠지만 한 가지는 확실히 말씀드릴 게요. 사기를 쳐도 우리가 더 잘 치거든요. 그냥 가세요, 어서요!

남자는 자리를 잡고 앉아 자신의 그림들을 테이블에 내려놓았다.

친구 분이 아름다우셔서, 그려 보고 싶습니다.

안 그린다고요.

완성되면 선물로 드리겠습니다.

어련히 그러시겠네요.

그림 값은 받지 않겠습니다. 그냥 십 분만 주세요.

보통은 얼마씩 받으시는데요?

그때그때 다릅니다.

지금 매니저랑 이야기하시는 겁니다, 얼마 받으세요?

이만오천.

급이 높으시네. 자기, 들었어? 자기 얼굴을 이만오천에 사겠대. 단추 좀 풀어 주면 어떨까? 그럼 오만쯤 할 것 같은데.

남자는 꾸러미에서 화판을 꺼내고 낡은 담배 케이스를 열었다.

어이, 호모 아저씨, 이름이 뭐예요?

라파엘레, 당신은?

깃발!

수쿠스가 그렇게 대답할 때, 쥬자는 그 자리에서 날듯이 뛰어오르고 싶었다. 하지만 그러는 대신, 네 개의 반지 중 하나를 깨물며 시선을 내렸다.

남자는 케이스에서 연필을 꺼내 그림을 그리기 시작했다.

음식

서두를 것 없어요, 라파엘레 선생님! 우리가 가고 나서 한 장 더 그리면 되잖아요. 연필을 꾹꾹 눌러서 그리면 나중에 뒷장에 남은 자국을 따라 그릴 수 있잖아요. 나도 애가 아니라고요. 그렇게 한 장을 백 장으로 만들 수도 있어요. 각각 이만오천 씩 받으면 이백오십만이네!

내가 왜 친구분을 그리고 있는지 압니까?

꼴리니까 그렇겠지, 게다가 그걸로 돈을 벌 수도 있으니까?

아주 특별한 얼굴입니다.

모델도 돈을 받아야죠, 다른 사람들처럼, 수쿠스가 말했다.

그림 그리시게 좀 내버려 둬, 깃발.

잠시 후 종업원이 다가왔다. 하지정맥류로 힘들어하는 것 같았고, 눈은 전표와 술잔, 동전, 그리고 사람들을 살피느라 피곤해 보였다. 그는 수쿠스의 손과, 쥬자의 발과, 화가의 손목시계 그리고 그가 신고 있는 이탈리아제 고급 샌들을 알아보았다. 마지막 두 가지 때문에, 손님으로 받아도 좋겠다고 판단했다.

커피 주세요, 라파엘레가 주문했다.

위스키 한 잔이랑 '북극의 영광'이요, 수쿠스가 말했다.

저는 신경 쓰지 마세요, 라파엘레가 쥬자에게 말했다, 없는 사람이라 생각하시고 편하게 계세요.

사진 찍을 때랑은 다르네요, 그녀가 말했다.

저 보지 마시고, 깃발을 보세요.

그는 수쿠스를 쳐다봤다. 농부 같은 몸매였다. 다리가 탄탄하고, 머리를 움직일 때는 양쪽 어깨에 곡물 포대를 얹을 자리를 만들어 놓고 움직이는 것 같았다. 콧수염은 언제부터 기르기 시작한 건지 궁금했다.

종업원이 주문한 음료를 쟁반에 받쳐 들고 왔다.

아이스크림을 먹고 있으면 못 그리실 텐데요. 쥬자가, 이미 수저를 입에 문 채 말했다.

종업원은 이탈리아제 샌들을 신은 남자에게 계산서를 건넸다. 남자는 아무 말 없이 계산했다. 수쿠스는 쥬자에게 윙크를 하며 그녀의 무릎을 살짝 꼬집었다.

이제, 그림은 안 드려도 되는 겁니다, 남자가 말했다.

오천밖에 안 내셨으니까, 수쿠스가 말했다. 딱 십 분입니다, 더 이상은 안 돼요! 벌써 구 분 지났어요. 그러니까 대가님, 서두르세요, 아니면 한 잔 더 사주시든가.

잠시만 그대로 수저 물고 계세요!

그녀는 다시 깃발을 살폈다. 이 남자는 아무도 못 건드리겠구나, 하는 생각이 들었다. 그의 모든 면모가 개의 귀처럼 바짝 긴장하고 있었다.

남자가 완성된 그림을 들어서 보여 주었다. 나 이렇게 안 생겼어요! 쥬자가 소리쳤다.

무슨 창녀처럼 그려 놨잖아! 수쿠스가 말했다.

마음에 안 드십니까?

똥 닦는 데도 못 쓸 것 같습니다.

그럼 선물로 드려도 아무 의미가 없겠네요?

모델 서 줬으니까 팔천은 줘야죠.

그건 불가능해, 이 바보야.

내야 할 걸, 아저씨. 돈으로 내든 매를 맞든.

수쿠스는 주머니에서 칼을 꺼내 남자가 볼 수 있게 테이블에 슬쩍 내려놓았다.

죽여 줘. 사랑해, 반바지 차림의 키 큰 남자가 말했다.

회색 고양이가 내 무릎 위에서 잠이 들었다. 털색이 좀 특별한데, 이런 색 고양이는 이전에는 본 적이 없다. 녀석은 마치 낡은 회색 속옷을 입고 있는 것 같다. 단 한 번도 햇빛을 받아 본 적이 없는 부위의 창백하고 하얀 피부를 슬쩍슬쩍 내비치는 속옷. 실제로는 녀석은 털이 아주 많고, 색깔도 회색과 흰색 두 가지다. 하지만 여기는 흰색 저기는 회색, 이런 식으로 나뉘어서 자리잡은 게 아니라, 클로버와 잔디처럼 함께 나란히 자라고 있다. 태어날 때부터 그랬다. 뭔가가 제대로 정해지지 않았던 것이다.

바로 그때, 쥬자는 종업원이 오는 것을 알아차렸다. 그는 사복 경찰 한 명을 데리고 황급히 테이블 쪽으로 다가오고 있었다.

가야 해, 그녀는 낮게 말하고는 그림을 얼른 낚아챈 다음, 테라스 끝의 하얀 화분에 나란히 심어 놓은 작은 나무들 쪽으로 수쿠스를 끌어당겼다. 거기서 그녀는 한 마리 까치처럼 폴짝 보도로 먼저 뛰어내려 그를 기다렸다.

둘은 대로를 벗어나 에스코리알로 이어지는 가파른 내리막 골목으로 들어섰다. 에스코리알 구역은 어디를 가도 나무가 많았다. 목련, 가막살나무, 벚나무, 개나리, 멀구슬나무, 단풍나무. 꽃 핀 나무들 사이로 보이는 잔디밭은 여름이면 트로이의 그 어떤 것보다 더 녹색으로 빛났는데, 그건 매일매일 쉬지 않고 물을 빨아들이기 때문이었다. 잔디밭 사이에 수영장들, 쥬자의 집 담장 색과 같은 파란색으로 칠한 수영장들이 있었다. 사람들은 저녁을 먹기 전 수영장 주위에 모여서 반주를 마셨다. 식사를 마치고 더 마실 때도 있었고, 가끔은 발가벗고 물속으로 뛰어들기도 했다. 바닥에 조명이 되어 있는 수영장도 있어서 그럴 때면 그곳은 귀한 원석처럼 빛이 났다. 에스코리알에서는 많은 결혼들이 밤에 수영장에서 발가벗고 수영을 하는 동안 결정되었다.

내가 세상을 보는 법을 설명해 줄게요, 수쿠스가 말했다. 듣고 나면 다시 이전으로 돌아갈 수는 없을 거예요. 사람들은 모두 뭔가를 필요로 해요, 그렇죠? 누구나 조금 더 행복해지고 조금 덜 슬퍼지게 만들어 주는 작은 일들을 필요로 한다고요. 그게 뭔지 말은 안 하죠. 그리고 보통 스스로는 그걸 얻을 수가 없어요. 누군가 진짜로 필요

라일락과 깃발

로 하는 것을 알아내려면, 그게 아주 작은 거라고 해도, 재능이 필요한 거예요.

그쪽이 팔뚝에 무슨 문신했는지 알아요. 불알 세 개!

좋아, 들어 봐요. 스무 명쯤 되는 사람들이 어떤 작은 일들을 필요로 하는지 알 수 있다면, 그리고 그들을 만족시킬 방법을 알고 있다면, 그걸로 충분히 먹고 살 수 있다고요. 사람들은 아무리 가난해도 돈을 낼 테니까. 꼭 돈이 아니라도 어떻게든 대가를 지불하거든요. 그 사람들은 나한테 의존하게 되는 거예요. 대신 비밀로 해야 해요, 반드시 비밀로. 떠들고 다니기 시작하면 어느 날인가 다른 누군가가 나보다 먼저 해 버리니까. 그뿐만 아니라, 사람들은 자신들이 필요로 했던 그 일을 부끄러워하게 되고요.

그래서 그쪽은 뭘 제공하는 거예요?

뭐든요. 들어 봐요, 저기 시카고에서는 매일 밤 단수가 되는 거 알아요? 그리고 사람들은 대부분 물이 다시 나오기 전에 출근을 하거든요. 내 친구는 낮에 아파트 백 곳 정도를 돌아다니며 사람들이 아침에 싸 놓고 간 똥을 내려 줘요. 그리고 그 모든 집의 식탁 위에는 친구를 위한 뭔가가 놓여 있는 거예요.

친구분이 뭐든 훔쳐 나올 수 있는 거 아닌가요?

아니 그럴 수 없어요. 첫째, 그 친구는 맹인이고, 둘째, 다들 그 친구가 어디 사는지 아니까요. 같은 구역에 살거든요.

그래서 그쪽은 뭘 제공하는데요? 커피 말고.

찾고 있어요. 다들 뭔가를 필요로 하니까.

다들 전부 다 갖고 싶어 해요, 깃발.

진달래 울타리 뒤에서 웃음소리가 들렸다. 길 가장자리를 따라, 철제 대문 양옆으로 있는 초인종과 디지털 패널에 우주선에서 쓰는 촛불 같은 불이 들어와 있었다.

저기 장미 보이죠? 수쿠스가 물었다.

눈의 여왕 품종이네요.

내가 들어 올려 줄게요.

아야! 아파요.

무릎 꿇을게요, 수쿠스가 말했다.

손으로 내 발 좀 잡아 줘요.

내 머리 잡아요.

그녀가 어깨에 올라타자 그는 다시 몸을 일으켰다. 그는 그녀의 발뒤꿈치를 쥐었다. 온종일 햇빛을 받은 모래처럼 따뜻했다.

가시 조심해요!

두 송이 꺾었다!

장미 두 송이를 그녀의 티셔츠에 꽂은 채, 둘은 언덕 아래 바다 쪽으로 걸어갔다. 제대로 된 진짜 밤이었다. 하늘에서 보면 트로이는 검은 벨벳 위에 늘어놓은 보석처럼 보였을 것이다.

마지막으로 뭘 먹은 게 언제예요? 그가 물었다.

북극의 영광 먹었잖아요.

아이스크림 말고 식사요!

오늘 아침엔 늦게 일어났어요. 딱히 일어나야 할 이유도 없었으니까. 머리를 감을까 생각했는데, 엄마가 남은 샴푸를 다 써 버렸다는 게 떠올라서. 아저씨 면회를 가야 했는데, 면회 시간은 네시로 정해져 있었거든요. 한낮이 될 때까지 침대에서 안 나왔어요. 일어나서는 크로크므슈 만들어 먹었고.

걸어가는 동안 그녀는 그의 손을 잡고는, 입으로 가져가 이가 빠진 자리에 넣고 깨무는 시늉을 했다.

크로크므슈 하나, 그녀가 웃으며 말했다. 그쪽은요?

어제 먹은 게 마지막입니다.

배고프겠다!

뭐가 먹고 싶은지 말해 줄까요? 수쿠스가 말했다. 먼저 오징어부터 한 접시 먹고 싶어요. 깨끗한 기름에 튀긴 오징어랑 파슬리. 그 다음엔 스테이크를 먹고 싶어요. 부활절 이후로 스테이크는 구경도 못했으니까. 아니, 정말 좋아하는 게 뭔지 알아요? 거위. 평생 한 번밖에 못 먹어 봤어요. 결혼식에서.

나중에 나만의 누에콩 요리 만들어 줄게요, 쥬자가 말했다. 할머니한테 배운 거예요. 밤새 아주 천천히, 아주 천천히 조리하거든요. 그리고 아침에 콩이 식으면 다진 마늘과 레몬즙을 넣어 주고, 소금 치고, 기름 두르고, 후추도 친 다음에 단단하게 익힌 달걀과 함께 접시에 담죠. 달걀 역시 밤새 익히는데, 끓는 물이 수증기로 다 날아가 버리지 않게 양파 껍질과 기름을 넣어서 익히는 거예요.

그 요리는 이름이 뭐죠?

깃발표 풀 메담메스(뭉근하게 익힌 누에콩을 채소 등과 함께 내는 이집트 요리—옮긴이).

둘은 에스코리알 언덕을 다 내려왔다. 육군 막사가 바다를 가리고 있었다.

지금 얼마나 갖고 있어요?

이천이요, 그쪽은?

아까 받은 그쪽 커피 값이요, 그녀가 말했다. 그게 다예요.

다음 가로등 아래 자동차 몇 대가 주차되어 있었다. 수쿠스가 문을 열어 보려 했지만 모두 잠겨 있었다. 그때, 다시 걸음을 옮기던 중에 쥬자에게 한 가지 생각이 떠올랐다. 일 킬로미터쯤 걸어가면, 부두에 이를 것이었다. 거기 리코가 늘 찾는 카페가 있었다. 아저씨와 함께 몇 번 가 본 적이 있었다. 아저씨의 말을 전해야 한다. 트럭 찾아와도 된다고, 아니, 트럭이 준비됐다고. 귀가 말안장에 달린 빈 자루처럼 생긴 리코가 만약 평소처럼 수작을 걸어오면, 오늘 밤엔 어떻게 피하면 될지 알 것 같았다. 자신이 바라는 일이 꼭 그대로 일어나게 하고 싶었다. 오늘 밤 그녀는 깃발에게 요리를 해 주고 싶었다.

아니야! 그녀가 큰소리로 말했다.

그녀는 깃발에게 요리를 해 주고 싶었던 것이 아니라, 자신이 깃발을 위한 요리가 되고 싶었다. 자기 몸에서 오징어와 기름과 파슬리가 나왔으면 하고 바랐다. 거위도 나왔으면 하고 바랐다. 할머니의 거위 같은 거위, 베갯속을 채울 하얀 깃털과 요리를 해 놓으면 살코기가 갈색으로 변하는 거위. 그녀는 깃발에게 가장 부드러운 조각, 가슴 부위를 줄 것이다. 지금 그가 그녀의 티셔츠 위로 가리키고 있는 그 부위를.

길은 세관으로 이어지는 철로를 따라 나 있었다. 세관 건물은 창고 스무 개를 합쳐 놓은 것만큼 컸다. 철조망 너머로 군인들이 탄 지프 몇 대가 세워져 있었다.

한 시간만 줄래요? 쥬자가 말했다.

무슨 뜻이에요?

저기 카페에 잠깐 다녀와야 해서요. 여기서 기다려요, 한 시간 안에 돌아올 테니까.

카페 하나도 안 보이는데. 같이 가요.

그쪽이랑 같이 가면 안돼요.

그럼 내일 가세요.

지금 하고 싶어요.

그럼 나는 여기서 기둥처럼 기다리고 있으라고요?

잔디밭에 누워 있어요. 그녀는 도로 건너편의 공터를 턱으로 가리켰다. 한 시간 안에 돌아올 테니까.

한 시간 안에 안 오면, 앞으로도 나 못 찾을 거예요.

약속할게요. 자, 그림 갖고 있어요. 나중에 우리 자식들한테 줄 거니까. 아직 그쪽이 모르고 있는 거 하나 알려 줄게요, 깃발. 쥬자가 한 약속은 믿어도 돼요.

그녀는 세관 구역이 끝나고 이어지는 부두 쪽으로 걸어갔다. 수쿠스는 길을 건너 제방을 기어 올라갔다. 제방에 올라서자 멀리 새하얀 조명 아래 배에 짐을 싣고 있는 광경이 보였다. 무척 조용했다. 군인들이 길을 건너며 이야기를 나누는 소리가 들렸다. 그는 잔디밭에 누워 별들을 올려다봤다.

　　　　　　　　　　　　　　라일락과 깃발

하늘 위에 배가 한 척 떠 있었다. 니스칠을 한 하얀 목재로 된 갑판이 반짝였다, 송진과 벌꿀의 색. 목재를 아주 촘촘하게 짜 맞춰서 아주 가느다란 틈만 보였다. 배의 갑판은 성 조제프 교도소 앞에서 만난 그녀의 매끈한 아랫배였고, 선수 앞으로 길게 뻗은 장대는 포개놓은 그녀의 발목이었다.

나 같은 할머니가 어떻게 수쿠스가 꾼 꿈의 내용을 알 수 있는지 궁금하다면, 꿈이란 세상에서 가장 오래된 것들 중 하나라는 사실을 떠올려 보시길.

제 지붕에 나무 치우는 거 좀 도와주시겠습니까? 수쿠스의 귓가에 어떤 남자의 목소리가 들렸다.
잠에서 깬 수쿠스는 눈을 떴다. 아무도 보이지 않았다.
어젯밤 폭풍우에 날아왔지 뭡니까.
옆으로 몸을 돌리자 말을 하고 있는 남자의 얼굴이 보였다. 오십대, 머리가 벗겨지기 시작하고, 이마에 깊은 주름살이 있었다. 남자는 머리를 잔디밭에 대고 말했다. 그 머리 앞에 개의 앞발처럼 두 팔이 놓여 있었고, 팔꿈치에 샌들처럼 보이는 것을 끼우고 있었다.
바람이 다시 불면 나뭇가지가 창문을 깰 것 같아 걱정이 돼서요, 머리가 말했다. 저랑 같이 가 주시겠습니까?
말을 한 남자는 다리가 없어서 팔꿈치를 사용해 이동했다. 팔꿈치를 한 번 움직일 때마다 그의 몸이, 어깨에 끌려 잔디밭 위로 미끄러졌다.
공터 끝에 높은 담이 있고 그 아래 바퀴가 빠진 커다란 캐딜락 한 대가 서 있었다. 차문은 열려 있었고 안에는, 초 두 개가 타오르고 있었다.
자동차 지붕에 위쪽의 테라스 정원에서 떨어진 자두나무가 걸쳐 있었다.

음식

제가 닿지가 않아서요, 남자가 말했다. 자두나무인 건 알겠네요. 햇빛 아래서 봤을 때 겨울바람에 말린 고기 빛이 되는 걸로 봐서 자두나무가 틀림없습니다. 썩고, 여기저기 뜯어 먹힌, 아무도 돌보지 않은 나무입니다. 제가 닿지가 않아서요, 설사 지붕에 올라갈 수 있다고 해도, 저는 힘을 제대로 쓸 수가 없으니까. 그래서 잔디밭에 있는 선생님을 발견하고는, 실례가 되는 일인 줄 알면서도….

수쿠스는 자동차 지붕에서 나무를 끌어 내렸다. 도끼 있으면 제가 쪼개 드릴게요, 그가 말했다.

도끼는 없지만, 남자가 말했다. 톱이라면, 네, 있습니다.

수쿠스가 나무를 작은 조각으로 자르는 동안 남자는 버둥거리며 자동차 안으로 들어갔다. 말리려고 운전대에 널어 둔 조끼가 보였다. 승객의 발이 놓일 자리에 물이 담긴 대야가 있고, 운전석 백미러에는 성모화가 붙어 있었다.

다 마치시면 제가 맥주 한 캔 따 드리겠습니다. 아쉽게도 시원하지는 않지만요. 이런 여름밤에 시원한 맥주가 더 좋겠지만.

톱 잘 드네요.

이건 제가 이전에 몰던 찹니다, 남자가 말했다.

아래쪽 지프 옆에 있던 군인들이 탐조등으로 장난을 치고 있었다. 잠시 그 불빛이 버려진 캐딜락을 비추고 지나갔다. 수쿠스는 자동차 앞문에 기대서 맥주를 마셨다. 차 주인은 뒷좌석에 엎드린 자세였다.

지금은 제 침대입니다. 그가, 담배를 피우며 말했다.

제가 가 봐야 해서요, 수쿠스가 말했다.

가 봐야 한다…. 그 말씀을 들으니 우리 형님 생각이 나네요. 다리 없는 남자가, 뒷좌석에 달린 커튼 쪽으로 담배 연기를 품으며 말했다. 형님은 술꾼이었죠. 옛날에 형님이 산속 마을에 집을 한 채 빌려서 형수님이랑 지냈거든요. 이웃 한 명과 아주 친해졌죠. 둘이서 함께 사격도 하고 그랬다고 하더군요.

저 이제 가 봐야 해요.

이 이야기만 듣고 가세요. 어느 날 저녁에 형님이 그 이웃의 집에서 치즈를 안주로 와인을 마셨어요. 형님이 치즈를 아주 좋아하는 걸 알게 된 이웃이 새로 딴 와인과 치즈를 테이블에 그대로 남겨 둔 채, 자기는 자야 하니, 형님 혼자 마저 드시고 가라고 했죠. 그런데 형님이 와인을 다 비우고, 취한 몸을 이끌고 침실로 간 거예요. 이웃은 이미 잠들어 있었고요. 형님이 바지를 벗고 이웃의 아내 옆으로 올라가려고 했죠. 꺼져요! 이웃의 아내는 그렇게 속삭이며 형님의 바지를 뺏어 버렸어요. 돌려주지 않으려 했죠. 형님은 셔츠만 입은 채 집으로 돌아와야 했습니다!

뒷좌석에 엎드린 남자는 몸을 구르며 웃음을 터뜨렸다. 이제는 잃어버린 다리 쪽을 손으로 가리키며 그는, 웃음 때문에 쿨럭쿨럭 기침을 하면서, 더듬더듬 덧붙였다. 빌어먹을 바지를 어디서 잃어버렸는지 형수님한테 설명을 할 수가 없었죠!

수쿠스가 다시 도로로 내려왔을 때, 부두 쪽 가로등 아래 서 있던 작은 누군가가 손을 흔들었다. 쥬자였다. 그녀가 달려오고 있었다.

맥주 냄새 나는데, 아직도 배고파요? 그녀가 물었다.

너무 고파서 어지러울 지경입니다.

뭐 먹으러 가요, 그녀가 말했다.

쥬자는 수쿠스를 이끌고 밝은 조명이 있는 골목으로 들어가, 요리하는 냄새와 사람들 목소리가 가득한 어딘가로 들어갔다. 둘은 계단을 따라 지하실로 내려갔다.

이런 데서는 도망치기 어려운데, 그가 말했다.

걱정 마요.

종업원이 둘을 테이블로 안내했다.

오징어 있나요? 그녀가 물었다.

네, 있습니다.

거위 리예트(돼지고기나 거위고기를 잘게 다져 볶은 요리—옮긴이)는요?

네….

두 사람이 앉은 테이블은 수조 옆이었다. 공기가 물속으로 보글보글 들어가고 있었다. 녹색 수초들이 머리칼처럼 흔들렸다. 수쿠스가 지저분한 손가락을 수조의 유리에 갖다 댔다. 물고기 한 마리가 다가오자 그는 공기 방울이 있는 위쪽으로 손가락을 움직였다. 물고기는, 입을 벌린 채 아가미를 뻐끔거리며 손가락을 따라 위쪽으로 헤엄쳤다. 수쿠스는 손가락을 재빨리 움직여 쥬자를 가리켰고, 물고기도 따라서 움직였다.

지금 상황이 이해가 안 되는데요, 그가 말했다.

배 안 고파요?

굶어 죽을 것 같습니다.

앞으로 나를 먹게 될 거예요, 깃발. 나를 먹게 될 거라고요, 영원히, 영원히!

물

내가 잘못 안 게 아니라면 유월 삼일은 펠릭스의 생일이었다. 펠릭스에게는 카롤린이라는 아코디언이 있었다. 그는 결혼은 한 번도 하지 않았다. 예순두 살에, 황달에 걸려 입원했다. 암소 열일곱 마리는 팔아야만 했다. 입원해 있는 동안 돌봐 줄 사람이 없었던 것이다. 퇴원해서 돌아온 그는 새로 여섯 마리를 샀다. 멈추지 않았다, 펠릭스는, 소에 대해서든 음악에 대해서든.

유월 삼일에 트로이는 더웠다. 교차로에서 빨간불에 걸릴 때면, 운전자들은 힘없이 차창에 팔을 걸쳤다. 부자들이 타는 커다란 차들만 창문을 꼭꼭 닫고 달렸다, 그런 차에는 에어컨이 있었으니까. 해변에서는 아가씨들이 삼십 분에 한 번씩 선탠로션을 발랐다. 도시의 산업지구 스완지에 있는 작은 공장들에서는, 철제 지붕 아래 벽돌로 칸막이를 세우고 설치한 대형 선풍기를 최고 강도로 돌렸지만, 공기는 시원해지지 않았다. 에스코리알 언덕에서는 떨어진 목련 꽃잎이 갈색으로 변해 갔다. 도시 어디를 가든 뜨거운 열기가 그대로 먼지가 되는 것 같았다. 하지만 쥐 언덕에 있는 수쿠스는 바다에서 불어오는 미풍을 느낄 수 있었다.

쥬자의 파란 집에는 흰색 나일론 커튼을 단 창문이 두 개 있었다. 왼쪽 커튼 뒤의 방에서는 밤새 일을 한 쥬자의 어머니가 바닥에 매트리스를 깔고 자고 있었다. 오른쪽 커튼 뒤에서는 쥬자의 여동생 줄리아가, 언니가 데리고 온 남자를 몰래 살펴보고 있었다. 그는 상자 위에 앉아 다리를 앞으로 쭉 뻗고 있는데, 눈은 감았고, 머리에는 비누 거품을 잔뜩 묻히고 있었다. 같은 집의 현관에는, 쥬자의 오빠 나이시가 무슨 카우보이처럼, 대문에 기댄 채 뻐딱하게 서 있었다. 모두들 나이시의 부츠를 알아봤다. 송아지 가죽 색의 부츠는 광이 나고, 앞부분이 들렸고, 금색 버클이 달려 있었다. 그의 미소도 보통 사람들과는 달랐다. 교활함이 숨김없이 드러나는 미소. 그 미소는, 그가 교활한 사람이라고, 그 교활함을 믿어도 좋다고 말하고 있었다.

생각해 봐요, 문간에 선 나이시는 나무 상자에 앉은 수쿠스에게 말했다. 찬찬히 해요. 마음이 편한 상태가 아니라면 그런 말을 꺼내지도 않았을 것이다.

수쿠스는, 비누 거품 때문에 눈도 뜨지 못한 채, 고개만 끄덕였다.

쥬자가 한 손에 검은 병을 든 채 포장용 상자의 목재로 지은 옆집에서 나왔다.

그건 뭐야? 나이시가 물었다.

식초.

너는 미용실을 하는 게 낫겠다, 그녀의 오빠가 말했다.

지난주에는 타투 가게 하라면서!

그 둘은 같이 가는 거거든.

같이?

둘 다 신뢰가 필요한 일이잖아, 동생아!

나이시는 주머니에서 검은색 손수건을 꺼내서 보란 듯이 펼친 다음, 다른 손 손바닥에 걸쳐 놓고 암탉이 달걀을 낳을 때 내는 소리를 냈다. 수쿠스가 눈을 떴다. 나이시가 손수건을 다시 집어 올리자 그의 손바닥에는 흰 천으로 백 번쯤 묶은 빨간색 상자가 놓여 있었다. 그는 닭 울음소리를 멈췄다.

마약? 수쿠스가 물었다.

나이시는 웃음을 터뜨리고, 멈췄다가, 다시 웃다가, 코를 한 번 긁고는 상자와 손수건을 다시 주머니에 넣었다. 그리고 무두질 공장이 있는 언덕 아래쪽으로 천천히 걸어갔다.

오늘은 날이 아니네! 쥬자는 수쿠스의 머리에 비누칠을 해 주며 말했다. 걷는 모습을 보면 알아. 저렇게 걷는 날은 안 좋은 소식이 있는 거야.

방금 나한테 제안을 한 거야, 수쿠스가 말했다.

잊어버려, 오빠는 무일푼일 때는 거칠어지니까.

그녀는 손톱으로 수쿠스의 두피를 문질렀다. 기분이 좋아진 그는 발가락을 오므렸다. 그녀가 그 모습을 지켜봤다. 발가락이 오므라들었다가 다시 펴지는 모습을.

내일 내 머리도 감겨 줄 수 있을까, 초승달 아가씨? 양산을 쓴 채 해초가 든 양동이를 들고 집으로 돌아가던 중국인 노인이 물었다.

나도 무일푼인데, 수쿠스가 말했다.

마르스 광장에 가서 커피 같이 팔자. 이따 오후에, 면회 시간 맞춰서.

못 가, 수쿠스가 말했다.

못 간다고? 왜? 그녀가 웃으며 물었다.

아침에 보온병 도둑맞았어.

쟁반은?

쟁반은 손에 들고 있었어.

재빠른 사람인 줄 알았더니.

다섯 잔이나 주문한 사람이 있었거든, 군인들이 있는 정문 너머로. 손을 들고 '다섯 잔'이라고 외쳤어. 디지트(digit), 그러니까 손가락 하나에 한 잔씩, 어원은 라틴어 디지투스(digitus). 그래서 다섯 잔을 따라서 쟁반에 놓고 건너편으로 넘겼거든. 삼십 초 쯤 등을 돌리고 있었지. 그런데 이 남자가 커피를 주문한 적이 없다는 거야, 자기는 차를 달라고 했다는 거지. 나는 차는 안 파는데. 원래 있던 담장 앞으로 돌아와 보니 보온병이 없는 거야! 꼬마를 시켜서 훔치게 했겠지. 그 남자를 다시 만나면, 그 자리에서….

새 보온병 구하자.

오 리터짜리 보온병, 삼중 보온이 되는 건 돈이 많이 들어. 장물로 잘 나오지도 않고.

그럼 다른 방법을 찾아야지. 직접 만들자, 깃발.

그녀는 은색 손톱으로 그의 두피를 더 세게 긁었고, 그는 낮게 신음소리를 냈다. 그 소리에 그녀는 그의 목까지 비누칠을 해 주었다. 자신이 소리를 내게 한 그 부위를 직접 만져 보고 싶었다. 그런 다음 그가 잠들 때까지 부드럽게 머리를 긁어 주었다.

그는 일방통행 도로를 달리고 있었다. 쥬자가 도시의 중심이고 모든 신호등이 그쪽을 가리키고 있었다. 하지만 그가 달리고 있는 도로는 중심에서 멀어지는 도로였다. 다음 회전교차로에서 그는 표지판을 발견했다. 쥬자까지 육백삼십팔 킬로미터.

그때, 그녀가 물을 한 대야 떠 와서 그에게 부었다. 햇빛 아래 있던 물은 미지근했다. 수쿠스는 조금도 놀라지 않았다. 그저 눈을 뜨고 미소를 지을 뿐이었다.

다 젖었네, 줄리아가 혼잣말을 했다. 그녀는 레이스 커튼 뒤에서 모든 것을 지켜보고 있었다. 언니가 다리를 벌리고 남자 위로 올라가 얼굴을 마주했다. 남자가 언니의 셔츠 안으로 손을 넣었다. 언니는 반지를 다시 끼웠다. 남자를 씻겨 주는 동안 빼 두었던 것이다.

수염 길러 줘! 쥬자가 그에게 속삭였다.

그녀는 손가락 끝으로 이 탄탄한 남자, 양쪽 어깨에 시멘트 포대를 짊어지고, 석탄으로 그린 것 같은 턱수염으로 '남자'임을 인증하는 그 남자 안에 있는 아기를 느낄 수 있었다. 이제 그 아기를 다시 발기한 남자로 바꾸어 놓고 싶었다.

수염 길러 줘, 그녀가 다시 한번 말했다.

나 수염 난 여자 알고 있는데, 그가 대답했다.

나 말고! 자기가 기르라고!

남자 얼굴에 시커먼 수염도 났거든. 근데 알아? 멜론만 한 커다란 가슴 두 개도 달려 있다고.

그럼, 아주 작은 멜론은 본 적 없다는 거네.

그 여자는 철물점을 하고 있는데, 내가 어머니 드릴 가스풍로 사러 갔었거든. 쓰시던 풍로를 바닥에 떨어뜨려서 깨져서 말이야.

그 수염 난 여자는 아무 손님한테나 젖꼭지 보여 주고 그러나?

처음엔 내 눈을 믿을 수가 없었어. 그 여자가 아기한테 젖을 먹이고 있었거든. 수염도 나고 젖도 먹였다고! 내가 본 건 그래.

쥬자는 깃발의 젖은 머리에 볼을 갖다 댔다. 왜 어떤 사람은 직모고 어떤 사람은 곱슬머릴까? 그녀가 물었다.

오후의 따뜻한 공기 덕분에 레이스 커튼 뒤에서 줄리아는 잠이 들었다. 꼬투리를 벗기고 있던 콩이 가득 담긴 대야는 아직 그녀의 무릎에 놓여 있었다. 손등에 파리가 앉았지만 그녀는 깨지 않았다.

그런 오후엔 쥐 언덕에서 들리는 모든 소리가 사람을 졸리게 했다. 그 어떤 소리도 하던 일을 계속 해 나갈 에너지가 없는 것 같았다. 닭 한 마리가 잠시 울다가 멈췄다. 아이는 울다가 잠이 들었다. 누군가 망치로 못을 박았다. 아이들이 소리를 지르며 숨바꼭질 놀이를 했다. 어디론가 숨은 아이들은 절대 눈에 띄지 않았고, 소리도 내지 않았다. 개들은 모두 그늘을 찾아가 잠이 들었다. 단 하나 끊이지 않는 소리는 스완지 쪽에서 들려오는 음료수 공장의 소음이었다. 쇳덩이들이 부딪히는 것 같은 그 소리는 재채기 소리나 코 고는 소리처럼 들렸다.

자기 집은 몇 층이야? 쥬자가 물었다.

십사층.

꼭대기? 거기 좀 더 긁어줘.

아니, 아니. 이십칠층 건물이야.

쥬자의 어깨 너머로 수쿠스는 건너편 언덕을 보았다. 판잣집들이 너무 다닥다닥 붙어 있어서 거의 닿을 것 같았다. 그 위로, 잔디가 노랗게 변한 언덕에는 먼짓길들이 어지럽게 얽혀 있어, 마치 털이 빠져 버린 짐승 같았다.

저 위에 전기는 들어가나?

저 거북이 언덕에는 우리보다 먼저 전기가 들어갔어, 그녀가 말했다. 우리는 오 년 더 기다렸대. 저기는 새해 첫날 밤에 첫 집이 들어섰는데 말이야, 십팔 개월 전에. 아직 수도는 없어. 트럭이 물을 싣고 돌아다니지. 거기 좀더 긁어 줘.

전기는 관이 필요 없으니까, 수쿠스가 말했다.

어쨌든, 우리보다 먼저 들어갔어.

대신 여기는 수도가 있잖아!

저쪽은 겨울에 여기보다 눈이 덜 와. 아름다워….

그래서 이사 가고 싶어?

자기한테 달렸지. 양손으로 벽돌 몇 장이나 나를 수 있겠어? 그녀가 그의 눈에 입을 맞췄다.

백만 장!

백만 장?

육백만 장.

세상에! 그럼 그걸로 궁전도 지을 수 있겠다. 시멘트 한 포대만 있으면.

끈끈이 쓰면 돼.

나무는?

한두 그루 베지, 뭐.

판자로 만들어야지, 그녀가 말했다.

침대도 만들고, 그가 말했다.

그는 손끝으로 그녀의 거친 겨드랑이 털을 건드렸다. 마치 새집 같았다.

창틀도 필요할까?

우선 하나만 만들어 보자, 그가 말했다.

기차에서 떼어 와야지.

트럭 차대를 하나 구해 올 수 있어. 깨끗해 쥬자, 녹 하나도 안 슬었어. 여기서 오 분밖에 안 걸려. 지붕이랑 문, 바닥, 집 부지까지 말이야.

그는 그녀의 가슴을 만질 수 있게 팔꿈치를 아래쪽으로 내렸다.

언젠가 베송 주임 사제(이분은 아주 근엄한 분이었는데 술을 너무 마셔서 일찍 돌아가셨다)가 지내시던 사제관에서 책을 한 권 발견했다. 성경만큼이나 커다란 그 책의 한 부분이 펼쳐져 있고, 젊은 여자가 나이 든 거지를 향해 가슴을 내밀고 있는 그림이 있었다. 이가 다 빠져 버린 입으로 젖꼭지를 문 노인의 얼굴에는 행복한 주름이 가득했다. 방으로 돌아온 주임 사제는 창문을 닫듯 황급히 책을 덮었다. 나는 그 그림을 절대 잊지 못했다. 블라우스 안에서 옛날의 그 가슴을 되찾을 수만 있다면, 풍만했던 가슴과 젖꼭지를, 신이시여, 아기가 젖꼭지를 말라 버릴 때까지 빨아 대던 그 시간들을 되찾을 수 있다면!

우리 굴뚝도 만들 건가? 수쿠스가 물었다.
　모자이크가 있으면 좋겠어, 깃발. 산타바버라 성당처럼.
　파란 원석과 흑옥으로.
　진주도.
　그녀는 그의 젖은 머리칼을 물었다.
　그리고 '쥬자'라고 금색으로 쓰는 거지.
　맞아, 그러면 우체부가 편지를 어디로 전해야 할지 알 수 있을 거야, 그녀가 말했다.
　누가 쓴 편지?
　자기가. 떨어져 있을 때는 편지를 쓰는 거야!
　왜 떨어져 있지?
　다른 걸 찾으러 갔으니까, 여기서는 찾을 수 없는 거. 자기는 차를 훔치는 거야.
　차에 자기 안 태우고?
　나는 기다리는 거야. 밤새도록 풀 메담메스를 만드는 거지. 그리고 기도를 하며 밤을 새는 거야.

　내가 돌아오게 해 달라고 기도하는 건가?

　자기가 돌아올 걸 기다리지. 나는 화가 나 있어.

　나는 돌아오지 않아.

　믿을 수 없어.

　돌아오려면 부자가 돼야 하니까.

　내가 자기를 찾으려고 집을 나서는 거야.

　내가 이천만을 버는 날 자기가 나를 발견하는 거지.

　그래서 자기가 나한테 표범 원피스 사 줘.

　사파이어 반지도.

　그리고 함께 배를 타는 거지, 쥬자가 말했다.

　하얀 배.

　둘이서 선실을 통째로 차지하는 거야.

　선실에서 내가 자기 드레스를 찢어 버려.

　나는 자기 셔츠를 찢고.

　선실 안에 갇히는 거지.

　내가 열쇠를 버렸거든, 깃발.

짝짓기 철이 되면 왜 사슴들이 죽을 기세로 싸우는지, 왜 그렇게 고통스러운 소리로 울어 대는지 나는 안다. 그런 순간에 수컷이 된다는 것은, 사타구니 사이에 칼을 달고 있는 것과 마찬가지다. 칼끝과 칼날의 절반 정도가 몸 밖으로 나와 있는 것이다. 꿈이랑은 아무 관련이 없고, 몸 안에 똬리를 틀고 앉은 것도 상관없다. 이 칼은 바깥에서 날아와 몸을 꿰고, 수컷을 무력하게 만든다. 다른 어떤 동물들보다 인간에게서 더 심한데, 인간에게서 훨씬 오래 지속되고, 또 아무런 자극 없이도 일어날 수 있는 일이기 때문이다. 허공에 치켜든 뾰족한 손가락 하나 때문에도 그런 일은 갑자기 일어날 수 있다. 칼도 뾰족하고, 양날이며, 그 길이만큼의 상처를 남긴다. 칼날은 항상 상처를 도려내고, 그 상처는 남자의 작은 고추에 붙은 피부에 다름 아니다. 커지고 빳빳해지면서 알아볼 수 없게 되어 버린 그 피부. 그 셋 (남자, 칼날, 그리고 고추)은 같은 것을 알고 있다. 칼을 그것이 바라는 강에 담그지 않는 이상 고통은 사라지지 않을 것임을. 그 순간엔 오직 그 강만이 그들의 상처를 치유해 줄 수 있고, 칼을 삼키고 허공에 치켜든 손가락을 지워 줄 수 있다. 우리 여자들은, 고통과 안식을 주는 강이다.

그렇게 수쿠스와 쥬자는 껴안고 있고, 줄리아는 잠이 들었고, 나이시는 언덕을 올라 돌아오는 길이었다. 그는 천천히 걷고 있고, 걸을 때마다 그 유명한 송아지 가죽 부츠 끝으로 흙을 걷어찼다. 말라 버린 길에 먼지가 많이 일었다. 쥐 언덕에 비가 올 때면, 흙길은 진창으로 변했고, 노란 물줄기가 목마른 남자의 목에 흘러내리는 맥주처럼 언덕을 따라 흘러내렸다. 젖었을 때든 말랐을 때든, 꽁꽁 얼었든 뜨겁게 구워졌든, 쥐 언덕의 흙에는 온갖 것들의 잔해나 파편 들이 섞여 있었다. 유리, 벽돌, 도기, 폴리스티렌, 고무, 항아리, 못, 은박지, 석판, 납, 머리카락, 자기, 아연, 석고, 철, 타 버린 나무, 판지, 전선, 천, 뿔, 뼈.

나이시는 여동생이 콩이 든 그릇을 무릎에 놓은 채 잠들어 있는 창을 지나고, 어머니가 바닥에 매트리스를 깔고 누워 있는 문 앞을 지나고, 한 쌍의 연인이 바깥에서 껴안은 채 상대의 입 안에 혀를 넣고 키스하는 모습을 지켜봤다.

그는 거기 홀로 서서, 시동이 걸리지 않는 자동차의 점화 장치 같은 지치고 쉰 목소리로 말했다. 오늘은 아무 일도 없었어. 아무 일도, 아무 일도, 씨발, 단 하나도.

불

쥬자의 오빠 나이시가 아무 일도 없었다고 투덜대고 있을 때, 수쿠스의 아버지 클레망은 카샹에 있는 아파트 단지 십사층의 방 두 개짜리 집에 있었다. 침대에 앉아 텔레비전을 켜자마자, 파란 불꽃을 일으키며 텔레비전이 터져 버렸다. 공단으로 만든 침대보에 불이 붙었다. 물을 가지러 황급히 주방으로 달려가느라 클레망은 자신이 얼굴과 손에 화상을 입었다는 것도 몰랐다. 싱크대에 놓인 법랑 그릇을 집어들다가 뜨거운 것이라도 잡은 듯 화들짝 떨어뜨리고 나서야, 자신이 다쳤다는 사실을 깨달았다. 아내 비스와바의 비명 소리가 들렸다. 세상에, 브란치, 무슨 짓을 한 거예요? 브란치, 어떻게 된 거냐고요!

하얀 연기가 침실 창밖으로 뿜어져 나왔다. 아래 거리에 있는 사람들은 첫번째 소방차가 도착하기 전까지 아무것도 모르고 있었다. 소방차는 겁먹은 물새처럼 사이렌을 올리며 신호등들을 지나 달려왔다. 그제야 사람들은 주변을 둘러보다가, 마침내 십사층을 가리켰다. 소방대원들이 호스를 꺼내고 사다리를 펼 때쯤에는 이미 클레망과 비스와바가 양동이와 아연 욕조로 불길을 잡은 후였다. 클레망은 구급차에 실려 병원으로 향해야 했다. 소방대원들은 그의 눈을 염려했다.

어린 시절 그는 마을 합창단에서 노래를 했다. 나는 클레망의 목소리를 사랑했다. 사람들 앞에서 노래할 때, 그는 사람들의 시선이 싫어서 눈을 감았다. 그렇게 팔을 양옆에 꼭 붙이고 선 모습은, 뻣뻣하지만 감정 표현은 풍부했다. 마치 나무로 깎은 인물상처럼, 힘차고, 강인하고, 고통스러워했다. 클레망은 열일곱 살 때 마을을 떠나 트로이로 왔다. 나는 그 일을 마치 어제 일처럼 기억하고 있다. 이미 트

라일락과 깃발

로이의 경매시장에서 짐꾼으로 일하고 있던 그의 형 알베르가 동생의 일자리를 찾아 주었다. 안타깝게도 그 일자리는 오래가지 않았다. 어느 날, 커다란 경매를 몇 분 앞두고, 경매인 한 명이 십팔세기의 기둥 네 개짜리 침대에서 자고 있는 클레망을 발견했다. 희망가가 천오백만은 되는 물건이었다. 당연히 그는 그 자리에서 잘렸다. 몇 달 후 그는 굴 껍데기 까는 일자리를 구했고, 그 후로 평생 그 일을 해 왔다. 겨울에는 굴 껍데기를 깠고, 여름에는 생선을 냉동 트럭이나 화물 열차에 싣는 일을 했다. 가끔씩 그는 작업 중에 노래를 불렀다.

> 나의 양들이 풀을 뜯네
> 파란 산등성이에서
> 트라 랄 라, 랄 랄 라, 랄 라.
> 슬퍼지지 않으려고
> 나를 위해 나는 노래를 부르네
> 메아리가 대답하네
> 에 오! 에! 오!

서른이 넘어서야(부모님은 그가 영영 결혼을 하지 못할 것이라고 체념했다) 그는 생선 가공 공장의 계산원과 사랑에 빠졌다. 그녀의 이름은 비스와바였다. 통통하고, 피부색은 장밋빛이었으며, 두꺼운 안경 너머의 눈은 친절하고 조금 졸린 듯했다. 클레망은 춤을 잘 췄다. 춤으로 그녀의 정신을 쏙 빼 놓았다. 그는 다른 시대에서 온 사람처럼 왈츠를 췄다. 그는 그녀에게 생선 요리도 해 주었다. 자신만의 방식으로 성대를 요리해서 바닷가재 맛이 나게 했다. 그녀는 그가 엄청나게 크고 붉은 손으로(소금물 때문에 늘 부어 있었고, 얼음 때문에 안타까울 정도로 갈라져 있었다) 채소 위로 생선을 내려놓고 준비하는 모습을 지켜보면서, 아이를 침대에 눕히는 어머니의 모습을 떠올렸다. 그의 동작은 그만큼 부드러웠다. 그녀는 한 권의 책으로 그의 인생을 변화시켰다. 단어의 어원을 설명해 주는 사전이었다. 클레망은 이후 삼십 년 동안 그 사전을 읽었고, 한 번 익힌 것은 절대 잊어먹지 않았다. 그건 하나의 열정이었다. 그는 굴을 깔 때처럼, 단어의 껍데기를 열고 그 안에서, 그 단어의 진짜 의미를 발견했다. 그 단어들을 통해 과거에 귀를 기울이고, 자신이 진리라고 믿는 것에 귀 기울였다. 이주하다(migrate)는 라틴어 미그라레(migrare)에서 온 단어로, '거처를 옮기다'라는 의미다.

초등학교 선생님이었던 비스와바의 아버지는 딸이 결혼하고 싶은 사람이 있다고 알렸을 때 크게 화를 냈다. 농부 아들에 생선 장수라니! 아버지는 소리쳤다. 해봐, 그대로 해보라고, 그렇게 하기만 해봐, 해봐, 애비 인생 망치는 짓이니까! 그럼 제 인생은요? 그녀는 아주 조용히, 하지만 대단히 단호하게 말했다. 비스와바는, 몸이 약했기 때문에, 자신이 원하는 바를 정확히 알고 있었다. 덩치가 크고, 조용하고, 나무로 조각해 놓은 것 같은 그는 그녀 인생의 나무가 될 것 같았다. 그의 안에서 그녀는 편안히 자리를 잡을 것 같았고, 과연 그녀는 그렇게 자리잡았다.

클레망은 비스와바를 마을에 데리고 와 결혼식을 올렸다. 나도 그 자리에 있었다. 이어진 몇 해 동안 두 사람은 몇 번인가 마을을 방문했는데, 특히 칠월에, 클레망의 부모인 카스미르와 안젤린이 건초를 거둘 때 와서 일을 거들었다. 카스미르는 마르셀의 동생이었다. 정부 단속반원 둘을 감금했다는 이유로 교도소에 갔던 그 마르셀 말이다. 클레망과 비스와바가 올 때마다 카스미르는 아들을 안아 보기도 전에 그녀의 배에 살짝 손을 대보곤 했다. 하지만 시간이 지나도 그의 며느리는 아기를 가지지 못했다.

어느 해 칠월, 카스미르가 늘 하던 대로 며느리의 배에 손을 대 보고는 고개를 저을 때, 그녀가 고개를 끄덕였다. 아니냐? 그는 믿을 수 없다는 듯이 물었다. 맞아요! 그녀는 그렇게 말하고 웃음을 터뜨

라일락과 깃발

렸다. 저기 뭐냐 거시기 좀 갖고 와야겠다, 너는 탁자에 누워서 눈 좀 감아 봐라. 작은 줄에 매달린 결혼반지를 들고 다시 나타난 카스미르는, 줄 끝을 엄지와 검지 사이에 쥐고 반지를 커다랗게 부풀어 오른 며느리의 배 위에 늘어뜨렸다. 비스와바는 웃음을 멈출 수가 없었다. 안젤린이 며느리의 손을 잡고 진정시켰다. 반지가 움직이기 시작하더니 점점 큰 원을 그리며 빙빙 돌았다. 남자아이야! 카스미르가 소리쳤다, 손자라고!

부활절 무렵에 들어선 것 같아요, 비스와바가 말했다. 제 생각엔 그래요.

지난번에 왔을 때, 이 집에서 말이냐? 카스미르가 자랑스럽다는 듯이 소리쳤다.

그런 것 같아요.

우리 침대 내줬잖아, 여보. 기억나?

그랬지.

이 집에서 들어선 거야, 카스미르가 소리쳤다. 그것도 우리 침대에서! 녀석도 이 집 거야! 우리 사람이라고…. 그는 아들을 안아 주고, 며느리도 안아 주었다.

이놈이랑 녀석의 어머니를 위해 한잔 하자! 지하실에 오십 년 동안 아껴 뒀던 술이 한 병 있지, 딱 이런 날에 마시려고 말이야. 아, 클레망, 아들이란 얼마나 큰 행복인지….

거시기가 옳았다. 비스와바는 아들을 낳았다. 수쿠스는 그다음 해 일월에 태어났고, 별자리는 물병자리였다. 물을 담는 그릇.

트로이에 있던 부부는 마을에 가서 카스미르와 안젤린에게 손자를 보여 드리겠다고 계속 약속만 했다. 하지만 아이가 태어난 후에 비스와바의 건강이 악화되었고, 트로이의 물가가 엄청나게 오르면서 클레망의 벌이는 점점 줄어들었다. 둘은 방문을 자꾸만 미뤘고 부모님은 두 분 다 손자를 한 번도 보지 못하고 돌아가셨다. 시간이 흘렀고, 클레망은 자신이 알고 있는 단어들의 진실을 모두 수쿠스에

불

게 알려 주었다.

왔구나, 아들. 클레망이 병상에 누워서 말했다.
　네, 아빠.
　죽기 전에 마지막으로 보러 온 거냐? 응?
　왜 마지막이라고 하세요?
　내가 여기 며칠째 있는지 아니? 팔 일이야!
　좋아 보이세요.
　엘리베이터는 관이 들어가기에는 너무 작다고 하더라. 내 관은 계단으로 옮겨야 할 거야. 네 엄마는 어떻게 지내냐?
　잘 계세요.
　그렇게 쳐다보지 마라.
　나아질 거예요, 아빠.
　사람들이 거울을 안 보여 준다. 저기 건너편에 있는 양반 아내가 병문안을 왔을 때 혹시 거울 가지고 있냐고 내가 물었거든. 가방에서 거울을 꺼내는데 그 여자 손이 떨리더라.
　늘 그렇게 손을 떨었을 거예요. 아니면 병에 걸려서 손이 떨리는 걸 수도 있고.
　쉿! 저 양반이 듣겠다. 귀머거리는 아니야.
　손떨림을 멈추게 하는 약이 없는 건지도 몰라요. 누가 알겠어요?
　너는 모르는 게 없잖아, 안 그러냐?
　저 분은 아버지처럼 화상이 아닌가요? 수쿠스가 물었다.
　세게 부딪혔다는구나, 뇌진탕.
　뭐가 떨어졌나봐요?
　그보다 더 나쁜 거야, 애야. 성상(聖像)이었다고 하더라. 러시아 사람인데 그 사고가 하늘이 벌을 주신 거라고 생각을 하는 거야. 응보(retribution) 말이다. 라틴어 레트리부에레(retribuere)는 '되갚다'라는 뜻이고, 트리부에레(tribuere)는 '지불하다'라는 뜻이지. 원래는 부족들 사이에서 뭔가를 나눈다는 뜻인데, 그게 어떤 의미인지 알겠니? '응보'라는 단어에는 여전히 부족이라는 의미가 담겨 있다는 말이다. 종족, 우리의 뿌리 말이다.

저분은 무슨 잘못을 했대요?

나한테 말을 안 해 주는구나.

옆 병상의 러시아인이 눈을 떴다. 러시아 속담에 이런 말이 있습니다, 그가 말했다. 나무를 베면 나뭇조각이 튀게 마련이라고. 그는 다시 눈을 감고 덧붙였다. 그중 하나가 내 머리에 튄 거지.

세 남자는 입을 다물었다. 멀리서 간호사를 부르는 환자 목소리가 들렸다. 목소리가 갈라져 있었다, 자존감이 사라진 목소리.

수쿠스는 아버지의 얼굴에서 눈을 뗄 수가 없었다. 얼굴 전체에 화상을 입었는데, 오븐에 너무 오래 넣어 둔 닭고기처럼 갈색으로 변해 있었다. 딱딱해진 갈색 피부가 얼굴 여기저기에 더덕더덕 붙어 있었다. 그뿐만 아니라 얼굴의 선과 주름 들도 모두 지우고, 벗겨지기 시작하던 앞머리 부분도 가려 버렸다. 피곤함과 노력의 흔적, 고통과 눈물의 흔적 들이 불타 없어져 버렸다. 엿보기 구멍처럼 가늘게 뚫린 푸른 눈과, 분홍색 혀는, 젊은이의 것 같았다.

불탄 텔레비전 봤어요, 수쿠스가 말했다.

배선이 잘못됐다고 하더구나.

운이 좋으셨던 거예요.

그 기계는 뭐가 문제냐 하면, 요즘은 어디에 가도 마찬가지인데 말이야, 켜기만 하면 무슨 원숭이 놀음 같은 것만 나온다는 거야. 우리는 원숭이 놀음이라고 불렀다, 아들, 마을에서는 그랬지.

이십 년 동안 같은 이야기잖아요. 하지만 텔레비전 조립은 굴 껍데기 까는 거랑은 달라요.

닥쳐라.

크게 붕대를 감은 손은 병상 한쪽에 놓여 있었는데, 그 어느 때보다 커 보였다.

불

칼끝 밀어 넣고! 쫙! 수쿠스가 말했다. 주름을 둥글게 도려내고. 신경 잘라내면, 굴 대령이요! 단칼에! 제가 궁금한 건 왜 텔레비전이 갑자기 '퓩'하고 터졌냐는 거예요. 새로 산 것처럼 멀쩡하던 물건이.

배선이 잘못됐다니, 배선이 잘못됐다는 건 원숭이 놀음이라는 뜻이지. 무능함(incompetence). '경쟁하다'라는 뜻의 라틴어 콤페테레(competere)에서 유래했는데, 이건 다시 '함께'라는 뜻의 쿰(cum)과 '-를 향해 가다'라는 뜻의 페테레(petere)가 합쳐진 단어지. '어딘가로 함께 가다'라는 뜻이다, 아들. **무능함**은 그러니까 어디에도 가지 못한다는 뜻이고, 누구와도 함께하지 않는다는 의미지. 그게 원숭이 놀음이야.

말을 마친 클레망은 머리를 다시 침대에 뉘였다. 숨 쉬기가 조금 힘든 모양이었다.

네 엄마랑 나는 너를 위해 최선을 다하려고 노력했다, 그가 말했다. 몇몇 원칙을 주입시키려고 했지.

주-입(in-cul-cate), 수쿠스가 말했다. 라틴어 인쿨카레(inculcare)에서 유래, '밟아 누르다'라는 뜻.

병상의 철제 프레임 위, 클레망의 머리 위로 녹색 평원에 파란 용담이 수놓인 스카프가 걸려 있었다. 비스와바가 첫날 걸어 놓은 것이었다. 그녀는 온갖 스카프를 다 가지고 있었다. 집에는 부엌에 습기 때문에 생긴 얼룩을 가리기 위해 핀으로 그 스카프들을 꽂아 두었는데, 그것들 때문에 십사층에 있는 작은 방은 점쟁이의 천막 내부 같았다. 지금, 병동에서, 클레망은 붕대를 감은 손등으로 용담을 쓰다듬었다. 잠시 후 그는 눈을 뜨고 말을 이었다.

굴을 백만 마리쯤 까다 보니 말이야, 이 세상에 굴은 모두 똑같더구나. 처음 일을 시작한 건 오페라 근방이었다, 아들. 이전에 선원이었다는 사람 밑에서 일했지. 어쨌든, 그 양반이 선원 모자를 가지고 있기는 했는데, 내 손을 보더니 이렇게 말하더구나. 충분히 크네, 할수 있겠어.

왜 텔레비전이 갑자기 터졌을까요?

내가 살날이 다 됐기 때문이지.

퓩! 퓩!

너는 아무것도 믿지 않는구나!

나아질 거예요!

때가 오면 말이야, 남은 할 일 같은 건 없는 거야.

할 일이 없다니요! 금방 원숭이 놀음으로 텔레비전 조립한 여자를
욕하셨잖아요.

여자?

네, 그런 일은 다 여자가 해요.

원숭이 놀음을?

여자들이 조립한다는 거 모르셨어요? 정말?

그렇게는 한 번도 생각해 본 적 없다.

손가락이죠.

나는 손에 감각을 잃어버렸어. 그래서 그걸 여자들이 다 조립한
다고?

네, 여자들이 조립해요. 그리고 운명이니 살날이 다 됐니 하는 이
야기는 다시는 꺼내지 마세요.

손가락 이야기는 뭐냐?

재빠르다고요, 여자들 손가락이 재빠르잖아요.

너는 늘 똑같구나, 수쿠스.

클레망은 스카프를 자신이 원하는 대로 옮기는 데 성공했다. 자유
롭지 않은 두 손으로 침대 프레임에서 스카프를 잡아당겨서 자기 뺨
에 갖다 댔다.

오페라에서 그 선원과는 일 년을 같이 일했다. 요령을 익히게 됐
지. 너는 아직 세상에 나올 생각도 못하고 있을 때야. 그리고 내 가게
를 시작했는데, 이제 다 끝이구나.

그렇게 이야기하지 마세요.

나는 늘 철학적(philosophical)이려고 애썼다. 필로(philo), '-에 대한 사랑', 소포스(sophos), 지혜. 거기 서랍 좀 열어 봐라. 클레망은 침대 사이의 사물함을 가리키며 말했다. 칼 너한테 주마.

서랍 안에는 신분증이 있었다. 여름날 아침 차들이 쏟아져 나오기 전 트로이의 하늘 색깔 같은 파란색 신분증은 모서리가 접혀 있고, 주름이 지고, 문자 세 개와 숫자 여덟 개로 이루어진 등록번호도 희미해져서 읽을 수가 없었다. 라이터와 열쇠고리, 병따개, 순록 뿔 손잡이가 달린 어부용 칼이 있었다.

너도 알지, 아들. 가져라.

수쿠스는 칼을 서랍에서 꺼내서 손잡이를 살펴보았다.

네, 알죠, 그는 순순히 대답했다. 여기 대장장이가 새긴 표시도 있잖아요, 평범한 순록 뿔이 아니라고.

자 이제 돈 내야지, 클레망이 말했다. 칼은 반드시 돈 주고 사야 하니까.

얼마요?

십.

수쿠스는 웃었다. 이제 십짜리 동전은 안 나와요, 아빠. 제일 작은 게 백이에요.

그럼 백만 줘라.

수쿠스는 청바지 주머니를 뒤지며 말했다, 지금은 한 푼도 없어요.

그럼 내일 줘라, 수쿠스. 목숨이 위험할 때가 아니면 사람한테는 쓰면 안 된다.

수쿠스는 아버지의 입가에 하얀 거품이 생기는 것을 바라보았다.

아버지 나으면 다시 팔게요, 그가 말했다. 오백에!

언젠가는 너한테 주어진 시간도 다 될 거야. 칼 가져가.

이게 다 텔레비전이 터져서 그래요!

나는 때가 됐어.

증류주 좀 갖고 왔어요.

이리 넘겨라, 아들, 숨겨서. 아직 일자리는 못 찾았고?

일자리가 없어요, 수쿠스가 말했다. 억지로 만들어낸 것 말고는. 일이 없어요, 일이 없어.

클레망은 술병을 쥐고 입까지 가지고 갈 수가 없어서 수쿠스가 잡아 주었다.

수쿠스가 병원에 와 본 건 처음이었다. 병실과 세면실, 복도에 있는 것은 뭐든, 사람의 살이든 금속이든, 매일매일 씻는 것 같았다. 병동에는 비누 냄새와, 비누로도 지울 수 없는 노년의 고통의 냄새가 났다.

한 모금해라, 수쿠스. 자두(plum) 브랜디구나. 프루눔(prunum), 슬리보비츠(Slivovitz, 동유럽에서 주로 마시는 자두 브랜디—옮긴이). 이제 내가 바라는 건 고향 마을로 돌아가는 거야.

수천 킬로미터나 떨어져 있잖아요.

마지막으로 그 산들을 보고 싶구나.

진심이에요?

다시는 마을을 못 볼 것 같아. 다시는 내 눈으로 못 볼 것 같다고. 차로 지나가면서도 그 산에 눈길 한 번 주지 않는 사람들도 분명 있겠지만.

몸 좋아지시면….

마을 이름을 잘 들어 봐! '다리가 부러진 운 좋은 말'이라는 뜻이다.

저는 그게 늘 말이 안 된다고 생각했어요.

너한테는 그렇겠지, 수쿠스. 너한테는 세상에서 말이 되는 게 너밖에 없으니까. 이 슬프고 광활한 세상에는 너밖에 없으니까. 나머지는 모두 아무것도 모르는 바보들이니까.

다리가 부러진 게 왜 운이 좋은 거라고 생각하시는지 말해 주세요!

불

내가 열다섯 살 때, 양 사백 마리를 돌봤거든.

다리 부러진 게 왜 운이 좋은 거냐고요.

말 다리가 부러지면, 어디 못 가고 가만 있어야겠지?

그래서요?

덕분에 몇 세기 전에 우리 마을이 생긴 거야.

그게 왜 좋은 일이냐고요.

내가 생각을 좀 해 봤거든. 그 문제를 좀 생각해 봤단 말이야. 그 사람들은 남쪽에서 산을 넘어오는 중이었던 거야.

서쪽에 있는 호수가 아니라요?

아마 여름이었을 거야, 지금처럼. 강을 건너기가 어려웠겠지. 건너편의 양지바른 곳으로 가고 싶었을 텐데 말이야.

거기가 아드레(adret, 프랑스어로 '양지바른 비탈'이라는 뜻―옮긴이)인가 그랬죠.

너도 기억하는 게 있구나! 그래, 아드레. 내 생각에 그 사람들은 수 샤테뉴 쪽으로 건너려고 했던 것 같구나, 디그 노인이 사는 곳이었지. 술을 하루에 오 리터씩 마시고도 암말을 등에 지고 옮길 수 있는 사람이었단다. 그런데 나이가 들면서는, 지금 나처럼 말이다. 의자 하나도 옮길 수 없게 된 거야. 불쌍한 양반 같으니, 디그 노인이 입을 열면 사람들이 이렇게 말했지. "말조심하세요, 디그 영감님, 과장하지 마시고요!"라고. 어쨌든 그 사람들은 수 샤테뉴 쪽으로 건너려고 했던 거야, 거기 강물이 제일 얕으니까. 무리의 대장이 막 길을 나서려는데, 말이 돌을 잘못 밟아 미끄러지면서 다리가 부러져 버린 거지. 앞다리였던 것 같은데, 기억나냐?

오른쪽 앞다리요. 기억나요, 아빠.

그래서 대장이 명령을 내렸지. 그날 밤은 거기서 야영을 하자고. 그렇게 눌러앉은 거야. 다시는 야영 같은 거는 하지 않았지. 그 사람들은 계곡을, 자신들이 꿈꾸던 녹음이 가득한 계곡을 발견했으니까. 거기가 좋다는 걸 안 거지. 그 사람들은 아드레에 집들을 지었는데,

그게 지금 교회 자리다.

간호사가, 병들거나 다친 사람들이 누워 있는 병상 사이의 통로로 걸어왔다. 병상에 누운 사람들의 절반쯤은 고향 마을이나 어머니를 생각하고 있었다. 수쿠스는 술병을 숨겼다. 간호사는 클레망의 수액을 갈아 주었다. 간호사가 가고 나서 클레망이 속삭였다.

한 모금 더 줘 봐라…. 내 옛 친구 데데 말이다, 그 친구도 마을 출신이고 지난달에 너한테 이야기했던 것 같은데. 그 친구가 요즘 건설회사에서 일을 하는데, 어쩌면 도와줄 수도 있을 것 같다고 하더라. 파크애비뉴에 새로 뭘 하나 짓고 있다는구나. 거기 사람이 필요하다고 하더라. 가서 카토라는 사람을 찾아 데데가 보내서 왔다고 하면 된다고. 한번 가 보겠다고 약속해라.

지금 가면 너무 늦었을 거예요.

누가 알겠냐? 약속해 줘.

만약 그 빌어먹을 말 다리가 다른 곳에서 부러졌으면 어떻게 됐을까요?

그럼 우리도 여기 없는 거지!

저 같은 놈이 아빠, 어디 다른 데서 미끄러졌을 수도 있다고는 생각 안 하시죠?

클레망은 눈을 감고 용담 스카프를 쓰다듬었다.

나도 여기 없고, 너도 없었을 거야.

그 덕분에 우리가 이 빌어먹을 트로이에 일자리도 없이 있는 거죠. 지금 칠월에. 그래서 지금 저한테 천 년 전에 부러진 말 다리에 고맙다고 하라는 말씀이잖아요. 말 다리 덕분에, 아니 부러진 말 다리 덕분에 증류주도 마실 수 있는 거라고!

그게 역사야, 아들. 클레망은 눈을 뜨지 않고 말했다.

지금 우리가 사는 건 뭔데요, 그럼? 아들이 물었다.

나한테 묻지 마라. 나도 모르니까. 역사는 아니야. 그건 일종의 기다림이지. 그가 붕대를 감은 손으로 스카프를 움켜쥐었다.

불

부다페스트 역에서 일하는 사람을 하나 아는데요, 수쿠스가 말했다. 몸이 나으면 아마 화물 열차에 태워 줄 수 있을 거예요. 마을에 돌아가는 데 며칠이나 걸려요, 아빠?

너도 가자! 클레망은 여전히 눈을 감고 말했다. 엿보기 구멍은 여전히 닫혀 있었다. 너한테 마을을 보여 주고 싶구나, 아들. 내가 태어난 집이랑, 내가 네 엄마와 결혼식을 올린 교회랑, 장이 코카드리유를 유혹했던 예배당이랑, 몰리브덴을 만드는 공장이랑, 까마귀들이 날아다니는 성 페르 오솔길이랑, 블루베리 그리고 그물버섯…. 약속해 줘, 아들.

뭘 약속해 달라고요?

약속해!

이제 가 주셔야 합니다, 간호사 말했다, 면회 시간 끝났습니다.

파크애비뉴에 가 보겠다고 약속해, 아버지가 아랫입술을 깨물며 속삭였다.

수쿠스는 수백 개의 병상들 사이 통로를 지나 문을 향해 걸어갔다. 흰색 침대보는 모두 똑같았고, 하나하나가 서로 다른 고통을 덮어 주고 있었다. 수쿠스는 그 침대보 아래에 있는 사람들의 무력감이 고통보다 더 심할 거라고 생각했다. 나는 마흔 넘어까지는 살고 싶지 않아, 그는 혼잣말을 했다. 그때까지는 원하는 일을 모두 마쳤을 것이다. 마흔이 되면, 이런 꼴을 보이기 전에 죽을 거야. 그리고 그는 쥬자와 그녀의 엉덩이를 떠올렸다. 그리고 자신의 손끝에 닿는 그녀의 아래쪽과, 등 뒤와, 도무지 경계가 없는 것 같은 어딘가를 떠올렸다.

그런 생각에 그는 서둘렀다. 계단을 세 칸씩 내려가면서, 자신도 모르게 어느새 건물 밖으로 나왔다. 거지 몇 명이 병원 앞에 서서 손을 내밀고 있었다. 그는 한 명 앞에 멈췄다. 자비로운 하느님이 선생님께 축복을 내리시고, 선생님이 원하시는 것이 모두 이루어지기를 바랍니다. 머리가 하얗게 센 노인이 웅얼거렸다. 수쿠스는 남은 계단을 한 번에 건너뛰었다.

돼지 새끼 같으니! 거지가 그의 뒤에 침을 뱉었다.

보도에서 어떤 여자가 꽃을 팔고, 옆의 남자는 프레츨을 팔았다. 꽃은 피처럼 붉고 프레츨에서는 주방 냄새가 났다. 수쿠스는 머뭇거리지 않고 보도를 지나 육차선 도로로 달려들었다. 갑자기, 버스 두 대 사이에서, 그는 뒤로 돌아, 보도의 노점상을 지나고 계단을 뛰어오르며 다시 병원으로 향했다. 정문에 사람들이 많아서, 그는 쪽문으로 들어가려 했다. 거기서 사자와 정면으로 마주했다.

사자는 그를 기다리고 있었다. 수쿠스는 손을 뻗어 사자 갈기를 쓰다듬으며, 정신을 차렸다. 실물 크기의 그 동물은, 사자의 몸과 같은 색의 대리석에 새겼는데, 몇 센티미터 깊이의 음각에 불과했다. 사자 뒤로 보이는 아치와, 둥근 천장, 통로, 타일을 깐 바닥, 맨 끝에 있는 문까지 모두 가짜였다. 모두 속임수였고, 그 건물이 궁전으로 쓰였을 때 즐겁자고 만든 것들이었다.

몸을 떨며, 그는 정문에 모여든 사람들 사이를 뚫고, 방금 아버지를 두고 나온 병실을 향해 계단을 뛰어올랐다.

클레망의 병상 주변에 천을 둘러놓았다. 멀리서도 그게 아버지 병상임을 알 수 있었다. 천 안쪽에 사람들이 몇 명 있었다. 사람들 발이 보였다. 남자 한 명과 스타킹을 신은 간호사 두 명.

무슨 일입니까? 그가 물었다.

돌아가셨네, 러시아인이 말했다.

클레망이 내 앞에 서 있다. 온몸에 코트처럼 꿀벌들이 붙어 있다. 곰 가죽처럼 따뜻하고 두꺼운 코트. 하지만 모든 무리가 그렇듯, 벌들도 살아 있다. 벌들은, 곰과 달리, 죽지 않았다. 녀석들은 차분하고, 온순하고, 조용하지만, 살아 있기 때문에 움직이고, 소리를 내고, 여왕벌에 집중한다. 코트는 완벽하게 맞았다, 항공 재킷처럼, 목 주변과 소매, 허리는 좁고 가슴과 어깨 부분은 딱 맞았다. 오렌지색 바탕에 검은색이 곳곳에 섞여 있었다. 멀리서 보면 아일랜드의 트위드 옷감처럼 보였다. 가까이서 보면, 벌 한 마리 한 마리가 꿈틀거리는 것을 볼 수 있었다. 클레망이 목 단추를 풀고, 주먹을 가볍게 쥔 채 팔을 소매에서 뺐다. 나는 한 발 다가가 그를 도와주었다. 그가 다른 쪽 팔도 뺄 수 있게 어깨를 잡아 주었다. 벌은 한 마리도 다치지 않았고, 당연히, 한 마리도 날아가지 않았다. 코트도 뭐라고 웅얼거렸다. 바뀐 것은 그것뿐이다. 벌들이 웅얼거리는 소리가 커졌다는 것. 나는 코트를 자두나무에 걸었다. 벌들은 자두나무 잎 냄새를 좋아한다. 나는 클레망의 귀 뒤로 머리칼을 넘겨 주었다. 자, 이렇게 왔네, 그가 말한다.

빈민구호병원의 공공병동 간호사 한 명이 천 밖으로 나왔다. 자선활동에 자기 인생의 많은 시간을 투자한 사람, 매일 밤, 홀로, 무관심에 맞서 싸워 온 사람다운 진지한 얼굴이었다.

누구시죠? 그녀가 수쿠스에게 물었다.

아들입니다. 저희 아버지세요.

안타깝지만 말입니다, 젊은이….

알아요, 돌아가셨잖아요!

그녀 뒤로 흰색 작업복 차림의 남자 일꾼과 다른 간호사 한 명이 보였다. 두 사람은 뭔가를 들어 올리는 중이었다.

저와 함께 사무실로 좀 가실까요?

그는 달렸다. 병상들 사이를 지나, 계단을 내려와, 도로로 나왔다. 처음보다 더 빨리 달렸다. 거지나 꽃장수 앞에서 멈추지도 않았다. 카샹에 가야 한다는 생각뿐이었다. 병원에서 나오자마자 왼쪽으로 꺾었다. 칸토르 대로에 나왔다. 키발치치가(街)에 접어들고, 라이온스를 지났다. 힌드 다리를 건넜다. 스완지를 지나 레오뮈르 기념탑 옆의 카샹 대로에 들어섰다. 엘리베이터에 타고 나서야, 그렇게 십사층으로 올라가는 동안, 어머니에게 어떻게 말을 꺼내야 할지 생각했다. 한때 파란색이었던 엘리베이터 벽에는 바닥에서 천장까지 그림이나 알파벳 약자, 이름, 날짜 등이 적혀 있었다. 수쿠스 본인이 열 살 때 그린 자지 그림도 있었다. 그는 아버지의 칼을 꺼내 벽에 대문자로 '퓨'이라고 새겼다. 글씨를 완성하느라 이십층까지 올라갔다가 다시 십사층으로 내려와야 했다.

여기서는 사람이 죽으면 모두 마을 공동묘지에 묻힌다. 시간이 지나면, 대리석에 새긴 그 이름들이 이슬과 햇빛과 비에 닳아 희미해진다. 결국엔, 죽은 이들이 처음부터 그랬듯이, 그들은 잊힌다. 하지만 이름이 없어도, 그들은 길가에 꽃이 필 때, 강에 다리를 놓을 때, 길게 뻗은 담장에서, 산 너머로 이어지는 길에서 기억된다. 트로이에서는 다르다. 거기서는 죽은 이들의 이름이 더 빨리 잊힌다. 유일하게 기억되는 사람들은 거리 이름으로 남은 사람들뿐이다. 그들을 제외하면, 수백만 명의 사람들이 아무런 표식도 남기지 못한 채 흔적 없이 사라진다. 도시에서는 죽은 이들이 남은 사람들의 머릿속에만 있을 뿐이다. 기념물은 모두 사적인 선택에 따른 것들뿐이다. 여기 마을에서는 선택을 거의 하지 않는다. 트로이에서는 너무 많은 선택에 직면하기 때문에, 죽은 이들의 도움을 받아야 한다.

수쿠스가 열쇠를 꽂자, 안에서 비스와바가 문을 열어 주었다. 그녀 뒤로 주방이 보이고, 그 벽에는 온통 스카프가 붙어 있었다.
　우리 둘만 남겨 놓고 가셨어요, 엄마. 아버지가 돌아가셨어요.
　그녀가 아들을 바라보았고, 그렇게 문간에 선 두 사람에게 잠시 시간이 멈췄다. 둘은 아무것도 이어지지 않기를 바라고 있었다. 시간이 되돌아오면 그제야 고통이 시작될 것임을 알고 있었다. 그래서 둘은 단어들의 울림이 끝없이 이어지게, 마침내 시간이 없는 곳으로 흘러가 사라지게 내버려 두었다.
　잠시 후 수쿠스가 문을 닫고, 비스와바는 무릎을 꿇고 주저앉았다. 결심한 듯 이를 굳게 다물었다. 잔인한 사건이 그녀 안으로 뚫고 들어가 그 얼굴에 자리를 잡은 것 같았다. 다시 한번 이를 꽉 물었다. 여전히 무릎을 꿇은 채, 그녀는 마치 네 발로 기는 것처럼 천천히 움직였다. 그렇게 몸을 움직여 침실까지 갔다. 불이 나기 전에는 바닥에 카펫이 빈틈없이 깔려 있었지만, 지금은 그냥 시멘트 바닥이었다. 그녀는 풀밭에서 꽃을 하나씩 따듯이, 시멘트 바닥을 뜯었다.

아, 브란치, 그녀가 낮은 목소리로 말했다. 당신이 당한 일을 우리가 어떻게 견디면 좋을까, 여보? 말해 줘요. 말해 줘!

　　　　　　　　라일락과 깃발

콘크리트

오늘 염소 한 마리가 발길질하는 소리가 들려서 축사에 갔다. 요즘 녀석들이 나를 가지고 논다. 넣어 준 건초에 오줌을 싸고, 여물통에 들어가고, 매년 부활절 무렵의 염소들이 그렇듯이, 서로 들이받았다. 거기 녀석이 있었다. 축사 문을 열었을 때, 검은 암염소 한 마리가, 몸길이만큼이나 펑퍼짐해진 배를 하고서는, 네 발을 작은 점에 모으고, 힘을 주고 있었다. 고개를 숙인 채 목을 길게 빼고, 뒤쪽 주둥이에서는 거품 사이로 빈 공기가 쉭쉭 나오고, 새끼 염소의 머리가 이미 나와 있었다. 양수로 끈적끈적하고 따뜻한 앞다리를 잡아당기니, 슬리퍼에서 발이 빠지듯 쉽게 쑥 나왔다. 족히 팔 킬로그램은 될 것 같은 새끼 염소의 몸은 갈색과 흰색이 섞여 있었다. 이 분 후 녀석은 네 발로 서서, 마치 균형을 잡는 막대기라도 되는 것처럼 양쪽 귀를 옆으로 쭉 뻗고, 첫 뜀박질을 했다. 새끼 염소들은 허공에서 태어난다. 그 사이, 어미는, 이제 막 두번째 새끼를 낳을 참이었지만, 자신만의 시간에 빠져, 아무짝에도 쓸모없는 머리를 돌려 나를 바라보았다. 타원형의 검은 눈동자에는 막막하고 무례한 호기심을 제외하곤 어떤 표정도 담겨 있지 않았다. 녀석은 오랫동안 똑바로 쳐다봤다. 이젠 어떻게 되는 건가요? 녀석이 물었다. 할머니나 할머니 빗자루, 삽, 의자 이야기가 아니라, 내가 어떻게 되는 거냐고요. 꽉 찬 녀석의 젖통은 소리로 가득한 종 같았다. 뿔이 자라겠지, 나는 손끝으로 새끼 머리를 만지며 말했다. 그리고 녀석은 뒷다리로 단단히 서서 달이라도 먹을 것처럼 몸을 일으킬 거야.

트로이는 이른 아침이었다. 한 남자가 자신의 어깨보다 그리 넓지도 않은 탑 안에서 가느다란 철제 사다리를 오르고 있었다. 탑은 투명하고, 그 벽은 공기로 만들어져 있었다. 사다리는 완전히 수직이었다. 파란색 작업복 차림의 남자는 파란 하늘에 묻혀 거의 보이지 않았다. 남자는 검고 무성한 콧수염을 길렀는데, 그의 딸 크리산테는, 검지로 그 선을 따라가며 만지는 것을 좋아했다. 까마귀 날아간다! 라고 딸아이는 소리치곤 했다. 남자의 이름은 야니스. 하늘에 오를 때 어깨에 멘 가방에는 빵과, 얇게 썬 양고기, 오렌지 쥬스 한 통이 들어 있었다.

아직 피가 많이 쏟아지지 않은 이른 아침, 강한 자들의 무자비함이 절정에 이르기 전, 밤에 일하는 사람들이 잠이 들고 슬픔에서 벗어날 때면, 잠시, 새로운 날이 거의 순수하게 보이는 순간이 있다.

크레인 위에 음식을 가지고 가는 것은 엄격하게 금지되어 있었다. 그러면 기사들이 술을 마실 수 있다는 게 이유였다. 하지만 야니스는 자신이 원하는 일은 하는 사람이었고, 다른 사람들의 규칙 따위는 무시했다. 나보다 나은 기사를 찾을 수 있으면, 한번 찾아보라고 하지!

그의 아래로 파크애비뉴를 따라 자동차들이 양방향으로 달리고 있었다. 이른 아침의 햇살 아래 자동차들이 너무 다닥다닥 붙어 있어서 위에서 보면 마치 쇠로 만든 장난감 뱀처럼 보였다. 코시가(街)에 있는 경찰서 옥상에서 경관 세 명이 운동복 차림으로 운동을 하고 있었다.

탑 꼭대기에서 도착한 야니스는 구멍이 숭숭 뚫린 플랫폼을 지나 조종실로 갔다. 그는 하늘에서 혼자 먹는 아침을 좋아했다. 느긋하게 이것저것 질문을 해 볼 수 있는 시간이었다.

아파트에 들어온 바퀴벌레는 어떻게 하면 없앨 수 있을까? 매일 밤 나타나는데, 두 딸이 머리카락에 바퀴벌레가 붙었다며 비명을 지르는 바람에 잠에서 깬 적도 두 번이나 있었다.

바다 쪽에서 바람이 불어왔고, 북쪽으로 몰려가는 하얀 구름은 면화 꽃 같았다. 평온하게, 그리고 안전하게, 크레인은 잠겨 있었다.

바퀴벌레 퇴치와 관련해 문제는 뭐냐 하면, 야니스가 암모니아 냄새를 견디지 못한다는 점이었다. 그 냄새를 맡으면 머리가 아팠다. 하지만 모든 사람들이 암모니아만이 유일한 해결책이라고 했다. 터키인 무라트가 바퀴벌레에 쓸 수 있는, 아무 냄새도 나지 않는 가루약이 있다고 장담했다. 약 이름을 물어봐야 할 것 같았다.

야니스는 아빠 크레인의 기사였다. 트로이의 대형 공사 현장에서는 두 대의 지브 크레인을 썼다. 아빠 크레인은 엄마 크레인보다 십 미터쯤 더 높고 팔도 더 길었다. 엄마 크레인의 팔은 아빠 크레인 밑으로 움직일 수 있었다. 그런 까닭에, 두 대가 같은 장소에서 작업을 할 때도, 서로 부딪히지 않고 물건을 놓을 수가 있었다.

하늘에서 아침을 먹으며, 야니스는 어머니에게 엽서를 썼다.

생신 축하해요, 엄마. 몇 주 후에 항공권 보내 드릴게요. 와인처럼 짙은 바다를 건너오실 거예요. 제가 공항으로 마중 나갈게요. 아파트에서 지내시게 될 거예요. 크리산테와 다핀이 할머니를 너무 만나고 싶어 해요. 뉴 브리지(엽서 뒷면을 보세요) 건너에 있는 산타바버라 대성당도 구경시켜 드릴게요. 소니아가 십일월에 아기를 낳을 거예요! 이번에는 손자겠죠. 지금 제 크레인에서 엽서 쓰고 있는 거예요.

한참 아래, 그의 왼발 방향으로, 노란색 헬멧을 쓴 인부들이 종이컵에 커피를 마시고 있었다. 그중 한 명은 수쿠스였다. 인부들은 커다란 아치 밑 그늘에 있었는데, 오래전에 그곳은, 도시의 은(銀) 시장으로 들어가는 입구였다. 아직 날은 덥지 않았다. 인부들 몇몇은 반바지 차림이고, 다리는 낙타처럼 갈색이었다.

저 위에 있는 그리스 남자는 똑똑해, 인부 한 명이 수쿠스에게 말했다. 저 빌어먹을 크레인으로 말이야, 사십 톤을 들 수 있는 저 물건으로 유리병을 딴다니까!

제가 무슨 갓난아기인 줄 아세요? 수쿠스가 말했다.

어제부터 나왔으니 갓 태어난 건 아니지! 목에 빨간 손수건을 두른 남자가 말했다.

콘크리트

우리 말을 못 믿나 보네! 헬멧 안에 뭉게구름 같은 가슴을 드러낸 여자 사진을 붙여 놓은 남자가 말했다.

어이, 신참! 팔 끝에 일 리터 물병 걸고 얼마나 버틸 수 있겠어? 이렇게 말이야.

아저씨만큼은 들고 있겠죠.

몇 분?

칠팔 분?

오 분 버티면, 점심 때 맥주 값은 우리가 내 줄게.

병 이리 주세요.

못 버티면 네가 우리 맥주 값 내는 거야, 여신 헬멧을 쓴 남자가 말했다.

전부 다요?

그렇지, 전부 다.

그냥 물이죠? 보통 물?

수돗물이야, 친구. 일 킬로에 병 무게까지.

무슨 꿍꿍이예요?

신참이 꿍꿍이가 있다고 생각하는 것 같은데, 그런 거 없어. 그냥 버티는 거야, 그게 다야. 들고, 오 분 동안.

어느 쪽 손이요?

아무 데나 원하는 쪽으로. 쭉 뻗어야 해.

시간은 누가 재죠?

좋아, 시작.

수쿠스는 다리에 힘을 주고, 오른손으로 물병을 들고는 팔을 옆으로 뻗었다. 어깨에서 일직선으로, 크레인처럼.

일 분!

수쿠스는 물병을 좀더 단단히 쥐었다.

이 분!

신참은 칠 분 동안 그렇게 있을 수 있다고 말했다.

그는 어깨 근육을 그대로 느낄 수 있었다. 그 단단한 근육이, 과일 속 씨처럼 부풀어 오르고 있었다.

삼 분.

아프기 시작했다. 무게 때문이 아니었다. 무게는 아무것도 아니었다. 어깨 안에 있는 씨가 자꾸만 움직이고 싶어 했다. 머리가 어깨 쪽으로 조금 기울었다.

못할 것 같은데.

엄마 크레인의 펼쳐진 팔이 보였다. 수쿠스는 케이블 두 개에 매달린 그 팔에 적힌 말을 반복해 읽었다. **안전 제일, 안전 제일**. 무슨 생각을 해도 얼른 지나갔고, 남는 건 침묵뿐인 공허한 시간이었다.

인부들은 모두 잔뜩 찌푸리고 시뻘게진 그의 얼굴을 보았다.

머리 위 아치에 제비 한 마리가 날아왔다. 그 짧은 순간, 수쿠스는 고개를 들고 그 제비를 확인했다. 둥지가 보였다. 시멘트 색 둥지.

제비는, 양 날개에 영혼을 싣고 있지. 그래서 녀석들이 그렇게 빨리 나는 거야, 아버지는 그렇게 말씀하시곤 했다.

사 분!

고통은 이제 문제가 아니었다. 문제는 팔을 계속 허공에 뻗고 있는 것이었다. 그렇게 붙잡아 둘 수 있으려면 생각을 하는 수밖에 없었다. 한 단어만 생각했고, 끊임없이 반복했다. **들어!**

신참이 기절하겠어!

병 깰 것 같아.

봐봐!

오 분! 여신 헬멧을 쓴 남자가 작게 말했다. 저 친구가 이겼어!

수쿠스는 계속 병을 들고 있었다.

오 분 반!

인부들은 이제 아무 기대도 없었지만, 전보다 더 집중하고 지켜봤다. 내기의 재미는 지나갔지만 호기심은 남았기 때문에, 그대로 멈추지 말았으면 하는 마음이었다. 신참을 골려 주려던 일이 조금 놀

콘크리트

라운 상황이 되어 버렸고, 인부들은 그 놀라움이 주는 재미에 입술을 핥으며 즐거워했다.

수쿠스는 그런 상황까지는 몰랐지만, **드을어어!**라고 외쳤다.

육 분이야, 신참!

콘크리트 혼합기에서 수쿠스와 함께 일했던 터키인 무라트가 몸을 일으키고는 수쿠스에게 다가왔다. 그가 손으로 부드럽게 병의 바닥을 잡으며 무게를 받아 주었다.

네가 이긴 거야! 그는 다른 인부들에게는 들리지 않게 작은 목소리로 말했다.

수쿠스는 눈을 뜨고 무라트를 바라보았다. 무라트는 안전모를 이마까지 푹 눌러 쓰고 있었다. 오른손에 든 사과를 먹고 있었고, 왼손에는 여전히 산업용 장갑을 끼고 있었다.

가서 일하자고, 여신 헬멧을 쓴 남자가 말했다. 카토가 호텔에서 나왔어!

공사 현장의 인사 담당자 카토는 벽에 그림액자들이 걸린 막사에서 혼자 아침을 먹었다. 그는 현장에 볼보를 타고 다녔다. 키가 작고, 노란 헬멧을 벗으면 달걀처럼 반들반들한 대머리였다. 헬멧을 쓰는 것은 모두에게 규정이었고, 반드시 써야 했다. 인부들이 쓰는 헬멧은 대부분 금이 가거나 찌그러졌지만, 방문 건축가나 몽드 은행의 대표자들(짓고 있는 건물은 그 은행으로 쓰일 예정이었다)이 쓰는 헬멧은 티끌 한 점 없었다. 카토는 자신이 쓸 헬멧으로는 일부러 가장 낡은 것을 골랐다. 노란색 페인트도 거의 다 지워진 물건이었다. 그런 헬멧을 쓰면 현장에서 본인이 가장 거친 사람처럼 보일 거라고 그는 생각했다.

크레인을 조종할 때 야니스는, 내가 어린아이 턱받이에 수를 놓을 때 움직이는 정도밖에 몸을 움직일 수가 없다. 검은색 버튼이 달린 빨간 조종간을 양손에 쥐고, 판사처럼 자신의 왕좌에 앉아, 조종실 앞쪽의 유리창을 통해 아래를 내려다보았다. 카토가 지시를 내리고 인부들은 각자 자리로 돌아갔다. 그는 동쪽으로, 아침 태양과 콘크리트 혼합기가 있는 쪽으로 몸을 돌렸다. 크레인의 팔이 가마우지처럼 허공을 갈랐다.

콘크리트 혼합기는 공사 현장의 주방 같은 곳이었다. 시멘트가 두 개의 금속 저장고에 들어 있는데, 각각 높이가 집채만 했다. 시멘트는 밀가루처럼 건조한 곳에 보관해야 했다. 저장고 아래는 혼합통이 있는데, 그 통으로 일정한 양의 시멘트가 흘러내렸다. 무라트가 전자 조작판으로 정확한 양을 입력했다. 그 양은 콘크리트가 어느 작업장으로 가는지에 따라 정해졌다. 무라트는 콘크리트 혼합기에서만 삼 년을 일했다. 그는 성직자들이 교리 문답에 대해 아는 것만큼이나 혼합기에 대해 잘 알고 있었다.

저장고 아래 혼합기에서 섞인 시멘트는 벨트를 타고 드럼으로 들어갔다. 회전하는 거대한 드럼 속으로 물을 흘려주자 마른 시멘트가 사료처럼 걸쭉해졌다. 드럼은 무라트가 호퍼로 내려도 되겠다고 판단할 때까지 시계 방향으로 회전했다. 그가 모터를 반대로 회전시키면 거대한 드럼은 시계 반대 방향으로 돌기 시작했는데, 이때 금속 날들이 옆으로 밀고 나오면서 혼합된 콘크리트가 한 덩어리씩 떨어졌다.

무라트가 하늘에 있는 야니스에게 호퍼가 다 찼다고 알리기 위해, 노란 헬멧을 벗어 머리 위로 들어 보였다. 야니스는 즉시 이어 받아 호퍼를 지면 위로 몇 센티미터 들어 올렸다. 그런 다음, 검은색 버튼을 눌러서, 크레인의 팔을 따라 이어져 있는 도르래에 달린 집게를 움직였다. 그는 집게를 앞으로 몇 센티미터 움직였다가 빠른 속도로 뒤로 당겼다. 그 충격으로 호퍼와 도르래 케이블이 출렁거렸다. 호퍼가 드럼에서 떨어지자 야니스는 케이블을 당겨 들어 올렸다. 이런 식으로, 지면에서 뜬 호퍼는 드럼의 주둥이를 스치지 않고 올라왔다. 그 단계가 지나면, 무라트가 새를 하늘에 날려 보내는 것 같은 동작을 하고, 호퍼는 회색 비를 흘리며 하늘 높이 솟아올랐다.

수쿠스는 자갈을 삽으로 퍼서 집게손 있는 쪽으로 나르는 작업을 하고 있었다. 집게손은 준설기처럼 자갈을 집어서 혼합통에 담는 기계였다. 전날 저녁, 아들이 수막염으로 죽는 바람에 실의에 빠진 트럭 운전수가, 자갈을 집게손에서 멀리 떨어진 곳에 부려 놓고는 눈길 한 번 주지 않고 "세상에, 세상에!"라고 탄식만 하면서 돌아가 버렸다.

이거 옮겨! 카토가 수쿠스에게 말했다.

소형 불도저로 옮기면 빠를 것 같은데요.

불도저라니, 말 같지 않은 소리를!

수쿠스는 허리를 펴고 현장의 하늘을 가로지르는 호퍼를 쳐다봤다. 해는 높이 떴고 오전 시간은 점점 뜨거워져 갔다. 그는 조끼를 벗었다. 아직 신참이었던 그의 살결은 다른 인부들보다 더 창백했다.

나는 농민이나 군인 들이 드물게 옷을 벗을 때 보여 주었던 창백한 살결을 기억한다. 그 새하얀 살결은 낮이 아니라 밤을 위한 것, 들판이 아니라 침대를 위한 것이었다.

건축(construction), 어원은 라틴어 스트루에레(struere), '쌓다', 콘 스트루에레(con struere), '같이 쌓다'. 수쿠스는 삽으로 자갈을 퍼 날랐다. 허리를 펴고 쉴 때면 그는 오른손 세 손가락으로 콧수염을 쓰다듬는 버릇이 있었다. 무라트가 자갈 더미 쪽으로 다가와 나란히 섰고, 두 사람은 아무 말 없이, 한가함을 즐기며, 입가의 먼지를 손으로 닦았다.

이건 뭐 산을 옮기는 것 같네요, 마침내 수쿠스가 입을 열었다.

병 들기 내기를 다시 할 거면 말이야, 내 요령을 알려 줄게, 무라트가 말했다. 뭐냐 하면, 길을 걷고 있다고 생각해야 해. 눈을 감고, 집으로 가는 길을 걸으면서 도중에 보이는 것, 집에 가면 있는 것들을 떠올리는 거지! 이 안에 담는 거야, 그가 노란 헬멧을 두드리며 말했다. 온 세상을 여기 담는다고! 그러니까 가만히 서 있는 게 아니라 걷고 있는 거라고 생각하라고! 그러면 십 분도 버틸 수 있어.

수쿠스는 손바닥에 침을 뱉고 다시 삽질을 시작했다.

해야 할 일이 도움이 되었다. 종종 일들이 그럴 때가 있다. 일이 삽을 들고, 흙을 떠내고, 못을 똑바로 대고, 도끼질을 하고, 양쪽 어깨에 얹은 짐의 균형을 맞췄다. 무엇보다도, 일은 스스로 줄어들었다. 이제 해야 할 일은 어마어마하게 많아 보이지 않았다. 일이 스스로 잘게 쪼개졌다. 매번 허리를 펴고 숨을 고를 때마다, 작은 한 부분이 끝나 있었다.

마침내 점심시간을 알리는 호루라기 소리가 들렸다.

쥬자가 옛날 은 시장으로 향하는 아치에 나타나자 인부들은 식사를 멈췄다. 맨발의 그녀는 원피스 차림이었는데, 연한 파란색에 치마가 길고, 소매는 짧고 꽉 끼는 원피스였다. 카토는 막사 창으로 그녀를 엿보았다. 공사 현장에 들어오면 안 되는 사람이었지만, 스무 명의 인부들이 넋을 놓은 모습을 보니, 한 번은 아무 말 없이 넘어가 주기로 했다.

안녕, 자기야! 빨간 손수건을 두른 남자가 외쳤다. 들고 있던 치즈 묻은 칼은 그대로 허공에 떠 있었다.

깃발 만나러 왔는데요, 여기서 일하는 거 맞나요?

깃발? 깃발이라는 친구는 모르겠는데, 있었던가? 여기서 얼마나 일했는데?

이제 일주일 됐어요.

아, 신참 이야기구나. 좀 전에 봤는데, 이리 와서 앉아요. 금방 올 거야. 맥주 좀 들어요. 어디서 오셨나?

여기 출신은 아니에요.

여기 출신은 아니래. 여기 출신이 누가 있다고 그래? 코끼리가 어디 숨는지 아나, 미인 아가씨?

그런 이상한 농담 뒤에 숨겠지! 여신 헬멧을 쓴 남자가 말했다.

아니. 안경을 쓰는 거야.

말도 안 돼!

음, 코끼리가 안경 쓴 거 본 적 있어요?

저기 상자 위에 앉으시라고 해.

못 봤지, 그렇지? 그것만 봐도 알 수 있잖아, 안 그래요? 코끼리는 안경을 쓰면 사람들 눈에 안 보이는 거야.

쥬자는 기차에 앉아 멍하니 창밖을 바라볼 때처럼 상자 위에 앉았다.

신참은 아가씨가 오는 거 알고 있나? 무라트가 물었다.

몰라요, 깜짝 선물이에요.

우리도 다 아가씨 같은 깜짝 선물 받았으면 좋겠네! 여신 헬멧 남자가 말했다.

그때 수쿠스가 허겁지겁 달려왔다.

헬멧 쓰니까 멍청해 보여, 깃발. 왜 모두들 식사 중에도 헬멧 쓰고 계신 거예요?

안전 수칙이야. 아가씨도 안전 수칙 몇 개 있겠지?

인부 몇 명이 웃음을 터뜨렸다. 수쿠스는 헬멧을 벗고 쥬자를 데리고 그 자리를 벗어났다.

내 귀걸이 마음에 들어? 그녀가 물었다.

금색 귀걸이였고, 각각 레몬 하나가 통과할 정도로 컸다. 그녀가 움직일 때마다 귀걸이들이 작은 마차 바퀴처럼 기울었다.

나쁘지 않네.

파란색 원피스는?

좋아.

자기 감동시켜 주고 싶었어.

감동시켰어! 귀걸이는 어디서 난 거야?

그러니까, 이십층까지 올린다는 거야, 자기 건물은?

그녀가 크레인을 올려다보았고, 그렇게 고개를 젖히고 있는 동안 그는 그녀의 목에 입을 맞췄다.

누가 줬냐니까?

뭘 줘?

귀걸이 말이야.

나 세 살 때 귀 뚫었어. 할머니가 뚫어 주셨지. 그러니까 귀걸이를 해야만 해. 당연하잖아, 그렇지 않아?

누구냐니까?

질투하는구나, 깃발! 질투!

어디서 난 거야?

불쌍한 아버지 생각해야 하는 거 아냐?

돌아가셨잖아.

우리 모두 언젠가는 죽는 거야, 깃발. 내가 장신구를 하는 건 모두에게 우리가 살아 있다는 걸 보여 주려는 거야. 나랑 그 사람들 모두 말이야. 그리고 자기가 약속 하나 해 줬으면 하는데.

무슨?

내가 죽으면 관에 들어갈 때 귀걸이 해 줘. 혹시 내가 안 하고 있으면 채워 달라고. 그러겠다고 약속해 줘!

그녀는 다시 크레인을 올려다봤다.

저기 하늘 위에 올라가 봤어? 크레인에 타면 굉장할 거야, 신이 된 것처럼.

귀걸이 누가 준 거야?

훔친 건지도 모르지.

훔쳤구나!

안 훔쳤어. 나 때리고 싶지, 그렇지, 깃발?

응.

그럼 때려, 어서!

싫어.

때리라고!

좆 까!

내가 이겼다! 자기 화나게 했어! 자, 가져.

금인가? 수쿠스가 귀걸이를 살피며 물었다.

응, 금이야.

남자한테 받은 거야?

정말 알고 싶어? 음, 훔친 거야.

안 훔쳤다면서.

금이야. 자기는 나한테 금으로 된 건 한 번도 준 적 없지, 깃발.

그녀는 그를 놀리고 있었다.

아! 자, 이제 때렸다. 귀걸이 이리 줘.

다시는 그런 말 하지 마!

자기가 그거 나한테 줬으면 좋겠어.

수쿠스는 시멘트 색 손바닥에 귀걸이를 놓고 그녀 쪽으로 내밀었다. 아무 무게도 느껴지지 않았지만 온기는 전해졌다.

귀걸이 줘. 이제 이 귀걸이는 자기가 준 거야. 자기가 준 귀걸이니까, 깃발, 다른 사람한테 빼서 보여 주는 일은 없을 거야.

수쿠스에게 맞아 한쪽 뺨이 붉어진 채로, 쥬자는 춤을 추기 시작했다. 자기 키보다 두 배나 높은, 콘크리트를 강화하기 위해 쓰는 녹슨 철근 더미 옆에서 춤을 췄다.

그걸 처음 본 게 언제였는지 기억나지 않는다. 너무 오래전이다. 절대 눈이 녹지 않는 높은 산에만 속한 빛이다. 빙하가 있는 자리, 종종 빙하 위에 비치기도 하지만, 그보다 낮은 곳에서는 절대 볼 수 없다. 그 빛을 볼 때마다 나는 천국을 떠올렸다. 햇빛이 눈에 비치는데 그러면 순백색이 되는 대신, 반짝반짝 빛이 난다. 녹아 버린 빛인 셈인

　　　　　　　　　　　라일락과 깃발

데, 나타났다 사라지고, 장소를 바꿔 나타나며 햇빛의 양을 알 수 있게 한다. 다른 어떤 도구로도 그렇게 해를 측정할 수는 없다. 그 빛이 나오려면 눈 결정이 녹아 액체가 되었다가, 다시 법랑처럼 단단하게 얼었다가, 다시 녹았다가 얼어야 한다. 얼음에서 나오는 이 빛에는 어머니의 젖처럼 따뜻함과 약간의 단맛이 들어 있다. 쥬자가 녹슨 철근 더미 옆에서 춤을 출 때, 땀에 젖은 그녀의 원피스 소매와, 웃느라 살짝 벌어진 그녀의 입술과, 빈 자리 두 개가 보이는 그녀의 이에서 그 빛이 났다.

그녀는 갑자기 춤을 멈추고 팔을 옆으로 내렸다.
어머니 잘 돌봐 드려야 해, 깃발. 요즘 같은 때 자기가 필요할 거야.
그녀는 다시 춤을 췄다. 이번에는 천천히, 한쪽 팔을 옆으로 들고, 다른 팔은 반대쪽으로 뻗은 채, 양손으로 씨를 뿌리는 사람처럼 움직였다.
그녀를 피해 갈 방법은 없겠다고, 수쿠스는 그녀의 움직임을 하나하나 지켜보며 생각했다. 등을 돌리고 달아날 수는 있지만, 한 발짝 떼자마자 그녀를 통과해야 한다. 옆으로 물러난다고 해도 그녀를 통과해야 한다. 어디를 가든 그녀가 먼저 거기 가 있을 것이다. 그녀는 평생 그랬던 것이 틀림없다, 처음 두 발로 설 수 있었을 때부터 그랬을 것이다. 여기서 그녀의 눈에 들어오는 것들(시멘트 가루, 크레인, 녹슨 철근, 하늘, 무라트, 구경하는 인부들), 그녀의 눈에 들어오는 것들 전부, 그녀가 지나쳤던 것들 전부, 나타났다 사라졌던 것들 전부가 곧 쥬자였다. 그것들은 그녀의 일부이지, 다른 것이 아니었다. 그것이 그녀를 피해 갈 수 없는 이유였다.
그녀가 춤을 멈추고 발에 묻은 시멘트 가루를 털었다.
오늘 저녁에 생선 좀 사 드리자. 신선한 성대, 어머니는 붉은 성대 좋아하실 거야, 그렇지?

콘크리트

호루라기 소리가 들렸다.

씨발, 아직 오 분 남았잖아, 여신 헬멧이 말했다.

카토는 자기 맘대로 분다니까!

쥬자는 트럭이 모래와 자갈을 싣고 나르는 통행로의 가장자리를 따라 걸었다. 전날 자식을 잃었다는 트럭 운전수는, 그녀가 여자인지 남자인지도 분간하지 못했다. 그녀는 그저 무시해도 좋은 또 한 명의 행인에 불과했다.

야니스는, 크레인에 오르기 전에 수쿠스의 어깨를 툭 치고는 이렇게 말했다.

우리 고향에서는 말이야, 젊은 여자가 혼자 춤을 출 때는 남편을 구하고 있다는 뜻이야.

멀잖아요, 아저씨 고향은! 수쿠스가 말했다.

아니야, 친구, 여자는 다르지 않아. 저 아가씨는 너를 위해 춤을 춘 거라고.

호루라기 소리가 한 번 더 들렸다.

호스로 찌꺼기 씻어! 무라트가, 빈 호퍼를 턱으로 가리키며 수쿠스에게 말했다. 호스에서 뿜어져 나오는 물 때문에 수쿠스의 손에 잡힌 물집이 욱신거렸다. 호퍼에 붙어 말라 가던 시멘트 조각들이 물줄기를 맞고 떨어져 내렸다.

야니스는 하늘 위의 조종실로 올랐다. 오후에 가장 먼저 할 작업은 발판과 결합 부분까지 완성된 거푸집널 네 개를 남쪽으로 옮기는 일이었다. 사용하지 않는 거푸집널은 항상 북쪽에 보관하고 있었다. 시멘트가 묻은 회색 거푸집널들을 그렇게 쌓아 놓으면, 그 구역은 무슨 벙커처럼 보였다. 망치질을 하면 쇳소리가 났다. 야니스는 엄마 크레인 밑으로 자기 크레인 팔을 움직여 북쪽으로 이동시켰고, 팔이 움직이는 동안 도르래 집게를 풀고 케이블을 내렸다. 체인을 걸고 케이블 고리에 묶는 데 시간이 필요했기 때문에, 그는 고개를 들고 배가 지나다니는 바다를 바라봤다. 바다를 볼 때마다 고향에 돌아가는 꿈을 꾸었다.

장비 담당자가, 저 아래에서 손을 들었다. 두 손을 가지런히 모은 것이, 꼭 천국을 향해 기도를 하는 것 같았다. 야니스가 도르래를 올려도 된다는 신호였다. 커다란 철제 거푸집, 콘크리트가 단단히 굳어 벽이 될 때까지 콘크리트 공급 호스를 지탱해 줄, 거푸집이 지면에서 떨어졌다. 야니스는 크레인의 팔을 어마어마하게 큰 시계의 큰 바늘처럼 돌렸다. 창고를 지나고, 아치를 지나고, 쥬자가 춤을 췄던 공터를 지나고, 중앙 작업장을 지나, 남쪽 가장자리까지 돌렸다. 크레인의 꼭대기는, 짐을 옮길 때는 마치 나무 꼭대기처럼 부들부들 떨었다. 당연했다. 오직 야니스의 눈만이 흔들리지 않았다.

손가락 끝으로 검은색 버튼을 조절해 가면서 그는 십이 톤의 쇳덩어리를, 천사 가브리엘이 수태고지의 말을 꺼낼 때처럼, 부드럽게 내려놓아야 했다. 천천히 케이블을 내렸다. 집게를 불과 이십 센티미터 정도 뒤로 물리고, 계속 케이블을 내렸다. 잠시 멈추고 선글라스를 벗은 다음, 다시 케이블을 내렸다. 조종실도 마치 아래를 보고 싶다는 듯이 앞으로 기울었고, 저 아래서는, 일벌만 해 보이는 인부 열 명이 엄청난 크기의 거푸집널을, 아직 여름 공기 중에 떠 있는 그것들을 잡고, 나사 하나하나가 정확하게 홈에 들어갈 수 있도록, 정확한 위치를 잡고 있었다.

불(Bull)! 인부 한 명이 소리치며 뻗었던 팔을 내렸다. 야니스는 케이블을 놓았다. 거푸집널이 온전히 떨어졌다. 십이 톤이.

이봐, 신참, 너는 정의에 대해서 생각해 본 적 있나? 무라트가 물었다.

법이랑은 멀리 떨어져 지내고 있어서요.

법에서 말하는 정의를 이야기하는 게 아니야.

그럼 무슨 정의요?

우리한테 일어나고 있는 일 이야기야.

우리 이야기를 하면 나이 든 거예요. 나는 늘 나에 대해서 이야기하죠. 우리가 누구예요?

부의 깔때기 법칙이 점점 더 확대되고 있어, 무라트가 말했다.

깔때기 법칙이 뭔데요?

부의 깔때기란 말이야, 신참, 어떤 사람한테는 넓고 어떤 사람한테는 좁다는 거야.

콘크리트를 담을 호퍼가 내려왔다. 수쿠스가 자루를 드럼 쪽으로 밀었다.

불! 무라트가 소리치며 뻗었던 팔을 내렸다.

'불'이라는 단어가 '느슨하게' '거기에' '제자리에' 같은 뜻을 가지게 된 경위는 아무도 기억하지 못했다. 그건 일종의 맹세 같은 말이었다. 크레인 기사는 사실 그 소리를 거의 듣지도 못했다. 그들은 수신호나 자기 눈으로 확인한 것들에 의존해 작업했다. 그 맹세는 일종의 저주이면서 동시에 말 없는 간청이기도 했다.

거대한 드럼이 시계 반대 방향으로 돌았고, 금속 날들이 옆으로 밀고 나오면서 콘크리트 반죽이 나왔다.

무라트가 헬멧을 벗어 공중에 들어 보였다. 호퍼가 회색 빗방울을 떨어뜨리며 높이, 작은 새들이 날 수 있는 것보다 더 높이 올라갔다.

너는 다른 세상은 상상해 본 적 없지? 무라트가 물었다.

있어요, 폭파시켜 버릴 수도 있죠.

우리도 함께 날아가는 거지.

그래서 아저씨가 생각하는 정의는 뭔데요? 수쿠스가 무라트의 고요하고 까만 눈동자를 보며 따지듯 물었다.

아기들 손을 봐, 무라트가 장갑 손등으로 이마를 닦으며 말했다. 아주 정교하게, 잘 만들어졌지. 손톱은 작은 장미 꽃잎 같고, 손가락 하나하나가 따로 움직이잖아. 주먹을 쥐기에 딱 알맞게, 살구만 한 크기로 말이야! 아기들 손이 왜 그렇게 만들어졌겠나?

　　　　　　　　　　　라일락과 깃발

모르겠는데요.

뭘 하려고 말이야?

똥이나 닦겠죠.

아니야, 자기들 것을 움켜쥐려고 그런 거야.

우리들 것은 하나도 없어요.

언젠가는 생길 거야.

절대로 안 돼요.

무라트가 작은 스위치를 올리자 시멘트 한 덩어리가 다시 혼합기 안으로 떨어졌다.

노란 헬멧 아래에 정의에 대한 생각을 계속 담고 있으면 말이야, 무라트가 말했다. 그 생각을 함께 지키고 있으면, 언젠가는 세상이 우리 것이 될 거야.

아저씨도 우리 아버지처럼 몽상가시네요.

그래서 아기들 손이 왜 그렇게 잘 만들어졌다고?

모르겠어요.

무라트는 이번에는 자갈과 모래를 넣는 스위치를 눌렀다.

자네 아버님은 어느 노조 소속이셨나?

노조 안 하셨어요.

몽상가셨다면서?

아버지는 당신이 떠나온 고향 마을 꿈을 꾸셨죠. 그리고 아저씨는, 아저씨는 미래를 꿈꾸는 거고요. 하지만 우리는 여기 있는 거잖아요, 아저씨랑 저는 여기서, 몽드 은행을 위해 콘크리트를 섞고 있다고요.

그림자가 움직이는 것이 보였다. 두 사람은 고개를 들었다. 다음 호퍼가 하늘에서 내려오고 있었다. 수쿠스는 집게손이 모래를 더 많이 뜰 수 있게 모래를 모아 주었다. 캔버스 신발 안의 발이 호스에서 나온 물로 축축했다. 호퍼가 지면에 닿았다.

불! 무라트가 소리쳤다. 불!

콘크리트

케이블이 느슨해졌다. 거대한 드럼에서 반죽이 흘러나왔다.

무라트가 헬멧을 벗어 머리 위로 들어 보였다. 백 미터 위에서, 야니스는 호퍼가 드럼 주둥이에 닿지 않게 케이블을 흔든 다음, 회색 비를 날리며 들어 올렸다.

역사책을 읽어야 해, 무라트가 말했다.

제가 읽는 책은 사전밖에 없어요.

역사를 보면 아무 일도 일어나지 않는 상황에서도 뭔가가 벌어지고 있지.

그런 밤들이 있죠.

그래, 역사는 밤과 낮이야, 무라트가 말했다.

지금은 밤이고요?

지금은 밤이지, 오랫동안 밤이었지.

잠은 주무세요? 수쿠스가 물었다.

나는 초조해, 그리고 어둠 속에 있다 보면 그 초초함이 천사 같은 목소리를 내곤 하지.

그 말을 하면서, 무라트는 고개를 들고 구름을 올려다봤다. 칠월의 늦은 오후에, 종종 구름들이 그렇게 물을 마시러 온 가축 떼처럼 해변을 따라 늘어서곤 했다.

그 목소리가 뭐라는데요, 아저씨? 천사가?

늘 같은 이야기야. 내가 나 자신을 위해 존재하는 거라면, 다른 사람들은? 그 목소리가 묻지. 다른 사람들이 그들만을 위해 존재하는 거라면, 나는 누구지? 지금이 아니면, 언제? 여기가 아니라면, 어디?

그 천사는 그런 걸 어디서 배웠대요?

두 사람은 하늘을 올려다봤다. 채워야 할 호퍼가 하나 더 내려오는 중이었다. 가득 채워진 호퍼를 야니스가 들어 올린 후에, 수쿠스가 말했다.

저한테 들리는 목소리는 천사가 아니에요. 그 목소리가 저한테 뭐라는지 아세요?

라일락과 깃발

모르지.

귀걸이 달라고 말해요. "자기가 준 귀걸이니까 다른 사람한테 빼서 보여 주는 일은 절대 없을 거야, 절대"라고.

서서히 작업 시간이 끝나 가고 있었다. 거대한 드럼에서 마지막 반죽이 흘러나왔고, 수쿠스는 다음 날 아침 그것들이 말라붙지 않도록 호스로 드럼 주둥이를 씻었다.

야니스는 집게손을 조종실 근처 제자리에 두고 케이블을 당겼다. 현장의 엔진들이 하나씩 멈췄다. 가장 높은 곳에 있는 구름이 녹색으로 변했다. 야니스가 가방을 어깨에 걸쳐 메고 지면으로 내려왔다.

틀림없어, 젊은 친구, 그가 사물함이 있는 막사에서 수쿠스에게 말했다. 그 아가씨는 남편을 구하고 있는 거라고.

크레인 기사 하려면 어떤 서류가 필요해요? 수쿠스가 물었다.

서류라니! 다 여기 있는 거야, 야니스가 자기 가슴을 치며 말했다.

서류 필요 없어요?

기하학을 이해할 머리만 있으면 돼.

저 기하학 알아요, 수쿠스가 말했다.

매 같은 눈도 필요하고.

저도 독수리눈이에요.

에스프레소 같은 집중력이랑, 높은 곳에 어울리는 원대한 생각.

좋아요.

해 보자, 그럼. 위에 가 보면 알 거야, 올라가!

카토는 어쩌고요? 수쿠스는 갑자기 망설여졌다.

카토는 퇴근했어. 가서 내가 깜빡하고 온 엽서 좀 갖고 와. 꼭 보내야 하거든. 작업계획서 더미에 있다, 조종석 왼쪽에. 가서 해 봐.

안 잠겨 있어요?

우리는 집 안 잠그지.

수쿠스가 막사를 나갔다.

위나 아래는 보면 안 돼, 야니스가 수쿠스의 등 뒤에 대고 소리쳤다. 앞만 봐야 해. 사다리 단이 삼백여덟 개야. 그거 세면서 올라가도 돼.

크레인, 어원은 그리스어 게라노스(geranos), '다리가 긴 새'라는 뜻이다. 보이지도 않는 꼭대기를 향해 더 높이 올라갈수록, 죽은 아버지가 안 됐다는 생각이 점점 더 들었다. 이백구십칠. 열 개 남았다.

마침내 조종실로 이어지는 플랫폼에 올라섰다. 난간에 기대어 서서 처음으로 아래를 내려다보았다. 땅에는 어스름이 깔려 있었다. 흰색인 데다가 달처럼 희번득한 빛을 내는 폴리에스테르 단열재 더미만 눈에 띄었다.

코시가의 경찰서 옥상에서 남자 한 명이 작대기를 높이 든 채 달리고 있었다. 남자가 갑자기 달리기를 멈추고 작대기로 땅을 짚더니, 무릎을 꿇고 작대기 끝을 살폈다. 한참을 보고 나서야 수쿠스는, 남자가 잠자리채로 나비를 잡고 있다는 것을 알아차렸다.

하늘에는, 캔털루프 멜론 속 같은 광채가 가득했고, 크레인의 팔은 빛의 호수에 뻗은 철제 암초처럼 뻗어 있었다. 밑에서는 도시의 네온사인이 켜지고, 많은 건물의 창들은 얼음처럼 반짝였다.

수쿠스는 조종실로 들어갔다. 정확히 야니스가 말한 위치에 있었던 엽서를 집어 들고 조종석에 앉아 보았다. 그는 엽서에 적힌 주소를 읽었다.

키리아 제니아 이오아니데
오도스 아르테미도스
카스트로, 사모스.

그때 크레인이 흔들리는 것이 느껴졌다. 한 방향으로만 흔들리는 것이 아니라 양쪽으로 흔들렸다. 증류주를 너무 많이 마신 사람처럼 다리부터 휘청거리는 것 같았다.

나는 살아 있어, 그는 혼잣말을 했다, 이제 뭐든 할 수 있어!

범죄

경찰서 옥상에서 운동복을 입은 남자가 잡으려고 애썼던 것은 '약혼녀'라고 알려진 나방이었다. 앞날개는 나무껍질 색과 비슷한 갈색이고, 뒷날개는 오믈렛을 만들기 전에 터뜨린 달걀처럼 노란색이었다. 몸통은 잔털이 많고 검은담비 색이었다. 길이는 사 센티미터 정도, 좋아하는 먹이는 버드나무 잎이었다. 남자는 한 손으로 잠자리채의 그물 끝을, 다른 손으로는 자루를 쥐고 있었다. 약혼녀는 낮게 날고 있었고, 남자는 잠자리채를 위에서 내려치며 녀석을 잡았다. 일단 잡은 후에 가지고 있던 약상자를 그물 안으로 밀어 넣자, 나방은 빛이 있는 쪽으로 날아가는 줄 알고 안으로 들어갔다. 그 순간 그는 약상자의 뚜껑을 닫고 그물 밖으로 꺼냈다.

나방을 채집한 사람의 이름은 헥토르였다. 미소를 지을 때면, 입꼬리보다 볼이 훨씬 많이 움직였다. 볼이 커다란 귓불까지 올라갔다. 덩치가 큰 사람이었다. 그는 미소를 띤 채, 경찰서 옥상의 송신 안테나를 지나, 계단으로 이어지는 문을 향해 걸어갔다.

코시가의 경찰서는 옆 동네의 파출소와는 완전히 달랐다. 그런 파출소에는 창에 커튼이 달려 있고, 건물 이층에 경관의 아내들이 있고, 심지어 가끔씩 요리하는 냄새까지 났다. 코시가에는 달콤한 냄새나 접착제가 타는 것 같은 냄새가 났는데, 마치 건물 안에 있는 전자 제품들이 모두 과열되어 있는 것만 같았다. 소리에 관해 말하자면, 두 종류가 있었는데, 엘리베이터 문이 열리고 어느 층에 내리느냐에 따라 달랐다. 구층에서는 모든 소리가 방음이 되어 있었다. 어떤 소리도 들리지 않았고, 모든 것은 소리가 들리지 않는 곳에 있었다. 다른 층에는 카펫이나 커튼이 없기 때문에, 그리고 남자들이 구두를 신고 다니고 문짝도 무겁기 때문에, 또한 잠든 아이들도 전혀 없기 때문에 모든 소리가 컸고, 소음 하나하나가 울려서 들렸다. 거

라일락과 깃발

기선 유리잔에 물을 따르는 소리도 불길하게 들렸다. 나는 모든 층에 다 가 봤다.

화장실에서 헥토르는 운동복을 벗고, 버튼다운 셔츠와 금색 견장이 달린 짙은 파란색 제복으로 갈아입었다. 그는 경감이었다. 세면대 위의 거울을 보며 얼마 남지 않은 머리칼을 다듬었다. 은퇴 문제로 힘들어했던 그는, 매일 저녁 핑계를 만들어 가며 늦게까지 서에 남아 있으려고 했다. 근무 시간이 아닐 때도 사무실을 돌아다니며 의견을 말하고, 질문하고, 옛날 사건 파일들을 뒤적였다. 그의 은퇴는 석 달 후로 예정되어 있었다. 경감이었기 때문에 예외적으로 종일 테니스화를 신고 다니기로 양해를 구했다. 자기 정도 나이에 가죽 신발을 신으면 발이 아프다고 핑계를 댔지만, 사실은, 테니스화를 신고 다니면 소리가 나지 않는다는 점이 좋았다. 그는 슬그머니 복도를 걸어가 자기 사무실로 들어갔다.

그의 책상 뒤에는 아연 도금을 한 커다란 철제 벽장이 있었다. 벽장의 자물쇠를 열었다. 그런 철제 물건은 아무것도 기억하지 못하고, 아무것도 보지 못한다. 비디오테이프 더미에서 하나를 집어든 그는, 사무실을 씩씩하게 가로질러서는, 대통령 초상사진 밑에 있는 비디오테이프리코더에 넣었다. 책상에 있는 등을 끄고 방을 어둡게 한 다음, 그는 흔들의자에 등을 기대고 앉아 테이프를 봤다. 첫 장면은 전철역에 모인 군중들이었다. 트로이의 모든 전철역에는, 은행과 마찬가지로, 감시카메라가 설치되어 있었다. 사람들은 승강장에서 열차를 기다리고 있었다. 전철역 바깥은 겨울이어서, 사람들은 코트 차림에 장갑을 끼고 있었다. 신문을 읽고 있는 사람도 있고, 이어폰 리듬에 맞춰 발을 구르는 사람도 있었다. 대부분은 선로 건너 다른 사람들, 일터에서 나와, 반대 방향의 집으로 자신들을 데려다 줄 열차를 기다리는 사람들을 멍하니 바라보았다. 매일 저녁과 같은 광경이었다.

사람들의 얼굴은 슬퍼 보였다. 아직 인내심까지 잃지는 않았지만,

범죄

열정은 잃어버린 사람들이었다. 어쩌면 먼 교외의 기차역에 내려, 나무들에 둘러싸인 자신들의 집에 불이 켜지는 모습을 볼 때면, 열정이 되살아날지도 모를 일이었다.

작은 소동이 벌어진다. 중절모를 쓴 남자가 뒤로 넘어지며 머리를 찧었고, 몸에 비해 지나치게 커 보이는 지저분한 코트가 승강장 끝으로 삐져나왔다. 그는 자신의 행동을 과신하는 사람 특유의 단호함을 보여 준다. 남자는 취했고, 겨드랑이에 카펫을 끼고 있다. 이제 그는 사람들에게 손가락질을 하며 소리를 지른다. 동작을 볼 때 뭔가 모욕적인 말을 하는 것 같지만, 그 노인의 말은 영원히 알 수 없게 되어 버렸다. 그 비디오에는 소리가 없다.

그에게 손가락질을 받는 사람들은 못 들은 척한다. 여성 두 명은, 일어나 걸음을 옮기는 그를 피해 물러난다. 그는 고통스러워하는 표정으로 두 여성을 흘긋 쳐다보며, 마치 이번에는 자신이 모욕을 당했다는 듯이, 뭐라고 말을 한다. 그는 마음을 진정시키려는 듯 발을 구른다. 잠시 후 무슨 일이 없나 싶어 주변을 살핀다. 그는 모자를 벗어 누군가를 향해 흔들며, 다시 소리친다. 이번에는 미소를 짓고 있다. 모피 모자를 쓰고 서류 가방을 들고, 신문을 읽고 있던 남자가 역겹다는 듯이 고개를 든다.

경감은 남자가 건너편 승강장에서 알아본 누군가의 이름을 부른 거라고 생각했다. 매번 그 영상을 볼 때마다 경감은 그 지점에서 몸을 당기며, 노인의 입술에서 어떤 이름을 읽어내려고 애썼다. 폰(pon)으로 시작하는 단어라고 생각했지만, 마지막 음절은 도무지 알아낼 수가 없었다.

누가 문을 두드렸다. 경감은 테이프를 멈추고 불을 켠 후에, 의자에 등을 기대고 두 손을 팔걸이에 내려놓았다. 그런 후에야 대답했다.

누구십니까?

알빈 경관입니다, 보고드릴 게 있습니다.

　　　　　　　　　　　　라일락과 깃발

들어와.

경관이 들어와 경례를 했다.

무슨?

워싱턴 순찰대에서 밀매꾼을 한 명 잡았습니다.

어디 있지?

안내 데스크에 있습니다.

녀석한테서 얼마나 찾아냈는데?

백 그램입니다.

마약?

그렇습니다.

입은 열었나?

아닙니다.

이름이 뭐래?

나이시입니다.

전과는 있고?

그 이름으로는 없습니다.

녀석이 누군지, 물건은 누구한테 받는지 알아봐.

직접 심문하시겠습니까, 경감님?

협조적인 놈으로 보이나?

아직은 아닙니다.

그럼 나중에 볼게. 파스콰 경사한테 맡기고, 경과는 보고하도록.

알빈 경관이 경례를 하고 방을 나가려 할 때, 헥토르는 오른손 손가락 하나를 들어 보이며 다시 불렀다. 그 동작은 의도적이면서 차분했다. 중요한 것은 그 동작이 명령으로 받아들여졌다는 점이다. 알빈 경관은 그 자리에 서서 기다렸다. 헥토르는 몇 달 후에는 자신이 무슨 행동을 하든 그것이 명령으로 받아들여지지 않을 거라고 인정할 수밖에 없었다. 그 생각 때문에 가슴에 통증이 몰려왔다. 하루하루, 은퇴 예정일이 다가올수록, 그는 점점 더 상실감을 느꼈다. 검

범죄

지에 낀 결혼반지를 유심히 들여다봤다. 알빈 경관은 여전히 기다리고 있었다.

뭔가 보고가 있을 때까지는 내가 퇴근하지 않을 거라고 파스콰 경사에게 전해 주게.

그는 가 보라는 뜻으로 손가락을 거의 보이지 않을 만큼 살짝 흔들었다.

알빈 경관은 경례를 하고 돌아서 나갔다. 헥토르는 석재 복도에서 멀어지는 알빈의 발소리에 귀를 기울이다가, 책상의 등을 끄고 테이프를 다시 틀었다.

사람들은 여전히 열차를 기다리고 있다. 검은색 양모 깃을 목 부분에 덧댄 코트 차림에 실크 스카프를 두른 남자가, 단단한 재질의 작은 서류 가방을 승강장에 내려놓고 그 옆에 무릎을 굽히고 앉았다. 가방을 열었다가 다시 몸을 일으킨 남자의 손에 번쩍이는 도끼가 들려 있다. 그의 행동은 단호하고 침착하다. 그는 선로에 뛰어내려서 건넌 다음 운동선수처럼 반대편 승강장으로 뛰어올라, 겨드랑이에 카펫을 끼고 있는 술 취한 노인 옆으로 다가간다. 노인은 아기처럼 인상을 찌푸린다. 도끼를 든 남자가 노인의 뒷목을 단 한 번 엄청나게 세게 내리친다. 피해자는 그대로 고꾸라지며 바닥에 쓰러진다.

암살범은 다시 선로를 건너, 피가 뚝뚝 떨어지는 도끼를 가방에 넣고는 승강장 끝에 있는 출구를 향해 천천히 걸어간다. 사람들은 그가 지나갈 수 있게 길을 비켜 준다.

노인을 도와주기 위해 다가가거나 무릎을 꿇고 앉는 사람은 한 명도 없다. 그는 사람들이 물러나면서 승강장에 만들어진 작은 원 안에 그렇게 늘어져 있다. 열차가 들어온다. 반대편에도 한 대가 들어온다. 문이 열리고, 승객들이 내리고 탄다. 열차들이 출발한다. 버려진 승강장에는 시체만이, 짙은 얼룩 위에 놓여 있다.

피해자의 이름은 질베르 도르메송이었다. 살인 사건 다음 날 경찰

컴퓨터는 그의 관련 서류를 이 분 만에 찾아냈다. 도르메송. 1919년 11월 5일 콘스탄틴 출생, 주취 및 풍기문란으로 수차례 체포, 주소 불명, 1945년 군사 훈장 서훈됨.

코트에서 나온 그의 지갑에 여인의 사진이 한 장 들어 있었다. 카바레 가수인 듯, 1960년대 스타일의 여성이었다. 그 사진과 함께 검은 미니어처 푸들 사진 세 장도 클립으로 끼워져 있었다. 사진 뒤에는 '질리, 내 사랑'이라고 적혀 있었다. 노인의 사망 후에도, 친척이나 지인이라는 사람은 한 명도 나타나지 않았다.

육 개월이 지났다. 목격자가 수백 명이나 있었지만, 도끼를 휘두른 남자의 정체는 밝혀지지 않았다. 헥토르는 노인이 하찮은 협박 사건에 연루되었을지도 모른다고 생각했다. 하지만 그동안의 경험을 곰곰이 떠올려 보면 이 전철 살인 사건도 다른 많은 범죄 파일에 합류할 것임을 알고 있었다. 미제 사건들.

어젯밤, 마을로 이어지는 길을 따라 개구리 떼가 바위들 옆의 연못으로 돌아가고 있었다. 수십만 마리의 개구리가 더러운 녹색 물이 고인 연못을 향해 폴짝폴짝 이동하는 중이었다. 달이 차오르면 그렇게 사방에서 개구리들이 연못으로 모여든다. 마음이 급한 녀석들은 암컷이 수컷을 등에 업은 채 뛴다. 암수 한 쌍이 함께 연못에 뛰어들고, 그렇게 며칠을 꼭 붙어서 지내다가, 암컷이 알을 낳으면 수컷은, 여전히 암컷의 등 위에, 꼭 매달린 채로, 물속으로 떨어지는 알에 정액을 뿌린다. 개체 수가 지나치게 많아지지 않는 한 개구리들은 해마다 그렇게 한다. 개체 수가 많을 때는 짝짓기를 하지 않는다. 개구리들이 그걸 어떻게 알 수 있는지 사람들은 궁금해한다. 여름밤이면 연못의 개구리들이 몇 시간이고 쉬지 않고 계속 울어 대고, 그 합창 소리의 크기로 녀석들은 개체 수가 얼마나 되는지 알 수 있다. 울음소리가 너무 클 때면, 녀석들은 짝짓기 철을 그냥 흘려보낸다.

만약 경감이 나에게 물어봤다면, 나는 전철 살인 사건도 설명해 줄 수 있었을 것이다. 어느 날 아침, 살인자가 새로 나온 정육점용 도끼를 단단한 재질의 서류 가방에 챙겨 넣었다, 누군가를 죽이고 싶었기 때문이다. 아직 그게 누구인지는 몰랐다. 집을 나서며 아내에게 입맞춤을 할 때, 가방 안에 든 여분의 묵직함이 그를 응원하는 듯했다. 그는 역을 향해 경쾌한 발걸음을 옮겼다. 도끼를 들고 집을 나선 것이 처음은 아니었다. 실은 일곱번째 혹은 여덟번째였다. 그는 사람을 죽여 자신의 이름이 영원히 어떤 의미를 지니기를 원했다, 하느님이 자신을 알아볼 수 있게. 하지만 그는 무차별 살인을 할 수 있는 사람은 아니었다. 며칠 전에는, 죽일 사람을 찾지 못해서, 평범하게 사무실에서(그는 보험회사 직원이었다) 일을 하고, 평범하게 카페에서 점심을 먹고, 저녁에는 평범하게 열차를 타고 집으로 돌아갔다. 마치 단단한 재질의 서류 가방 안에 검은색 공단으로 싼 정육점 도끼를 들고 다니는 것이 세상에서 가장 평범한 일인 것처럼 말이다. 검은색 공단은 아내의 옷장에서 찾은 것이었다. 아내가 팔 년 전에 잠옷을 만들려고 산 천이었는데, 두 아이가 태어나면서 아내는 자기 옷을 만드는 일은 포기했다. 전철 승강장에서 술 취한 노인을 만났을 때, 그는 기뻐서 심장이 터질 것 같았다. 저기 희생양이 있다고, 그는 스스로에게 말했다. 무릎을 꿇고 앉아 열차가 오는지 소리를 들었다. 아니, 열차는 얼른 오지 않을 것 같았다. 하느님도 바라고 있다는 신호였다. 그래서 그는 선로를 가로질렀다. 노인을 죽인 후에, 그는 자신이 약해진 것 같은 느낌이 들었지만 받아들일만 했다. 선로에서 다시 승강장으로 올라올 때, 집으로 갈 때는 택시를 타야겠다고 생각했다. 그리고 그 생각대로 했다.

구층에 있는 취조실에서, 파스콰 경사는 싱크대로 가 맥주를 한 캔 땄다. 나이시는 벽에 붙은 장의자에 앉아 있었는데, 팔을 뒤로 했고, 손목에는 수갑이 채워져 있었다. 진물이 흐르는 구스베리 열매 같은 핏덩어리가 혀끝에 느껴졌지만, 감히 뱉어낼 수는 없었다. 그걸 뱉

라일락과 깃발

으면 다시 구타를 당할 것이었다.

말해, 이 새끼야!

뭘 말해요?

알잖아, 새끼야.

지난주에 경사님 축구팀이 이겼죠. 그렇지 않나요, 경사님?

불어.

뭘요?

공급책이 누구야?

그날 시합 잘했다고 들었어요.

그런 소식은 누구한테 듣는 거야?

후(Hoo)요.

장난치지 말고, 새끼야.

후가 돈도 대요, 물건도 가져오고.

이름이 뭐야?

말했잖아요, 경사님. 후. 중국인이에요.

더 있지? 경사는 맥주 캔을 버리며 말했다. 나이시는 무슨 대답을
해도 경사가 듣지 않을 것임을 알았다. 하지만 입가에서 구스베리
하나가 더 떨어지는 것을 막을 수 없었다.

불어.

수갑을 찬 남자는, 날 수 없는 새처럼 된다. 몸이 부자유스러운 그
는 쥐새끼처럼 허둥지둥댄다. 수갑을 찬 수감자를 때리면 없던 말이
나오고, 없던 비명이 나온다.

블(Ble)!

누구한테 받았냐니까?

블!

너 같은 새끼, 없애 버릴 테니까.

직접 만들었다.

그렇다는 거지, 이 새끼야. 똥, 똥이야, 너 같은 새끼는 똥이 어울

리지.

　파스콰는 나이시를 바닥에 쓰러뜨린 다음 화장실로 끌고 갔다. 나는 폭력적인 남자를 많이 봤다. 수없이 끔찍한 폭력들을 나는 모두 보았다. 하지만 폭력적인 남자들도 보통은, 그 희생자만큼이나 무력한 사람들이었다. 파스콰 경사는 달랐다. 그에게 폭력은 개가 귀를 긁는 것만큼이나 일상적인 행동이었다.

　똥이라고, 똥을 처먹일 거라고. 불어.

　블러(Blu)!

　누구한테 받았어?

　덕(dug).

　개(dog)가 어쨌다고?

　덕.

　주소 말해.

　블.

　파스콰가 수감자의 배를 걷어찼다.

　불어.

　모리오.

　주소!

　거북이 언덕 이천백이십오 번지.

　모리오의 본명은?

　그냥 모리오요.

　어디서 접선하지?

　시립 수족관. 거북이 있는 곳에서.

　좋아. 만약 거짓말이면, 다음에 아주 곤죽을 만들어 줄 테니까. 알았어? 갈아 버린다고, 이렇게 힘쓸 일도 없어.

　헥토르는 엘리베이터를 타고 구층에 도착했다. 외출용 신발로 갈아 신고 선글라스를 쓴 모습이었다. 신발은, 취조실에 들렀다가 사무실에 돌아가지 않고 바로 퇴근할 예정이었기 때문에 갈아 신었고, 선글라스는 취조실에 들어갈 때면 늘 쓰는 것이었다. 그걸 쓰면 수감자들이 눈을 보고 호소하는 일을 막을 수 있었다.

경감은 취조실 문을 열고, 금색 버클이 달린 송아지 가죽 부츠를 신은 남자가 담배를 피우고 있는 모습을 발견했다. 남자는 이제 수갑을 차지 않고 있었다. 얼굴에 피가 묻어 있었지만, 정신을 놓아 버리지는 않은 것 같았다. 경감은 자신이 그런 것을 알아보는 데는 전문가라고 자부하고 있었다. 그런 표시는 입꼬리나 손가락을 놓는 모양새에서부터 시작되었다.

어디서 난 거지? 그가 수감자에게 물었다.

아마 콜롬비아에서 왔겠죠, 나이시가 대답했다.

그런 건 다 콜롬비아에서 오지, 그렇지 않나?

말이 좀 통하네요, 경감님.

네가 받기 전에는 누구 손을 거치지?

여기 경찰서에 있는 경감님 부하들 중 한 명이죠.

그 시점에서, 파스콰 경사는 백 킬로쯤 되는 자신의 몸무게를 세 마디에 모두 담은 것처럼 강조하며 또박또박 말했다.

다 불었습니다, 경감님.

그래, 다 불었단 말이지. 그랬나? 암송아지처럼 다 불었다는 거지, 경사?

코뿔소, 나이시가 말했다. 암송아지 아니고 코뿔소요.

그래 자네한테 뭘 불었나, 경사?

모리오라는 이름이 나왔습니다.

모리오, 모리오? 작업장은?

거북이 언덕 이천백이십오 번지입니다.

훌륭해, 경사. 아무래도 내가 자네 근무 부서를 조정해 줘야 할 것 같네.

늘 하는 일입니다, 경감님.

범죄

훌륭해, 경사.

자네는 여기 취조실에서 너무 오래 있었던 것 같아. 아래층에서 몇 달 일하면 자네한테도 도움이 될 거야, 파스콰. 거북이 언덕에서 범인 쫓아 본 적 있나?

없습니다, 경감님. 그쪽은 새로 생긴 구역입니다.

거기는 아무것도 없고, 아무도 없어. 쥐 언덕보다 더 하지. 테피토보다 더 나빠. 거긴 우지 기관총을 들고 덤벼드는데 말이야. 이 녀석이 자네한테 아무것도 아닌 정보를 준 거야.

이번에는 제대로 하겠습니다, 삼십 분만 주십시오.

코뿔소라고요, 경감님. 코뿔소처럼 다 불었다고 했잖아요, 나이시가 말했다.

이 친구한테 물건 심은 건가? 헥토르가 물었다.

온갖 곳에 손을 대는 놈입니다. 제 감을 믿어 주십시오, 경감님.

심은 거야?

발견됐다고 해 두죠, 경감님. 제 몸을 수색하고 몇 분 후에, 나이시가 말했다.

이 친구 내보내.

저한테….

말했잖아, 경사. 내보내라고.

경감이 안내 데스크를 지날 때 근무 중이던 경관 두 명이 안녕히 가시라고 인사를 했다. 둘 중 한 명이 목소리를 낮춰 "노인 병동으로!"라고 중얼거렸고, 두 사람은 다시 데스크 아래 숨겨 두었던 만화책으로 눈길을 돌렸다.

두 사람이 보고 있는 만화책에 커다란 리무진을 운전하는 운전기사가 나왔다. 자동차 뒷좌석에는 다비드와 조르주라는 남자 두 명과 앙투아네트라는 여자가 타고 있었다. 그녀는 다리를 벌리고 있었다. 앙투아네트, 당신 몸에 아직 좆물이 가득 묻었어, 다비드가 말했다.

물론이죠, 그녀가 대답했다. 당신이 여기저기 다 싸 놨잖아요! 이런, 앙투아네트, 조르주가 말했다. 한 번 더 할까요? 그녀가 말했다. 자기가 우리 둘 다 녹초로 만들어 놨잖아, 다비드가 말했다. 그럼 우리 기사님 몸은 뭘로 만들어졌는지 한번 볼까? 만족할 줄 모르는 앙투아네트가 말했다. 그녀는 몸을 앞으로 기울여 운전기사의 귀를 핥았고…. 두 경관은 책장을 넘기며 계속 읽었다. 둘 다 자기가 그 운전기사가 되는 상상을 하고 있었다.

열네 살, 처음 마을을 떠났을 때 헥토르는 울었다. 나는 '공화국의 리라' 문 앞에서 소매로 눈물을 훔치는 그의 모습을 보았다. 그는 그런 다음 계단을 달려 내려가 버스에 올라서는 친구들에게 외쳤다. "내가 돌아올 때는 여자랑 닭이 있는 곳은 잘 잠가 둬야 할 거야!"
　그는 단 두 번 마을에 돌아왔다.
　농민들은 훌륭한 경찰이 된다. 그 일에 필요한 정력과, 완고함, 그리고 거친 면모를 지니고 있기 때문이다. 하지만 권력이라는 것이 땅과는 다르기 때문에, 경관이 된 그들은 좀처럼 현명해지지는 못한다.
　도시에서 몇 년을 지낸 헥토르는 수산나와 결혼했다. 그녀는 불명예제대를 한 군인의 딸이었다. 고동색 머리칼에, 우윳빛 피부가 여리고, 꼭 동전에 새긴 인물들 옆모습 같았다. 처음 만났을 때 그녀는 금색 샌들을 신고 있었다. 수산나는 헥토르의 자신감있는 모습에 끌렸다. 그는 능력이 있고 과감했다. 아버지처럼 의심에 가득 찬 사람이 아니었다. 헥토르의 허풍까지도 그녀는 그의 능력에 딸려 오는 거품 정도로만 여겼다. 그녀는 친구들에게 헥토르가 다룰 수 없는 건 하나도 없다고 말했고, 양(ram)이라고 별명을 붙여 주었다. 벨리에(bélier, 프랑스어로 '양'이라는 뜻—옮긴이). 그녀가 도와주었다면 그는 경찰서장도 될 수 있었을 것이다. 그는 언젠가는 그녀와 함께, 그녀가 꿈꾸는 곳으로 떠날 계획이었다. 북적대는 트로이를 벗어나 테노치티틀란 같은 좀더 고상한 곳으로, 신경 써 다뤄야 할 것들이라고는 성배와 성유(聖油)와 꽃밖에 없는 그런 곳으로 말이다. 꽃들….

평소보다 늦었네, 그녀가 말했다.
경찰이 도서관 사서는 아니잖아.
그건 새로운 거네, 평소에는 경찰이 열차 기관사는 아니지 않냐고 하더니.
그게 그거지.
게다가 몇 달 후면, 여보, 당신은 경찰도 아니잖아.
당신 말처럼, 경찰이 아니지.
오후에는 숨이 막힐 정도였어, 너무 기운이 없어서 운동하러도 못 갔네.
선풍기를 켜지 그랬어?
선풍기라니! 우리 친구들은 모두 에어컨이 있다고. 벌써 몇 년째 에어컨을 쓰고 있는데 우리만 없잖아, 가난한 우리만. 우리 헥토르 경찰께서 경감까지밖에 승진을 못하셔 가지고, 아무것도 남은 게 없잖아. 다 쏟아부어서 말이야. 거기까지가 한계야, 안 그래?
당신 또 술 마신 것 같은데, 여보.
확실히 안 마셨어!
증거가….
증거는 무슨…. 여기 경찰서 아니거든요. 집이라고, 집에 왔다고. 세상에서 당신이 취조할 수 없는 사람이 딱 한 명 있다면, 그건 나야, 여보. 왜 취조할 수 없냐 하면, 나는 당신의 실패작이거든.
커피나 한 잔 줘.
총부터 내려놓으시죠.
얼음 넣어서.
선글라스도 벗어. 엄청난 실수지, 여보, 이제 술을 안 마시면 쉴 수

　　　　　　　　　　　　라일락과 깃발

도 없잖아.

내가 왜 그러는지 알잖아.

나한테 본보기를 보이려는 거지! 옛날엔 자주 웃기라도 했는데. 당신이 웃는 거 못 본 지 족히 이 년은 된 것 같아.

재미있는 이야기가 잘 안 떠올라, 수산나.

재미있는 이야기 내가 할게.

나중에.

아무렴! 재미있는 이야기 주문하실 때까지 기다려야겠지! 그러면 쟁반에 곱게 담아서 소금절임한 아몬드랑 같이 대령해야지. 재미있는 이야기는 어떻게 해드릴까요? 날걸로? 미디엄? 아니면 웰던?

수산나, 오늘 힘들었다고, 뭐 좀 먹고 싶어. 당신도 뭐 좀 먹는 게 좋을 것 같은데.

경감님께서 아내가 오후 내내 준비한 음식을 드시고 싶다고. 아무렴, 아내가 오늘 저녁은 아주 특별한 걸로 준비를 했거든. 셜롯 소스를 써서 아주 재미있는 이야기를 준비했지!

설마!

셜롯 소스, 네.

오늘은 그만 마셔, 여보.

그는 프랑스식 덧문을 지나 정원으로 나갔다. 옆집에는 둘 다 치과의사인 부부가 살고 있었다. 두 사람은 돈을 모아 머지않아 집이든 마당이든 더 큰 곳으로 이사를 갈 수 있을 것이다. 어쩌다 나는 이곳에서 인생의 끝을 맞이하게 되었을까? 그는 스스로에게 수천 번이나 그렇게 물었다. 그리고 수천 번이나 어린아이의 목소리로 대답을 들었다. 차라리 죽는 게 낫겠어.

은퇴 후에는 고향 마을에 집을 지어 이사 가자고 마지막으로 아내를 설득해 보려 했었다. '공화국의 리라' 위에 있는, 고모님에게 상속받은 땅에 집을 지으면 된다고 했을 때 아내는 들고 있던 잔의 술을 마저 마시고, 그의 목에 백조 같은 팔을 두르며 말했다. 정신 차려,

범죄

자기야. 백 번도 더 말했잖아, 나는 누가 다리가 부러지고 어쩌고 하는 마을에서 인생을 마칠 생각이 없다고. 그 '산동네' 이름이 그거 맞지? 아닌가?

그는 정원을 가로질러 꽃핀 진달래가 두 개의 덤불을 이루고 있는 곳으로 다가갔다. 나방이나 나비에 붙은 이름이 범죄자나 그 동료들의 별명과 비슷하다는 생각이 문득 들었다. 약혼녀, 악마 로베르, 큰 거북이, 모리오, 상복, 파란 눈.

진달래 덤불 사이에 선 그의 머릿속은 이름들로 가득했다. 그가 건너고 싶어 하는 바다와, 부두의 아크등이 눈에 들어왔다.

양, 아내가 불렀다. 이리 와서 내 재미있는 이야기 들어 봐….

하늘

수쿠스는 일찍 일어났다. 매일 아침 거실에서는 다림질 냄새가 났다. 식탁 위에는 다림질을 마친 식탁보 두 개와 냅킨이 놓여 있었다. 모두 연한 녹색이었고, 카샹에서 가장 유행에 민감한 거리에 있는 라스베이거스라는 식당에서 가지고 온 것이었다. 식탁보를 펼치면, 가운데에 발끝으로 서서 춤을 추는 무용수의 모습이 붉은 와인색 실루엣으로 찍혀 있었다. 아버지가 돌아가시고 나서, 다림질은 어머니 몫이 되었다.

바다에서 불어온 남서풍에 실린 빗줄기가 십사층의 거실 창문을 두드렸다. 벽에는 여전히 습기 때문에 생긴 얼룩을 가리는 스카프들이 붙어 있었다. 침실 문 아래로 한 줄기 빛이 새어 나왔다. 그 안쪽에는 실내복 차림의 비스와바가 있었다. 남편이 사망한 뒤로, 그 옷이 너무 커진 것 같았다.

남자들은 다르다. 남자들은 여자들처럼 죽은 이가 하던 일을 이어서 하지 않는다. 물론 남자들도 애도를 한다. 단속반원을 납치했던 마르셀은 아내 니콜이 죽은 후에, 두 사람이 함께 쓰던 침대의 빈자리 쪽에 있는 탁자에 매일 밤 꽃을 두었다. 남자들은 남겨졌다고, 버림받았다고 느낀다. 여자들은 애도보다는 비통해하는데, 죽은 이들에게 생긴 일에 대해 비통해한다. 그래서 여자들은 저 세상까지 그들을 따라가기도 한다.

매일 아침 거실로 나올 때 비스와바는 밤새 어딘가에 다녀온 미망인의 표정을 하고 있었다.

여기 새 속옷이랑 조끼 있다, 그녀가 말했다.

비 와요, 수쿠스가 말했다.

가끔 비가 오는 날도 있는 거지.

어제도 왔어요.

커피 끓여 주마. 침대에서 나와. 오늘은 비옷도 챙기는 게 낫겠다.

그거 입고는 일 못해요. 신발은 다 말랐어요?

고무장화 신어.

물이 차서요.

그럼 가끔씩 비우고 신어.

가끔씩이라뇨! 가끔씩이라뇨! 엄마는 건설 현장이 어떤지 모르시 잖아요. 그런 거 신고는 일 못해요, 모르시면서.

네 아버지는 다 했다.

안 하셨어요.

네 아버지는 하늘 아래에 있는 모든 일을 했어.

아버지가 저한테 사십 년 동안 굴만 깠다고 하셨다고요.

불쌍한 네 아버지가 적어도 걱정 하나는 덜었구나, 네가 돈을 버니.

그런 걱정보다는 이제 아버지 본인이 어디로 가실지 생각하는 게 낫지 않겠어요?

아직 아니지, 아직 아니야, 너무 일러.

커피 끓이실 거예요?

너부터 침대에서 나와.

제발요!

일만 잘하면 언젠가는 현장 주임도 될 거야.

현장 주임이라니! 맙소사. 엄마가 카토를 보셔야 하는데…. 크레인 기사라면, 좋아요. 그런데 그거 하려면 자격증 같은 게 있어야 해요.

저녁에 학교 다니면서 자격증 공부하면 되겠네.

저녁에는 엄마, 다른 더 좋은 일이 있어요. 어제 쥬자 왔었어요?

어서 나와! 아니, 안 왔다.

라일락과 깃발

왜 그 친구를 그렇게 싫어하세요? 생선 사 와서 요리도 해 드렸잖아요.

요리는 잘하더라.

그런데 왜요?

아무것도 아니다. 어서 나와.

요리는 잘하는데, 뭐요?

네 아버지가 이런 너를 봐야 하는데! 출근 늦겠다.

트로이 전역에서 여름 막바지의 비가 지붕 위로 쏟아졌다. 타일, 콘크리트, 슬레이트, 골함석, 방수포, 편암, 판자, 유리, 낡은 포대, 시멘트, 폴리에스테르로 된 지붕들 위로. 빗물은 어떤 지붕에서는 아연으로 만든 홈통으로 흘러들었고, 어떤 지붕에는 스며들었고, 어떤 지붕은 망가뜨렸다. 카샹 서쪽, 스완지로 이어지는 방향에 산 이시드로라는 구역이 있고, 야니스는 그 구역의 아파트 단지 삼층에 살았다.

비 오는 그날 아침, 야니스의 어머니가 며느리 소니아에게 빌린 실내복 차림으로 침실에서 나왔다. 실내복은 그녀에게는 너무 꽉 끼었다. 집에서는, 그러니까 고향 섬에서는 침대에서 나오자마자 실내복이 아니라 원피스를 입었다. 바다와 햇빛 때문에 수척해진 그녀는 마치 훈제된 햄이나 생선 같은 얼굴이었다. 하지만 그 눈만은, 그 나이에도, 파랗고 맑았다. 그녀는 무슨 행동을 하든(길게 자란 흰머리를 쪽 찐다든지, 커피에 뜨거운 물을 따른다든지, 빨래를 한다든지, 생선 알 소스를 만든다든지 그런 행동들) 너무나 확신에 차 있어서, 도와주기는커녕 그 옆에 서 있는 것도 어려웠다.

처음에는 손녀들을 만나서 반가웠고, 그렇게 많은 신문물과 사람들을 보고 말문이 막혔다. 그러다가, 일주일이 지나자 그녀는 이런 저런 이야기를 꺼내기 시작했다. 우선은 아이들이 학교에 간 후 단둘이 남았을 때 며느리에게 이야기를 했다. 하지만 소니아가 그리스

하늘

어는 단어 몇 개밖에 못 알아듣는다는 것과(그녀는 아르메니아 출신이었다), 뿐만 아니라 가끔은 일부러 못 들은 척한다는 것이 분명해지고 나서는, 몇 시간 동안 혼잣말을 하거나, 기회만 있으면 아들을 붙잡고 몰아붙일 생각만 하고 있었다. 그녀가 아침 다섯시 반에 일어나 아들이 출근하기 전에 커피를 끓여 주는 것도 그런 이유 때문이었다.

너는 좋은 직업도 있고, 야니스, 그녀가 말했다. 돈도 잘 버는데, 충분히 그럴 자격이 있지. 사모스에서는 매일 밤 지참금을 쌌다가 다시 푸는 아름다운 여자들이 다섯 명이나 있었지, 너랑 결혼하려고 그렇게 안달이었다. 네가 한마디만 해 줬다면, 하늘 높은 곳에서 천국의 어부처럼 혼자서 일하는 네가 말이다. 그런데 너는 여기 도시에서 외국 여자랑 결혼을 했고, 네 딸들은 그리스어를 할 줄도 모르고, 네 아내는 아직 아들도 하나 못 낳고 있지. 너는 그렇게 돈을 잘 버는데 말이다. 내가 하고 싶은 말은 이거야, 마음에 두지는 말고 그냥 흘려들어라. 네가 하늘 위에서 버는 그 많은 돈을 말이다, 며느리가 자기 변덕에 따라서 마음대로 써 버리지 않니. 앞날은 전혀 생각하지 않고 써 버린다고, 새처럼 어리석은 여자야. 욕실 한번 봐라, 야니스. 세상에 여자들 로션이 저렇게 종류가 많은 줄은 몰랐다.

몇 개는 제 거예요, 아들이 말했다.

사이렌 자매도 로션이 저보다 많지는 않았을 거야, 그런데도 그 자매는 남자들을 홀려서 죽였잖아. 애들 방에 옷장 한번 열어 봐라, 그게 뭐냐, 꼭 텔레비전 켜 놓은 줄 알았다. 오래 입을 옷이 하나도, 단 하나도 없어요. 네 손주들까지 입을 수 있는 건 헝겊 쪼가리 하나 없다고. 그건 쓰레기야. 그리고 집에 왜 바퀴벌레가 있니? 내 한마디 하마, 아들아. 바퀴벌레가 꼬이는 건 살림을 제대로 안 한다는 뜻이야. 바퀴벌레는 부주의함의 신호라고.

매일 아침에 말씀드리잖아요, 어머니, 여기는 사모스가 아니라고요. 바퀴벌레는 건물 전체에 있는 거예요.

여기는 바빌론(바빌로니아 왕국의 고대 도시. 사치와 죄악의 도시로 알려짐—옮긴이)이야!

여기가 우리 사는 곳이에요. 어떻게 사는지 보시라고 제가 모신 거잖아요.

고향 집이 늘 너를 기다리고 있다, 야니스. 늘 기다리고 있을 거야.

우리는 여기 도시에서 생활할 거예요.

누구나 나이가 들게 마련이다, 아들아. 그리고 나이가 들면 다들 시력이 약해지지. 내가 꼭 뭘 다 봐야만 아는 건 아니다. 느낌으로도 알 수가 있어요. 너는 저기 하늘 위에서 신처럼 일하지만, 길을 잃어버린 거야!

왜 아무것도 보지를 못하세요!

왜 나한테 소리를 지르니?

저 가야 해요.

하루 잘 보내라, 아들.

야니스는 파크애비뉴에 있는 공사 현장으로 차를 몰았다. 그는 작은 르노를 가지고 있었다. 이미 도로가 가득 차서 차들이 꼬리에 꼬리를 물고 있었다. 비가 억수같이 내리고 와이퍼 사이로 불빛이 노란색 양모처럼 부풀어 보였다. 크레인 기사 야니스는 자기 주변의 여자들에 대해 생각했다….

아내 소니아가 주의가 조금 산만한 것이 그녀의 잘못은 아니다. 어머니가 사모스를 한 번도 떠나지 않은 것 역시 어머니 잘못은 아니다. 하지만 왜 두 사람은 나를 평화롭게 내버려 두지 않는 걸까? 그는 평소보다 조금 거칠게 운전을 하고 있었다. 갑자기, 다 자란 사람을 유모차에 태우고 길을 건너는 여인이 나타나 급하게 브레이크를 밟았다. 그는 인상을 찌푸렸다. 유모차를 보니 아이들이 생각났다. 아파트에서 여자 네 명과 함께 한 달을 지내고 나니, 아들이 있었더라면 좋았겠다는 생각이 들었다…. 아들 이름은 알렉산더로 하면 좋을 것 같았다.

여인이 밀고 있는 유모차의 고무 덮개 밑에는, 남자 한 명이 몸을 웅크리고 손을 무릎 위에 놓은 채 머리를 조금씩 흔들며 앉아 있었다. 여인은 보도에 멈춰 서서 남자의 머리가 비에 덜 젖도록 모자 위치를 조정해 주었다. 감기 들면 안 돼, 여인이 말했다, 그러면 네 뒤치다꺼리에 끝이 없을 거야. 내가 너를 알지, 콧물이 나면 밥을 안 먹을 거야. 안 먹겠다고 하겠지, 그럼 배가 딴딴해질 거야. 발 좀 덮자, 신발이 방수가 안 되니까 젖을 거야. 이제 파크애비뉴에 갈 때까지 길 건너는 일도 없을 거야, 아가. 그 앞으로 지나가는 거 좋아하지, 그렇지? 너는 커다란 크레인 보는 거 좋아하잖아.

공사 현장의 인부들은 모두 탈의실에 모여 있었다. 야니스가 도착했을 때 여신 남자가 농담을 하는 중이었다. 수쿠스가 신문에 실린, 핵잠수함을 보호하기 위한 훈련을 받는 돌고래 이야기를 했다.

카토가 문을 활짝 열고 벽에 기대선 인부들을 노려봤다.

뭘 기다리는 거야, 이 게으른 새끼들아? 나가! 나가서 일하라고.

무라트가 한 발짝 앞으로 나가, 마치 공식적인 상을 받을 때처럼 살짝 고개를 숙여 인사를 했다.

한 말씀 드려도 되겠습니까, 카토 씨? 비가 좀 적게 올 때까지 기다리자고 제안드리고 싶습니다만.

그걸 제안이라고! 맙소사!

이런 기상 조건에서는 카토 씨, 현장에서 일하는 직원들이 위험할 수 있습니다.

씨발, 무슨 변호사처럼 말하네. 외국인 주제에 무슨 거창한 말들은 들어 가지고! 입조심 안 하면 내가 너 잘라 버릴 거야. 어디서도 일 못하게, 알았어? 나가! 거기, 나가라고!

인부들은 단 한 명도 움직이지 않았다.

바깥에 웅덩이가 많습니다, 카토 씨.

진흙이든 똥이든 나한테는 똑같아. 공정이 예정보다 팔 일이나 뒤

처졌다고.

이런 날은 사방으로 미끄러집니다. 그리고 젖은 옷으로 종일 일하면 인부들 건강에도 해롭습니다.

건강에 해롭기는 무슨 얼어 죽을! 여기가 무슨 어린이집인 줄 아나. 비옷 필요하면 가게에 가서 사 와. 어제 세워 둔 틀 여섯 개에 콘크리트 채워야 해. 알았어? 자, 나가!

여전히 아무도 움직이지 않았다. 카토는 주먹을 쥐고 무라트에게 다가갔다.

그만하시지! 카토가 낮게 말했다.

저는 안 나갑니다, 터키인이 말했다.

그럼 너는 해고야. 나머지는 모두 일하러 가! 귀가 먹었나, 뭐야? 나가라고 했잖아. 다들 잘리고 싶어? 썅! 도대체 왜들 이래?

목조 막사 안에 있는 스무 명의 남자들, 손이 크고 부루퉁한 표정의 남자들은 움직이지 않으려 했다. 그들의 숨과 옷의 습기 때문에 실내 공기도 눅눅했다. 아무도 말이 없었다. 무거운 장화 때문에 바닥의 널빤지가 삐걱거렸다. 남자들은 마치 기차 화물칸을 차지한 코끼리처럼 그렇게 한 덩어리로 좁은 실내를 가득 채우고 있었다. 이윽고 여신 남자가 말했다. 무라트 다시 직원 명부에 넣으세요, 안 그러면 오늘은 아무도 일 안 합니다.

카토는 등을 돌리고, 허리띠에 손을 꽂은 채 창밖을 내다봤다.

봐, 벌써 비가 덜 오잖아. 나가자고, 자네들 모두, 무라트도 같이! 소소하게 한바탕 했으니까, 이제 일하러 가야지.

빗줄기가 약해진 건 사실이었다. 인부 세 명이 문 쪽으로 움직였다. 나머지도 뒤를 따랐다. 몇몇 인부는 머리 위에 비닐을 뒤집어썼다. 무라트는 맨 마지막에 나갔다.

첫번째 호퍼가 채워지기를 기다리고 있었다. 무라트가 손짓하자 야니스가 조금 서투르게 케이블을 당겼고, 케이블에 달린 자루에서 회색 시멘트가 가는 빗줄기와 함께 소리를 내며 쏟아졌다.

돌풍이 불었다. 조종실에 앉은 야니스는 풍향계를 보며 풍속이 규정인 시속 오십 킬로미터를 넘지 않는지 확인했다. 아직은 아니었다. 조종실의 유리 벽을 좌우로 규칙적으로 오가는 와이퍼를 보며, 그는 오래전에 보았던 두 개의 노를 떠올렸다. 아버지가 종종 노 젓는 배를 타곤 하셨다. 그는 채 여섯 살이 못 되었을 때였다, 아버지가 물에 빠져 돌아가신 게 그가 일곱 살 때였으니까. 돌풍이 다시 한번 파도처럼 조종실을 때렸다.

땅에서는 갑자기 돌풍이 불며 인부들의 젖은 옷이 몸에 밀착되었고, 여유가 있는 사람들은 비를 피하기 위해 고개를 어깨 아래로 푹 숙였다. 수쿠스는 시멘트 혼합기의 집게손 쪽으로 모래를 날랐다. 모래가 평소보다 두 배는 무거웠다. 발은 젖었고, 목과 삽질을 하는 오른쪽 어깨에 물이 흘러내리는 와중에, 그는 쥬자를 생각했다. 남자들이 험한 상황에서 늘 그러듯이, 그도 쥬자의 따뜻함과 부드러움을 생각했고, 그녀는 비바람 속에서 모래를 나르는 일과 완전히 정반대의 세계에 있는 거라고 생각했다.

실오라기 하나 걸치지 않은 그녀의 모습을 처음 봤을 때, 숨어 있던 체모, 꿈속에서 상상했던 것보다 훨씬 짙은 그 털들을 처음 봤을 때, 그는 자기가 세상에서 제일 운이 좋은 남자라고 생각했다. 그런 그녀가 그의 앞에 서 있었고, 그녀는 세상의 나머지 것들을 마침내 아무것도 아닌 것으로 만들어 버렸다!

불! 호퍼가 내려오자 무라트가 소리쳤다.

혼합기가 걸쭉한 콘크리트를 토해냈다. 무라트가 스위치를 누르자 공급이 멈췄고, 드럼이 시계 반대 방향으로 돌면서 금속 날들이 돌기 시작했다. 수쿠스는, 삽을 짚고 선 채 그 광경을 지켜봤다.

바로 그때, 무라트가 빠져 버린 것처럼 보이는 작은 체인 하나를 발견했다. 그는 망설였다. 방금 이 톤의 콘크리트를 담은 참이었다. 크레인이 호퍼를 들어 올릴 때 이 톤의 콘크리트가 하늘에서 떨어진다면…. 그가 선 자리에서는 체인이 끼워져 있는 고리들을 제대로 볼 수가 없었다. 그는 올라가서 호퍼를 더 가까이 보기 위해 발을 둘 곳을 찾았다.

돌풍이 다시 한번 크레인을 때렸고, 크레인은 눈에 띄게 휘청거렸다. 대기가 바다처럼 되었다. 야니스는 무라트가 헬멧을 흔드는 것을 본 것만 같았다. 하던 대로 검은색 버튼을 눌렀다.

호퍼가 무라트를 매단 채 하늘 위로 치솟기 시작했다.

안 돼! 무라트가 소리쳤다. 불! 불! 그의 목소리는 바람에 묻혀 버렸다. 오직 수쿠스만이 그 소리를 들었고, 상황을 파악했다.

놔요! 놔요! 수쿠스가 소리쳤다.

처음 몇 초 사이에 무라트가 뛰어내렸다면 간단했을 테지만, 살려는 의지가 너무 강해서 미친 명령을 내리고 거기에 따라 몸이 마비가 되어 버리는 상황들이 있다. 언젠가 나는 개 한 마리가 강물의 깨진 얼음 위에 있는 광경을 본 적이 있었다. 개는 깨진 채 하류로 흘러가는 얼음 조각 위에 가만히 앉아 있었다. 녀석은 뛰어내려야 할지 그대로 있어야 할지 결정하지 못했다. 앞발은 뛰어내리려 하고, 뒷발은 가만히 있으려 했다. 마찬가지로, 호퍼가 시멘트 혼합기 위 허공으로 올라가는 동안, 무라트도 호퍼를 쥐고 있는 손을 놓을 수가 없었다.

제정신이 아니었던 수쿠스는 호퍼 바로 아래 진흙 더미로 기어 올라갔다. 거기서 무릎을 꿇고 이미 땅에서 사 미터 높이까지 올라간, 그리고 막 하늘 위로 사라지려 하는 거대한 호퍼의 주격을 올려다보았다. 무라트는 다리를 대롱거리며 팔 힘으로 버티고 있었다. 뛰어요! 무라트! 뛰어! 수쿠스는 기도하고 간청했다. 그 말이 전해졌다. 무라트는 수쿠스의 말을 들었고 이번에는, 기적처럼, 손도 말을 들었다. 손을 놓았고 그는 오 미터 아래 지면으로, 수쿠스 바로 옆으로 떨어졌다.

무라트!

하늘

터키인은 땅에 고개를 박고 있었다. 그는 거의 일 년처럼 느껴진 긴 시간 동안 움직이지 않다가, 마침내 고개를 돌렸다.

신참, 소란 떨지 마, 그가 말했다. 다리 한쪽이 부러진 것 같아. 움직이지 않는 편이 좋을 것 같네. 돌풍은 지나갔다. 그날 처음으로 햇빛이 잠깐 비치기도 했다. 하지만 땅에 있는 두 남자는 떨고 있었다.

조종실에 있던 야니스는, 뭔가 평범하지 않은 상황이 발생했음을 깨달았다. 터키인은 왜 땅에 머리를 박고 있는 걸까? 크레인 기사가 되고 싶다는 젊은이는 그 옆에 무릎을 꿇고 앉아서 뭘 하고 있는 걸까? 그는 케이블을 올리고 크레인 팔을 서쪽으로 돌렸다. 카토가 손을 흔들며 시멘트 혼합기 쪽으로 달려가고 있었다. 젊은이가 일어나 카토 쪽으로 다가갔다. 두 사람은 다급히 멈춰서, 얼굴을 마주했다. 젊은이가 현장 주임의 얼굴에 주먹을 날렸고, 놀란 주임은 뒤로 물러나다가 그대로 넘어졌다. 젊은이는, 손발을 벌린 채 노란 진흙탕 위에 꼼짝 않고 누워 있는 터키인 쪽으로 돌아갔다. 그때서야, 야니스는 사고가 있었음을 확신했다.

콘크리트가 굳어 버리면 안 되니까, 얼른 호퍼를 투입구 쪽으로 옮겨야 했다. 그 작업까지 마치고 그는 크레인을 멈춘 다음 조종실에서 나왔다. 도시 동쪽으로 무지개가 떴다. 그는 평소보다 더 천천히 사다리를 내려왔다. 그가 내려오는 동안, 하늘에 떠 있는 그 어두운 형상은 불안에 짓눌린 사람의 모습처럼 보였다.

수쿠스는 어느 방향으로 가야 할지 정할 수가 없었다. 그냥 걸었다. 비는 가벼운 보슬비로 바뀌어 있었다. 메트로폴 호텔 앞에 택시들이 멈췄을 때, 짐꾼들은 더 이상 다홍색 우산을 높이 치켜들지 않았다. 건설 현장에서는 크레인 두 대가 다시 작업을 시작했는지, 팔들이 움직이고 있었다. 카토는 그 자리에서 수쿠스를 해고했다. 무라트는 들것에 실려 이송되었다.

수쿠스는 파크애비뉴를 따라 카르주 쪽으로 터벅터벅 걸었다. 카르주는 은행들이 많이 있는 구역이었다. 은행들은 그렇게 한데 모여서, 돈을 즐겁게 주고받을 수 있는 다른 건물들의 기를 죽였다. 은행에서는 돈만 빼고는 모든 것이 훤히 드러나 있었다. 건물의 빈틈이란 빈틈에는 모두 감시 카메라가 설치되어 있었고, 외벽은 모두 수술을 앞두고 면도를 한 것처럼 반들반들했다. 그 점이 은행을 터는게 달 표면을 걷는 것만큼이나 큰 도전인 이유이며, 도시의 유명한영웅들, 네스토르나 마르갈론, 디오메데스 같은 대도(大盜)들의 한탕이 전설이 된 이유이다. 루나 은행을 지날 때, 수쿠스는 허리춤에차고 있던 순록 뿔 손잡이 칼을 움켜쥐었다.

십 분 후, 그는 의류상 구역인 장티이에 도착했다. 옷 가게, 도매점, 할인점, 공장까지 모두 모여 있었다. 좁은 거리에 물건을 사는 사람들과 상인들, 배달원들, 중개상들, 차 심부름 소년들로 북적였다.짐꾼들이 자신들 키 높이만 한 옷 뭉치를 끈으로 묶어서 옮기고 있었다. 여자들이 집에서 마무리한 옷들이 다시 주문자에게 전해지는중이었다. 수쿠스가 지나치거나 마주친 사람들은 모두 이런저런 작은 일, 어딘가에 있을 누군가에게는 다급한 어떤 일들로 분주했다.

마지막 구름이 사라졌다. 멀리 언덕 위에 있는 건물들이 햇빛을받아 하얗게 빛났다. 생선 가게에서 늘어놓은 생선들 위로 얼음 조각을 더 부었고, 수쿠스는 혼잡한 보도를 걸으며 아버지가 해 주었던 고지대의 양치기 이야기를 떠올렸다. 양치기의 이름은 생각나지않았다. 기억나는 건 그 남자가 무언가를 말했고, 대기는 아주 고요했다는 것, 남자는 아주 외로웠고, 그의 목소리가 산에서 메아리로울려 퍼졌다는 것뿐이었다.

산에서 울리는 메아리처럼, 수탉 한 마리가 울었다. 수쿠스는 걸음을 멈추고 주변을 둘러보았다. 할머니, 이가 다 빠지고 코는 새의부리처럼 생긴 할머니 한 분이 문간에 나무 상자를 뒤집어 놓고 그위에 앉아 있었다. 다리 사이에 하얀 암탉 몇 마리가 든 바구니가 놓여 있었다. 자신이 시멘트 먼지를 뒤집어쓴 젊은이의 발길을 멈추게했다는 것을 깨달은 할머니는, 다시 한번 닭 울음소리를 내고는 젊은이를 손짓으로 불렀다.

통통하고 뽀얀 영계가 삼천구백이요! 그녀가 말했다.

그 가격이면…. 수쿠스는 흥정을 위한 미소를 지어 보였다.

이리 와 봐요, 내가 이야기 하나 해 줄 테니.

수쿠스가 다가갔다.

우리 이웃한테 생긴 일이거든. 우리는 기름 탱크 건너편에 살아요, 저기 평원이 시작되는 초입에. 우리 이웃 남편이 말이야, 술을 아주 좋아하거든. 토요일 저녁이면 패거리들을 집으로 불러 주방에서 마시기 시작하는데, 마시면서 노래도 부르고 그래요. 아내는 먼저 잠자리에 들었고, 잠시 후에 남편도 의자에 앉아서 잠이 든 거예요. 내 이야기 듣고 있나, 젊은이? 아니면 뽀얀 암탉 구경하시는 중인가? 나는 눈이 멀어서 안 보이네. 들어 봐요. 남편의 패거리 중 하나가 이런 생각을 했단 말이야. 장난 한번 쳐 볼까? 그렇게 말했지. "부활절이니까 분명 닭이 있을 거야, 아이스박스 한번 살펴보자"고. 당연히 닭을 한 마리 발견했지. 대가리만 잘라서 이리 줘 봐, 장난을 시작한 남자가 말했어요. 그렇지, 이제 저 친구 바지 지퍼를 내리고 작은 닭 모가지만 밖으로 나오게 한번 걸쳐 봐. 노인들이 주방에서 그런 장난을 친 거요. 그렇게 해 놓고는 돌아가 버렸지. 새벽 다섯시쯤에 아내가 커다란 침대에서 잠이 깼는데, 아무 소리도 들리지 않고, 옆에 남편도 없는 거라. 그래서 일어나서 나왔지. 주방 문을 여는데, 뭘 봤는지 알아요? 뭘 봤는지 알아? 고양이가 남편 고추를 뜯어먹고 있는 거야!….

젊은이가 내 이야기에 그렇게 웃어 줬으니까, 내 특별히 이천오백에 드릴게.

수쿠스는 살아 있는 흰색 암탉의 다리를 쥐고 거꾸로 든 채 셰퍼즈부시가(街)를 따라 걸었다. 닭을 사고 나니 어디로 가야 할지 알 것 같았다.

그는 성인을 유모차에 태우고 가는 여인을 지나쳤다. 걸음을 멈추고 두 사람을 지켜봤다. 여인은 몸을 숙이고 유모차에 탄 남자에게 뭔가 말을 하고 있었다.

너무 덥니, 아가? 땀 흘리면 안 되는데, 땀 흘리면 기분 나쁘잖아. 햇빛에 눈이 부시니? 라이온스에 가서 오선지 좀 사야겠구나. 부족할 거 같아서 말이야. 무릎 좀 굽혀 줄래. 착하지, 무릎 좀 굽히자. 바지 걷어 줄 테니까, 아가. 오선지에 적을 음악이 아주 많지….

쥐 언덕으로 가는 오르막길은 진흙 때문에 미끄러웠고 수쿠스는 몇 번이나 미끄러졌다. 한번은 암탉을 깔고 넘어졌는데, 녀석은 세상의 모든 수탉에게 도움을 요청하는 것처럼 요란하게 소리를 냈다. 파란 집 앞에는 아무도 없었지만, 대문은 열려 있었다. 안에서 나이시가 창가에 의자를 놓고 앉아, 무릎에 놓인 지그 반자동 소총을 기름천으로 닦고 있었다.

어떻게 된 거야, 매제?

상사를 때렸어.

그런 짓은 하면 안 되지, 나이시가 말했다.

멈출 수가 없었어.

아예 죽일 게 아니라면 절대 상사를 때리지 마. 늘 상사가 더 세게 반격을 하니까. 그리고, 때리는 건 너무 직접적이잖아.

때려 눕혔어.

그래서 잘렸지, 안 그래? 상사는 털고 일어났을 테고, 너는 똥통에 빠진 거지, 안 그래? 너 읽을 줄 알지?

수쿠스는 고개를 끄덕였다.

쥬자는 못 읽는데.

너는, 수쿠스가 물었다. 너는 읽을 줄 알아?

나? 내가 우리 가족 중에 처음으로 글을 배운 사람이야. 자위야 (zaouia 혹은 zawiya, 이슬람교의 신학교나 수도원을 뜻함―옮긴이)에 사 년이나 있었는 걸. 읽는 법도 가르쳐 주고, 신에 대해서도 가르쳐 줬지. 신이랑은 장난을 치면 안 돼. 그게 내가 신에 대해서 배운 거야… 한 마디로 하자면. 그 자위야에서 피아노도 처음 쳐 봤어. 피아노는 요거트를 만드는 다락방에 있었는데, 거기 요리사가, 흑인 이었는데, 음계도 가르쳐 줬어. 그는 자기가 직접 작곡한 「불알이 밖으로 나왔네」라는 곡을 연주하는 걸 좋아했지. 지금도 그 곡만 연주하면 축축한 천이랑 데운 우유 냄새가 나는 것 같아. 그러다 내가 임신을 했지.

농담이지?

인도 대마를 가지고 있다 들켰거든.

나이시는 부처님 미소 같은 알 수 없는 미소를 지어 보였다. 그게 후회하는 미소인지, 농담을 하는 미소인지, 아니면 최악의 소식을 전하기 전에 용기를 내려는 미소인지 분간할 수가 없었다.

이거 한번 봐봐.

나이시는 접은 신문을 수쿠스에게 넘겼다. 수쿠스의 눈에 작은 글씨로 씌어진 기사 제목이 들어왔다. **거북이 언덕, 인터폴을 거부하다. 도주경로 추적 불가, 경찰 발표.**

무슨 일이 있어도, 매제, 잊어버리면 안 돼. 쥬자는 글을 몰라.

무슨 뜻이지?

항상 기회를 한 번 더 주라고.

나이시는 일어나, 어머니의 옷장을 열고는 들고 있던 총을 맨 윗칸의 신발 뒤에 조심스럽게 넣었다.

저들에게 적용되는 게 우리에게는 적용되지 않아. 매제, 절대 잊지 마, 안 그러면 다쳐.

그는 몸을 돌려 수쿠스를 마주했다. 얼굴에 금색 가면을 쓰고 있었다. 가면의 표정은 슬펐다. 마치 금색보다 더 많이 쓰이고, 더 피곤한 색은 세상에 없다는 듯한 표정이었다. 가면의 틈 사이로, 수쿠스는 역시 패배한 것 같은 파란 눈동자를 보았다.

알함브라에서 연주할 때 종종 이 가면을 쓰곤 했지, 나이시가 가면을 벗지 않은 채 말했다.

라일락과 깃발

그는 의자에 앉아 몸을 쭉 뻗었다. 시체 안치소에 가면 저들이나 우리나 똑같아 보일 거야, 나이시가 말했다. 혈액형도 똑같지. 그런데 우리랑 저들은 공통점이 하나도 없어.

우리 아버지가 같은 이야기를 하셨지.

그래?

아버지는 농민들이 있고, 농민들을 등쳐 먹는 놈들이 있다고 하셨거든.

농민이라니! 지금 나는 이십일세기 이야기를 하는 거야. 현재랑 미래 이야기를 하는 거라고.

수쿠스는 아직도 닭을 들고 있었다.

우리는 법 바깥에서 태어났기 때문에 뭘 하든 법을 어기는 셈이야, 나이시가 말했다. 저들은 법 안에서 태어났기 때문에 뭘 하든 보호를 받지. 죽일 마음 없이 누군가를 때리려면, 저들 말고 네가 사랑하는 사람을 때려. 저들에게 적용되는 게 우리에게는 적용되지 않아. 사과를 예로 들까. 저들은 건강을 위해 사과를 먹지. 우리가 사과를 먹는 건 우리 중 누군가가 사과를 훔쳤다는 뜻이야. 차를 보자고. 저들이 차를 모는 건 약속이 있기 때문이야. 우리가 모는 건 도망가기 위해서지. 집 짓는 건? 저들은 투자를 위해, 혹은 자식들에게 물려주기 위해 집을 짓지. 우리는 지붕이 필요해서 짓는 거야. 섹스? 저들은 쾌락을 위해 섹스를 하지. 나이시가 가면을 벗어 그대로 바닥에 떨어뜨렸다. 나는 죽으려고 섹스를 해, 너는?

수쿠스는 고개를 돌리기 전부터 쥬자가 자기 뒤에 서 있다는 것을 알았다.

네 남자친구가 좀 전에 상사한테 한 방 먹였단다, 나이시가 말했다.

대체 무슨 일 때문에 그랬대?

아무 생각 없었어, 그냥 때렸어.

닭 이리 줘, 쥬자가 말했다.

하늘

쥬자는 닭을 똑바로 세워서 손으로 발을 쥔 채 품에 안았다.

닭들은 모든 희망을 잃고 나면 조용해지지, 그녀가 닭의 등을 쓰다듬었다.

카토는 맞아도 싸, 수쿠스가 말했다.

아, 보드랍기도 하지, 쥬자가 뽀얀 날개깃에 턱을 비비며 말했다.

나 잘렸어, 수쿠스가 말했다. 어머니한테는 이게….

알아.

어리석었어. 어머니한테는….

걱정 마, 깃발. 어떻게 해야 할지 내가 알려 줄게. 시내로 가는 거야. 가서 그 빌어먹을 건설 현장에 잘 있으라고 하고, 어머니 뵈러 가는 거야. 오 분만 기다려.

그녀는 닭을 옆구리에 낀 채 사라졌다. 두 남자는 약하게 울리는 마지막 닭 울음소리를 들었다.

이웃들이 닭을 잡을 때는 모두 동생한테 와, 나이시가 말했다. 열 살 때부터 그 일을 했다니까. 절대 닭들이 겁먹지 않게 해.

닭을 안아 주는 것 때문에 그럴 거야, 수쿠스가 말했다.

어릴 때는, 여기가 아니라 스완지 너머에 살 땐데, 아직 불도저로 밀어 버리기 전에 말이야. 집에서 염소를 길렀거든. 염소 젖 짜는 건 쥬자 몫이었지. 셈을 익히기 전에 염소 젖 짜는 것부터 배웠다니까.

나는 사라질 거야, 시내로 내려가는 길에 쥬자가 말했다.

그녀는 수쿠스 뒤에 서서 몸을 밀착했다.

걸어! 그녀가 명령했다.

그녀는 자신의 두 다리를 수쿠스의 다리에 꼭 붙인 채, 아주 바짝 매달렸다. 맞은편에서 오는 사람들에겐 한 사람의 윤곽만 보였을 것이다.

사라졌다! 그녀가 속삭였다.

수쿠스는 욕망으로 불타올랐다.

할머니인 나는, '불타오르다'라는 게 제대로 된 표현이라는 것을 안다. 그의 고추는, 진정이 되지 않으면 그대로 피를 뿜어낼 것만 같았다. 정말 피가 끓어오르는 것 같았다. 그의 몸속에서 그런 일이 벌어지고 있었다. 바깥은 더 나빴다. 그의 나이에, 시간은 아주 길게 느껴졌고, 그렇게 긴 시간은 초조함으로 이어졌다. 당장 그녀를 가지지 못하면 그대로 시간이 그를 삼켜 버릴 것만 같았다.

어디로 갈까? 그가 어깨 너머로 웅얼거렸다.

계속 걸어, 거인. 쥬자는 사라졌어!

쥬자의 욕망은 그의 욕망과는 달랐다. 아무것도 그녀를 삼킬 듯이 위협하지 않았다. 수쿠스와 함께 있기 위해 그녀는 어떤 빈 공간도 건너갈 필요가 없었다. 그녀는 자신의 숲을 떠나지 않아도 되었다. 숲이 그녀의 본성이었다. 그 안에서 떠돌아다녔고, 그 안에 누웠고, 그 안에서 하늘을 올려다보았다. 숲에 있는 많은 동물들의 울음소리를 알고 있었지만, 모두 아는 것은 아니었다. 그리고 그녀는 수쿠스 역시 그 숲 안에 있다고 믿고 있었다. 그녀가 할 일이라곤 그가 숨어 있는 곳을 알아내는 것뿐이었다. 그는 절대 같은 자리에 있지 않았다. 또한 멀리 있지도 않았다. 그녀가 가장 하고 싶은 일은 그를 찾았다가, 숨겼다가, 다시 찾는 일이었다. 딸기류는 대부분 잎사귀에 가려져 있고, 어떤 것들은 가시의 보호를 받는다. 그녀의 욕망은 자신의 숲에서, 지면과 가까운 곳에서, 수쿠스라는 딸기 무리를 찾는 것이었다. 숲을 떠나야 할 필요가 없었기 때문에, 얼마나 오래 걸리든 상관없었다.

두 사람은 이제 오전에 수쿠스가 지나쳤던 카르주에 있었다. 날이 어두워졌다. 제트기 한 대가, 날개의 불빛을 깜빡이며 하늘을 가로질렀다.

내가 오늘 뭘 봤는지 이야기해 줄게, 깃발. 못 믿을 거야! 새카맣고
땅에 딱 붙은 게, 꼭 전기면도기처럼 생겼더라고. 내부는 빨간 가죽
이고, 운전대는 흰색 뱀 가죽이고 말이야. 시디플레이어에 맞춤 오
디오도 있어. 아주 떼어내기 쉬워. 내가 유심히 봤거든. 나사 네 개
풀고 틀만 뜯어내면 돼.

코모란트?(Cormorant, '가마우지'라는 뜻이지만 대문자로 씌어
진 것을 봐서 자동차 모델명을 뜻하는 듯함.―옮긴이)

아니야, 앞이 그만큼 길지는 않아. 하지만 들어 봐….

듣고 있어.

그 차가 길가에 주차돼 있었단 말이야. 부다페스트 역 뒤, 장크트
파울리 근처에. 그때, 무슨 간부처럼 보이는 사람이 나타났어. 이가
안 좋은 사람이야, 보면 알 수 있지. 이가 양고기 지방 같은 색이었거
든. 그 사람이 주머니에서 리모컨을 꺼냈어. 한 번 누르니까 차 문 양
쪽에 불이 켜졌지. 한 번 더 누르니까 잠겨 있던 문 네 짝이 모두 풀
리면서 오육 센티 정도 열리더라고. 그 남자는 아직도 건물 입구에
서 있는데 말이야. 잽! 그러면 문이 닫히고, 한 번 더 잽! 하면 시동이
걸리는 거야. 잽! 차가 후진을 해서, 갈 준비가 된 거지. 빠밤! 간부는
그대로 타서 가면 되는 거야. 언젠가는, 깃발, 우리도 그런 차 사자!

남자 번호는 땄어?

아니. 대신 리모컨을 챙겼지!

그녀는 작은 휴대용 계산기처럼 보이는 물건을 허공에 던졌다가
양손으로 받았다.

보여 줘 봐.

지금은 안 돼, 깃발. 그녀는 그렇게 말하고 웃음을 터뜨렸다.

어디 가야 할지 알았다, 수쿠스가 말했다.

두 사람은 몽드 은행 건설 현장을 두른 높은 목재 가림막 옆 보도
에 있었다. 그는 가림막을 따라 파크애비뉴를 내려가며 그녀를 옆골
목으로 이끌었다.

　　　　　　　　　　　　　　　라일락과 깃발

언젠가는 내가 리모컨 있는 차 사 줄게, 그녀가 말했다.

그들은 가림막 한쪽에 잠겨 있는 작은 출입구에 도착했다. 그 문을 지나 수쿠스는 합판 한 장을 옆으로 밀었고, 이어서 한 장 더 밀었다.

전철역 자동판매기에 맥주 사러 갈 때 매일 이쪽으로 다니거든.

안으로 들어온 후에, 그는 조심스럽게 합판을 원래 자리에 맞췄다.

밤에, 반쯤만 이어진 그 건물은 마을 아이들이 보는 교과서에 나오는 로마 시대 폐허처럼 보였다. 문과 창이 있어야 할 자리는 똑같이 까만 구멍만 뚫려 있고, 꼭대기는 똑같이 고르지 못하고, 크기도 똑같은 것이, 꼭 하늘을 베개 정도로 생각하는 거인이 가지고 놀 장난감 같았다.

우리 저기 위에 올라갈 거야! 그가 말했다.

위에 어디, 깃발?

저기 크레인에.

어느 쪽?

아빠 크레인.

아빠?

더 큰 거.

너무 높아, 깃발.

사다리 있어.

안 보이는데.

가면 조종실 있어.

잠겼을 거야, 깃발.

우리는 집 안 잠가. 어서. 눈에 띄기 전에.

그는 그녀의 손을 잡고 크레인 아래로 이끌었다.

사다리 단이 삼백여덟 개야, 그가 말했다, 원하면 세면서 올라가도 돼. 위나 아래는 보지 말고. 그냥 숫자만 세.

　　　　　　　　　　　　　　　하늘

자기가 먼저 가, 그녀가 말했다, 따라갈게.

둘은 사다리를 오르기 시작했다.

아래에 수많은 불빛이 있었다. 불빛 하나에 적어도 사람이 열 명은 있을 테고, 모두들 이름을 가지고 있을 것이다. 그 사람들이 계단을 오르고, 길을 건너고, 잠들고, 일하고, 이야기하고, 서로를 쓰다듬고, 고통스러워하고, 죽어 가고, 먹고, 죽을 때까지 술을 마시고, 음악을 만들고, 토하고, 계획을 세우고, 굴복하고, 생존하고 있었다. 그 숫자는 매주 늘어났다. 트로이에서 발생하는 죽음의 무게는 절대 새로운 탄생이 지닌 환함을 잠재우지 못했다.

다 왔어, 수쿠스가 내려다보며 말했다.

손가락 밟지 마, 쥬자가 말했다.

열려 있어.

열려 있는 거 확실해?

옷 벗어, 쥬자.

이 이야기가 시작될 때부터 쥬자와 수쿠스는 사랑을 나누고 있었던 것 같다.

이렇게 높이 올라와 본 적 없어, 쥬자가 말했다.

느껴져? 흔들리는 게 느껴지냐고.

아무도 이렇게 높이 데려와 준 적은 없어.

언젠가는 비행기도 탈 거야!

지금처럼 높이 올라와 본 적 없어.

보잉747 타고 파리 갈 거야!

아니야, 깃발. 평생 그 누구도, 오늘 밤 자기보다 더 높이 데려다주지는 못할 거야.

결혼

우리 집 주방 화로 오른쪽에 작은 통풍 장치를 조절하는 지렛대가 있다. 굴뚝으로 올라가는 공기의 양을 늘리거나 줄일 때 쓰는 물건인데, 작동 방식은 할머니도 이해할 수 있을 만큼 간단하다. 지렛대를 올리거나 내리면 파이프와 지름이 같은 얇은 철제 원판에 연결된 막대기가 움직이는 식이다. 원판이 수직으로 서면 공기가 막히고 옆으로 누우면 공기가 위로 올라간다. 작년에, 막대기의 완충 장치가 떨어져서 불길이 계속 활활 타올랐다. 나는 대장장이 세자르에게 가서 고칠 수 있는지 물었다. 그에게 그런 걸 묻는 건, 구두 수선공에게 단추를 달아 줄 수 있냐고 묻는 것만큼이나 모욕적인 행동이었다. 하지만 그는 나를 보면서, 마치 우리 둘 다 오십 년쯤 젊어진 것처럼 말했다. 부인을 위한 일이니까요, 고쳐 드리겠습니다! 이틀 후 지나가는 길에 보니 수리를 마친 통풍 장치가 나를 기다리고 있었다. 세자르가 집에 없어서 그냥 물건을 챙긴 다음, 작업대에 꿀단지 하나를 놓고 왔다. 몇 달 후, 그가 죽었다. 이제 지렛대를 올리거나 내릴 때마다, 죽은 대장장이 세자르를 생각하고, 굴뚝의 바람이 약해지거나 강해질 때마다 그를 생각한다. 세자르, 나는 그렇게 속삭인다, 당신이 내 불 속에 있는 거예요!

트로이에 어둠이 내리고 있었다. 수쿠스는 침대에 누워 유명한 백만장자와 호주 영화배우의 결혼식 기사를 읽고 있었다. 백만장자는 이렇게 말했다고 한다. 이번이 저의 다섯번째 결혼이자 마지막 결혼이될 것입니다, 이제 저는 원하는 것을 알 수 있을 만큼 나이가 들었으니까요. 수쿠스는 신문을 침대에 내려놓았다.
　마지막으로 마을에 갔던 게 언제였는지 기억나세요, 엄마?
　비스와바는 다리미를 내려놓고 십사층 창문 너머를 내다봤다. 마치 주괴(鑄塊) 같은 트로이의 다른 건물들이 아니라, 산이 보이는 것 같았다.

마지막으로 마을에 갔을 때는, 수쿠스, 너를 가졌을 때야.

눈 왔어요?

그녀는 웃음을 터뜨렸다. 아니, 여름이었지, 건초 베는 시기. 사람들이 건초를 뜨는 건 하면 안 된다고 했어, 너한테 안 좋다고 말이야. 나는 그냥 긁어모으는 것만 했다.

비스와바는 여전히 산을 보고 있었다. 세워 놓은 다리미에 든 물이 골골거리고, 벽 너머로 옆집에서 켜 둔 텔레비전에서도 뭔가 끓는 소리가 났다. 목소리를 냄비에 넣고 끓이는 것 같은 소리였다.

얼마 안 있으면 다시 돈 벌 거예요, 수쿠스가 말했다.

정말 그렇게 하면 믿을게, 아들.

이천오백만 있으면 돼요. 이천오백. 그럼 혈압계(sphygmoma-nometer) 살 수 있어요. 혈압계만 사면 나갈게요!

대체 그런 물건이 왜 필요하다는 거니?

그게 뭔지 모르시죠, 그쵸?

비스와바는 다른 생각에 빠져 있었다. 그, 쥐 언덕에 사는 그 뭐냐 (그녀는 딱 맞는 말을 찾느라 잠시 머뭇거렸다. 단어 하나가 생각이 나지 않을 뿐인데, 브란치가 없다는 사실이 아프게 느껴졌다) '부랑자' 여자애가 우리 아들을 사랑한다고?

그리스어 스피그모(sphygmo)에서 유래한 거예요, 엄마. '박동'이란 뜻이죠, 생명의 신호요.

뭐라고, 수쿠스?

그 기계랑 병원에서 돌팔이들이 입는 흰색 가운만 있으면요, 알렉산더 광장에서 하루에 팔천을 벌 수 있다고요!

다른 사람들의 고통에서 이득을 보려고 하다니, 부끄러운 줄 알아야지.

그럼 치과의사들은요? 그 사람들은 뭘 하는데요?

너는 사람들 혈압 잴 줄도 모르잖아.

오 분이면 배워요.

너도 번듯한 직장에 들어가야지.

번듯한 직장이라뇨! 엄마는 다림질이나 하세요, 아무것도 모르면 다림질이나 하시라고요. 이제 번듯한 직장 같은 거 없어요. 다 사라졌다고요. 방법이 없어요. 우리 불쌍한 엄마, 그렇다고요, 방법이 없어요.

비스와바는 접은 녹색 테이블보를 한 장 더 창가의 더미에 올려놓았다. 옆집에서는 이제 축구 중계를 보는 모양이었다. 해설자가 숨이 넘어갈 듯이 고래고래 소리를 질러 댔다.

얼른 먹을 것 좀 만들어 줄게, 비스와바가 그렇게 말할 때….

그거 정말이에요? 수쿠스가 눈을 감은 채 물었다. 마을 사람들은 그렇게 높은 산에, 그렇게 먼 곳에 살기 때문에 속삭이기만 해도 바위에서 메아리가 들린다는 게?

그런 곳이 있기는 하지.

수쿠스는 천장을 걷기라도 할 것처럼 누워서 발을 허우적거리다가, 반동 한 번에, 카펫을 깔지 않은 바닥에 그대로 섰다.

우리 마을로 돌아가면 어때요, 엄마, 우리 셋이서?

셋이서?

엄마랑 쥬자, 그리고 저요. 아버지가 산에 아직 우리 소유의 통나무집이랑 소나무 숲 있다고 늘 이야기했잖아요. 거기서 살 수 있어요. 제가 나무를 베고, 엄마는 닭을 키우고, 쥬자는, 쥬자는 버섯 캐서 국경 건너편에서 파는 거예요. 아버지가 이야기해 줬던 그 할머니처럼요, 그 할머니 이름이 뭐였더라?

왜 눈물이 나지? 비스와바는 자신에게 물었다.

채소도 직접 키우는 거예요, 수쿠스가 말했다. 그리고 겨울에는 제가 스키 리프트에서 일하면 돼요, 여름에는 나무 베고.

네가 생각하는 그런 게 아냐. 방법이 없단다, 애야, 방법이 없어.

수쿠스는 에딩턴행 전철을 탔다. 피통에서 내려 해변을 따라 무두질 공장 쪽으로 걸었다. 길에는 자동차 전용도로처럼 머리 위로 노란 가로등이 켜져 있었다. 트럭이 지나가지 않을 때면, 자갈에 부딪혀 부서지는 파도 소리가 들렸다. 무두질 냄새도 났다. 트로이에는 그보다 더 심하게 뭔가가 부식하는 냄새, 예를 들면 장티이에 있는 비료 공장 냄새가 있었지만, 어둠 속에서 맡는 무두질 냄새는 지하 묘지(catacombs)를 떠올리게 했다. 어원은 카타(kata), '저 아래쪽'을 뜻하는 그리스어였다. 저 아래, 그의 아버지 클레망이 묻혀 있는 곳.

길이 곶으로 이어지기 시작하면서 수쿠스는 기운이 났다. 거기서부터 쥐 언덕의 불빛이 가까이 보였기 때문이다. 도시에서 태어난 많은 사람들처럼, 그 역시 텅 빈 거리는 두려웠다. 그는 조금 달렸다. 잠시 후 라디오 소리가 들렸다. 갑자기, 언덕의 불빛들이 모두 꺼졌다가, 잠시 후 다시 들어왔다. 그런 일이 몇 번 있었다. 칠흑 같은 어둠 속에서 가건물과 판잣집들은 잠든 개처럼 보였다가, 불이 다시 들어오면 춤추는 곰 같았다. 담장을 따라 색 전구를 매달아 놓은 집들도 몇 채 있었다. 밤이 되면서 친숙한 건물이며 표지 들이 모두 사라져 버렸기 때문에 길을 찾을 수가 없었다. 미로 같은 빛 아니면 우물처럼 깊은 어둠뿐이었다. 그는 어느 가건물의 문간 앞에 멈췄다. 아이들이 쓰레기처리장에서 모아 온 잡동사니들을 종류별로 분류하고 있었다. 전기 부품이 한 더미, 여자 신발이 한 더미, 약 더미도 있고, 큰 깡통 더미도 있었다.

디마 아저씨 집이 어딘지 아니? 수쿠스가 담배를 피우는 소년에게 물었다.

파란 집! 쥬자네!

그렇지.

아이들이 그를 둘러쌌다.

멋진 칼 갖고 있네요, 버새(수말과 암당나귀의 잡종—옮긴이) 형.

오래된 거야, 아주. 우리 아버지가 쓰시던 거지.

한번 봐도 돼요? 담배를 들고 눈 밑이 거무죽죽한 소년이 말했다.

수쿠스는 칼집에서 칼을 꺼내서, 한 손가락을 칼끝에 대고 다른 손으로 순록 손잡이를 쥐었다. 가건물의 흔들리는 조명 아래서 칼은 물결처럼 빛났다.

삶은 칼날처럼 얇다. 나머지는 신의 영역인 것을.

한번 만져 봐도 돼요? 같은 소년이 물었다.

수쿠스가 고개를 저었다.

내가 만오천에 살게요.

수쿠스는 다시 고개를 저었다.

이만!

파는 거 아니야.

뭐든 팔 수 있는 거예요, 버새 형.

오늘은 내가 한 푼도 없거든, 수쿠스가 말했다. 말하지만, 정말 한 푼도 없어, 그래도 내 칼은 안 팔아.

아버지한테 받은 거라서요?

소년이 들고 있던 담배를 버렸다.

팔지 않는 것도 있는 거야, 수쿠스가 말했다.

그래서 쥬자 찾는다고요?

운이 좋아요, 형, 왜냐하면 우리가 쥬자를 아니까!

쥬자, 쥬자 끝내주지!

쥬자를 찾으려면, 칼을 사고 싶어 했던 소년이 말했다, 전선을 따라서 쭈욱 올라가요, 위로 계속. 왼쪽에 두번째 무허가 술집이 나올 때까지.

무허가 술집이 어떤지는 알죠?

나 어린애 아니거든, 수쿠스가 말했다.

쥬자도 어린애 아니죠!

쥬자가 엄마라면 어떨 것 같아?

무허가 술집이 나오면 오른쪽으로 돌아가요, 거기가 파란 집이에요.

실내는 쥐 언덕이 판잣집과 사람, 아이, 가축 들로 복잡한 것만큼이나 이런저런 물건들로 복잡했다. 옷, 냄비, 판지 상자, 방석, 접시, 병, 신발, 수건, 걸레, 물병, 탁자, 바닥에 놓인 매트리스, 텔레비전, 옷장, 가스풍로, 가스통, 싱크대. 하지만 그 모든 것이 정리가 되어 있고 손길이 느껴지는 것이, 여자가 살고 있는 곳임을 알 수 있게 했다.

커다란 매트리스와 벽이 닿는 부분에는 베개들이, 침대보 역할을 하는 천 아래 줄을 맞춰 정돈되어 있고, 봉긋 솟은 부분을 따라 하얀 레이스가 한 줄 놓여 있었다. 벽돌이 그대로 드러난 벽에 고정된 선반에는 접시들이, 큰 접시를 맨 아래로 해서 차례대로 정리되어 있었다. 판지를 붙인 천장 한가운데에는 갈매기가 날아가는 사진이 붙어 있었는데, 침대에 누워서 보면 갈매기가 누워 있는 사람을 향해 날아오는 느낌이 들었다. 가장 눈에 띄는 것은, 그 작은 방에 거울이 다섯 개나 있다는 사실이었다! 가장 큰 거울, 교회 창문처럼 생긴 금박 틀의 거울은 싱크대 뒤 벽에 세워져 있었다. 회색 표면에는, 수은이 닳아 검게 변한 점들이 여기저기 박혀 있었다. 표면은 쥐 언덕의 흙처럼 보였지만, 일단 싱크대 옆에 서면, 그 근엄한 어둠 속에서 전신을 볼 수 있었다.

이것 좀 봐요! 쥬자의 어머니 카야가 말했다.

그녀는 어깨 부분을 다림질하고 있던 옷을 들어 보였다.

맞춤 재킷으로, 송곳니 모양의 검고 흰 무늬가 들어간 트위드 천으로 만든 거였다. 옷을 들어 보인 카야는 여자가 걸을 때처럼 한번 흔들어 보지 않을 수 없었다. 어깨는 좁고 엉덩이에서 벌어지는 모양이었다.

쥬자 줄 거야, 그녀가 설명했다. 오후에 산 옷이었다.

멋지네요, 수쿠스가 말했다.

어울리는 스커트도 있어.

그녀는 왼손을 쫙 펴고 재킷을 고정시킨 채 다림질을 계속했다. 수쿠스는 한쪽 옷깃 끝에, 타서 생긴 것이 분명한 끝이 새까만 구멍을 하나 발견했다.

이 정도는 괜찮아! 카야가 말했다. 마치 자신의 넉넉한 몸이, 입고 있던 보라색 면 원피스를 압도하는 사과빛 그 몸이 자신의 말에 기운을 줘서, 정말 구멍이 사라질 거라고 말하는 것 같았다.

다림질하다 생긴 거예요?

불붙은 석탄 하나가 떨어졌다고 하지, 카야가 말했다.

어쩌다가요?

어떤 여자가 난로 옆에 벗어 놓고 그 짓을 했나 보지. 아무튼, 무슨 일이 있었든, 이미 벌어진 일이잖아요. 아무 일도 없었다면 이 옷이 오늘 여기 있지도 않겠지. 부잣집 여자들이 상태가 완벽한 트위드 재킷을 버리지는 않으니까. 자네가 여기에 꽃을 꽂아 주면 보이지도 않을 거야.

카야가 윙크를 했다.

배고파요? 옥수수죽 좀 데워 줄까? 나이시가 쥬자랑 뒷문으로 나갔는데. 가서 좀 불러와요.

쥐 언덕에는 건물을 지으려고 땅을 파서 다진 곳을 제외하고는 평지가 없었다. 언덕의 집들은 모두 삽질부터 시작해서 지은 것들이었다. 몇몇 집들은 돈이 좀 생기면 가끔씩 아실을 부르기도 했다. 한쪽 다리를 잃은 아실은 중고 불도저를 가지고 있었다. 파란 집 뒤에도 사 제곱미터 정도 되는 고른 땅이 있었는데, 디마 아저씨가 교도소에 가기 전에 곡괭이와 삽으로 다진 땅이었다. 쥬자와 줄리아가 쓸 방을 만들 계획이었다. 그러면 디마 아저씨와 카야는 거울들이 있는

127   결혼

방에서 단둘이 잘 수 있었다. 지금 있는 작은 방은 밤에는 나이시가 썼다. 자기 개인 방의 존재를 정당화하려고, 그는 그 방을 본부라고 불렀다. 디마가 체포된 후로, 뒷마당의 작업도 중지되었다. 작은 땅에는 디마 아저씨가 방을 만들려고 모은 목재들, 판자, 울타리, 포장용 상자, 낡은 전신주 같은 것들만 널브러져 있었는데, 덕분에 마치 가족이 꿈꿨던 반지붕 방이 이제 막 무너진 것만 같았다. 쥐 언덕에서는 허물어지고 있는 것과 새로 올라가고 있는 것을 구분하기가 종종 어려웠다.

나이시와 쥬자는 잔해들 사이의 상자에 앉아 있었는데, 쥬자가 오빠의 말을 듣고 있는 중이었다. 나이시는 뭔가를 읽을 수 있었지만, 그가 읽는 것이 책은 아니었다. 그는 언덕과 아래 도시에서 일어나는 일들을 읽었고, 살아남기 위한 새로운 편법들을 읽었고, 무엇보다도, 살아남는 것이 더 이상 문제가 아닌 사람들 무리에 합류할 수 있는 최신 계획들을 읽었다. 나이시는 언제나 그런 것들을 읽고 있었다. 그가 육체노동을 시간 낭비라고 생각하는 이유도 바로 그것이었다. 어디를 가든 그는 읽었다. 사람들의 성격, 사람들이 거짓말을 하는 방식, 그들의 두려움, 도시의 구역들과 그것들을 통제하는 사람들, 건물의 외관, 소문들, 새로운 시세, 경찰 보고서, 거리의 지도 같은 것들. 그런 것들을 읽고 있지 않을 때는, 방금 읽은 것들에 대해서 생각을 했다. 바로 그 점이, 집 뒤편 어두운 곳에서 나이시가 마치 여동생에게 뭔가를 가르치고 있는 것처럼 보이는 이유였다. 실제로는 그렇지 않았다. 그녀가 듣는 모습이, 그리고 그가 말하는 모습이 그렇게 보였을 뿐이다.

밤에는 부탁 안 할게, 나이시는 그렇게 말하고 있었다. 오후 이야기야, 오후에만….

수쿠스가 다가갔다. 어머니가 새 옷 다리고 계시던데, 그가 말했다.

깃발, 나 라일락이라고 불러 줬음 좋겠어, 쥬자가 말했다.

라일락은 이름이 아닌데.

꽃 이름이고, 향기 이름이고, 나무 이름이야.

여자 이름은 아니잖아. 라일라! 릴리! 릴리스! 이런 건 있어도 라일락은 없어.

들어 봐, 저 새 옷을 판 고물장수가 노래를 부르고 있었거든. 거북이 언덕에 사는 자기 친구 오테이 리파트라는 사람이 작곡한 노랜데, 이렇게 불러.

그녀는 고개를 젖히고, 노래를 불렀다.

> 거리 모퉁이에
> 라일락이 피었네
> 기도하고 간청해야지
> 라일락, 오 라일락
> 너의 옆으로 지나가게 해 주렴
> 라일락, 사랑스런….

언덕 아래쪽에서 개 두 마리가 짖었다.

쥬자는 일어나서 수쿠스에게 입을 맞춘 다음, 집 안으로 들어갔다.

밤에 개가 짖는 건 불길한 징조다. 마을 사람들은 개들이 숲속에서 무슨 소리를 들었기 때문에 짖는 거라고 말한다.

잘 왔어, 나이시가 말했다. 새로운 사람들이 필요한데, 사람 만드는 거 해 본 적 있어?

며칠 전 밤에 하나 만든 것 같은데!

열 명이 필요해, 매제.

몇 년만 줘!

모레까지 열 명이 필요해.

너무 많아.

사진이랑 이름, 그리고 번호만 있으면 돼.

서류?

그렇지, 국제적인 서류. 여권이 필요해.

돈은 누가 내지? 수쿠스가 물었다.

내가 낸다고 해 두지.

얼마나, 나이시?

열 명에 오십만.

가서 나이시, 진짜로 돈 내는 사람한테 전해, 수쿠스가 말했다. 그 사람 때문에 네가 째째한 사람이 됐다고 말이야. 열 건에 오십만이라니!

다 확인했어. 너랑 쥬자는 십오 분만 시간 내면 돼, 위험은 거의 없고.

열 명을?

더 모을 수 있으면 돈도 더 줄게. 부다페스트 역. 내일 밤. 열시. 십칠번 승강장. 백일호 침대차야.

여권으로 뭐 할 생각인데?

말했잖아, 수쿠스. 새로운 사람들이 필요하다고.

그때 쥬자가 송곳니 무늬 정장을 입고 나타났다. 어둠 속에서 그녀가 달라졌음을, 정확히 무릎 위로 딱 떨어지는 꽉 끼는 스커트를 입고 있다는 걸 알아차렸지만, 그 이상은 알 수가 없었다. 그럼에도 두 남자는 그녀를 바라보았다. 둘 다 그녀를 사랑했다. 개들이 짖는 소리가 멈췄다. 나이시는 어깨를 펴고, 우아한 누이의 모습에 장단을 맞추듯 부츠 뒤축으로 땅을 두드렸다. 그가 읽는 사람이라면, 그녀는 그가 뭔가를 읽고 싶게 만드는 이유였다. 그는 연주자가 악기를 사랑하듯이, 혹은 자동차 레이서가 자기 차를 사랑하듯 그녀를 사랑했다. 그가 원하는 것은 그녀에게서 최고의 모습을 끌어내는

것, 그리고 그 모습을 그녀에게 돌려줌으로써 그녀를 기쁘게 하는
것이었다. 쥬자로 지내는 것의 기쁨. 세상에 자신의 누이만큼 아름
다운 것은, 그가 보기에는, 아무것도 없었다. 나이시의 삶에 질투 같
은 것은 없었다. 단지 이 친밀한, 원대한 야망밖에 없었다.

그녀에 대한 수쿠스의 사랑에는 아무런 야망이 없었다. 그는 질
투심에 불탔고, 열정적으로 그녀를 사랑했으며, 그녀를 지켜 주려
했다.

> 라일락, 오 라일락
> 너의 옆으로 지나가게 해 주렴….

그가 콧노래를 불렀고, 쥬자는 팔을 활짝 벌렸다.

사냥용 나팔 소리가 들린다. 사냥용 나팔은 이상하게도 언제나 멀어
지는 듯한 소리가 난다. 등을 돌린 채, 어깨 너머로 말하는 것 같은
소리. 나팔 소리는 모두, 뭔가 떠나가고 있음을 알린다. 그리고 하프
가 여성이라면 나팔은 남성이다.

부다페스트 역 십칠번 승강장의 유리 지붕 위로 울리는 경적 소리
는 들짐승의 울부짖음 같다. 그 들짐승의 털이 만져질 것만 같다. 따
뜻하고, 땀이 찼고, 황금빛 돌기가 숨어 있는, 펠트 천처럼 두꺼운 털
들. 울부짖는 그 목소리가 철제 기둥에 가서 부딪혀 멍이 들고, 그 상
처 때문에, 그리고 이제 곧 도착할 상처받은 이들을 위해, 절규한다.

수쿠스와 쥬자는 십칠번 승강장을 따라 걷고 있었다. 앞뒤로 나란히
걷는 두 사람은, 평생 한 번도 만나 본 적이 없는 사이인 것처럼 보였
다. 그런 분위기가 느껴진 이유는, 수쿠스의 생각이 들리지도, 보이
지도 않았기 때문이다. 그는 이런 생각을 하고 있었다. 그 스커트 속
쥬자의 다리는 하늘처럼 높아 보였지! 하지만 나는 그 다리가 끝나

결혼

는 자리를 알아! 또 다른 생각은 이랬다. 하느님, 제발 무사히 지나가게 해 주세요.

쥬자는 송곳니 무늬의 투피스를 입었다. 옷깃에는 그날 아침 수쿠스가 에스코리알의 어느 정원에서 훔쳐 온 흰 달리아를 꽂았다. 그녀는 나이시가 준, 천으로 된 검은색 여행가방을 오른쪽 어깨에, 나팔수들이 나팔을 메는 그 자리에 메고 있었다. 머리는 하얀색의 이집트 터번으로 가렸는데, 터번 쓰는 법은 옛날에 할머니가 알려 주셨다.

고급 모슬린 천으로 만든, 적어도 삼 미터는 될 것 같은 천이다. 가느다랗게 될 때까지 세로로 접은 다음, 머리에 두르고 양쪽 끝은 길게 늘어뜨린다. 그 양쪽 끝을 후광처럼 머리를 감싼 부분에 단단하게 매듭을 지어 준다.

싱크대 옆의 어두운 거울 앞에서 이집트 터번을 두르는 데 삼십 분이나 걸렸다. 터번을 뒤로 해서, 머리칼을 모두 숨겼다.

네페르티티(십사세기 이집트의 왕비─옮긴이) 같네, 나이시는 집을 나서는 그녀에게 그렇게 말했다. 가방은 걱정하지 마, 필요하면 버리고 와도 돼. 백일호 침대차. 차장이 여자 밝히는 걸로 아주 유명해!

터번과 함께 쥬자는 선글라스도 꼈다. 이가 두 개 빠진 자리는 가릴 방법이 없었다. 그녀는 손톱에 핏빛 매니큐어를 발랐다.

쥬자의 뒤를 따르는 수쿠스는, 아버지의 코트를 입고 있었다. 옷깃에 붙은 상표에는 아쿠아스큐텀(Aquascutum)이라고 적혀 있었다. 아버지가 그 이름을 설명해 주었다. 라틴어 아쿠아(aqua), 물. 스쿠툼(scutum), 방패. 클레망이 굴을 천 마리쯤 까주고 식당 주인에게서 받은 코트였다. 일 년쯤 전에 손님이 벗어 두고 갔는데, 찾으러 오지 않는다고 했다. 그 코트를 입으니 수쿠스도 번듯한 직장인처럼 보였다. 아침에 그 코트를 입어 보았을 때, 그 모습을 본 비스와바의 마음은 기대로 두근거렸다.

텐(TEN) 열차, 유럽횡단 야간열차(Trans Europe Night)였다. 대륙을 가로질러 사흘 후면 먼 바다에 이르는 노선이었다. 백일호 침대차는 잠을 잘 수 있는 칸이었고, 높이 달린 창문에는 이미 호박색 커튼이 드리워져 있었다. 차체는 암적색이었고, 승강장에 가까운 차체 아래쪽에 누군가 흰색 스프레이로 **똥차!**라고 낙서를 해 놓았다.

쥬자는 천천히, 선글라스로 커튼이 드리운 창문을 살피며 걸었고, 혹시 차장이 자신을 알아본 것은 아닌지 확인하려고 한두 번 걸음을 멈췄다. 알아본 것 같았다. 그녀가 손짓을 하자 그가 침대차 탑승구로 왔다. 그녀는 차장에게 먼저 짐을 건넨 다음, 자신도 올라탔다. 그녀는 굽이 없는 흰색 플라스틱 샌들을 신고 있었다. 해변에서 팔 법한 싸구려였지만, 그녀가 계단을 오를 때는 그런 샌들도 수제품처럼 보였다!

할머니에게 낫질을 배웠을 때 나는 열한 살이었다. 남자들은 땀만 한 양동이씩 흘리고는 일찍 죽어 버리지, 그러니 너도 배워 두는 게 좋겠다. 과연 나는 제대로 배웠다. 낫이 대장간에서 잘 다듬어져서 날이 아주 얇게 나오면, 엄지손톱으로 만졌을 때 밝은 쇳덩이가 윙크를 하듯 반짝인다. 그렇게 되면 낫질을 팔과 어깨로 하는 게 아니라 엉덩이로 하면 된다, 순전히 엉덩이로만. 풀들도 남자들이 아니라 젊은 여자에게 낫질을 당할 때는 안다. 마찬가지로, 텐 열차도 쥬자가 자신에게 올라타고 있다는 것을 알았다.

파리까지 가는데요, 기차에서 이틀 지내야 할 것 같습니다. 쥬자가 차장에게 말했다.

침대차 차장은 생각했다. 이 여자는 또라이다, 상류층 또라이.

수쿠스는 그대로 승강장에 선 채, 탑승구 계단에서 쥬자와 이야기하고 있는 침대차 차장을 지켜봤다.

드릴 말씀이 있는데요, 그녀가 자신감있는 목소리로 말했다. 제가 딜레마(dilemma)에 빠져서요.

오후에 연습을 하면서 '딜레마'라는 단어를 제안한 건 수쿠스였다. '둘'을 뜻하는 그리스어 디스(dis)와, '접수된 것' 혹은 '감지된 것'을 뜻하는 레마(lemma).

차장님이 도와주실 수 있을 것 같아서요, 제가 예약을 할 시간이 없었거든요. 마지막까지 고민하다 결정한 거라서, 그런데, 이틀 동안 옷도 못 갈아입고 침대에 눕지도 못하고 지낼 걸 생각하면 너무 끔찍하잖아요! 객실을 구해 주실 수 있으면 제가 타고요, 안 되면 비행기로 가야 할 것 같네요.

승강장 위의 객차는 다른 세상이었다. 공간이 아주 협소했다. 복도는 두 사람이 간신히 지나갈 수 있을 정도였다. 몸을 옆으로 하고 스치듯 지나다녀야 했지만, 손에 닿는 것은 뭐든 고급스럽고, 친밀한 느낌이 들었다. 승객들은 대부분 잠자리에 들었거나, 잠자리에 들 준비를 하고 있었다. 재킷을 벗고, 수제화를 벗고, 파리풍의 스카프도 풀었다. 부자들의 낡은 기차라고, 쥬자는 생각했다.

금줄이 달린 초콜릿색 제복 차림의 침대차 차장은, 자신의 업무용 객실로 가서, 황동 장식이 달린 미닫이문 옆에 놓인 테이블에서 예약표를 집어 들었다.

자리가 없으면, 내리게요…. 제가 결정할 수 있게 좀 도와주시겠어요?

마침 말입니다, 부인. 여분의 객실이 있습니다.

잘됐네요! 볼 수 있을까요?

결정적인 순간이었다. 그가 즉시 그녀와 함께 복도로 나와 줄 것인가, 아닌가? 순간 그녀는 영리하게도 표정을 바꾸어, 뿌루퉁하게 입을 내밀었다. 그 도발에, 차장은 자리에서 벌떡 일어났다. 미끼를 문 것이다.

따라오십시오, 부인.

그는 복도를 따라 앞장서더니 이십번 객실의 문을 열었다. 원래는 마지막에 나타나는 승객들 중 팁을 잘 주는 사람에게 내어 주는 자리였다. 하지만 이 상류층 또라이 여성에게 차장이 바라는 것은 돈이 아니었다. 침대에는 별들 사이를 날고 있는 비둘기가 그려진 레이스 무늬 침대보가 씌워져 있었다.

운은 절대 무심한 것이 아니었다. 언제나 운은 내 편 아니면 상대편이었다. 그 순간 차장과 쥬자, 그리고 수쿠스는 모두 자신이 운이 좋은 거라고 믿었다. 수쿠스는, 차장이 업무용 객실의 미닫이문을 그대로 열어 두고 갔기 때문에 운이 좋았고, 쥬자는, 여분의 침대가 복도 반대편 끝에 있어서 운이 좋았다. 그리고 침대차 차장은, 일단 국경을 넘고 나면 자신이 방값을 받아낼 생각이었기 때문에 운이 좋았다.

확성기에서 십칠번 승강장의 텐 열차가 이 분 후에 출발할 예정이라는 안내가 나왔다.

수쿠스는 차장의 업무용 객실로 들어가 문을 닫았다. 크레인 조종실만 한 크기였다. 잠이 든 승객들의 여권이 작은 테이블 위의 보관함에 가지런히 정리되어 있었다. 그는 껍질콩을 따듯이 여권들을 하나씩 집어서 코트 주머니에 넣었다. 그런 다음 문을 열고 나와, 마치 객차 반대편에 있는 사업 동료를 찾는 사람처럼, 가벼운 발걸음으로 복도를 따라 걸었다. 이십번 객실 앞을 지날 때 "완벽해요!"라고 감탄하는 쥬자의 목소리가 들렸다.

수쿠스는 승강장으로 내려왔다. 쥬자가 뛰어내릴 수 있게 탑승구 문은 일부러 열린 채로 그냥 두었다.

부인, 여권을 주시면 이따가 탑승권 작성에 필요한 서류를 준비해 드리겠습니다.

당연하죠, 자기.

그런 말을 너무 빨리 들어 버린 차장은 그만 정신이 나가서, 그녀가 흰 족제비처럼 재빨리 자신을 지나쳐 가는 것도 알아차리지 못했다.

결혼

어머니한테 인사를 못 드렸어요, 승강장에서 기다리고 계신데!

열차가 움직이기 시작했다. 쥬자가 나오지 않아 놀란 수쿠스는 다시 열차에 오르려 했지만, 바로 그때 그녀가, 의기양양한 모습으로 탑승구에 나타났다. 그녀는 까치처럼 가볍게, 승강장으로 뛰어내렸다.

침대차 차장은, 열차가 속도를 내는 동안 탑승구의 계단에서, 후회와 분노가 뒤섞인 목소리로 외쳤다.

짐이요, 부인. 짐이요!

사람들의 관심을 끌지 않으려고 쥬자는 등을 돌린 채 떠나가는 열차를 향해 손을 흔들었다. 사람들이 흩어질 때 그녀도 그들 뒤를 따랐다.

챙겼어? 그녀가 속삭였다.

열네 개.

그는 그녀의 손을 잡고 천천히 아버지의 코트 안으로 넣어 여권들을 만져 보게 했다. 그녀의 손에 여권 다발이 만져졌다. 그리고, 환하게 웃으며 꼭두각시 인형처럼 고개를 한쪽으로 푹 꺾었다. 두 사람 다 말이 없었고, 갑자기 지친 것 같았다. 둘은 북쪽으로 가는 전철에 올라탔다.

텐 열차는 우리 아버지 고향인 산악 지대를 지나서 가는데.

아주 먼 산악 지대지, 그녀가 말했다.

객차 반대편 끝에서 한 남자가 선 채로 노래를 하고 있었다. 즐거워서가 아니라 구걸하기 위해 부르는 노래였다.

거기 가 볼까? 수쿠스가 말했다.

바보 같은 소리 하지 마.

내일 열차 타면 되잖아.

그렇지, 그래도 되지.

현금 받을 거니까.

일등석?

　　　　　　　라일락과 깃발

자기가 원하면, 라일락.

거기 가서 뭐 하지?

산에 우리 통나무집 있어.

자기도 가 본 적 없다면서.

아버지 집이야. 절벽 위 높은 곳에, 폭포 근처에 있대. 거기서 살아도 돼.

전철이 템플 역에 멈췄다. 사람들이 많이 탔고, 난쟁이 두 명이 수쿠스와 쥬자 뒤에 앉았다.

아버지 고향 마을에는 우유밖에 없다면서!

그렇게 말씀하셨지. 마을에서 팔 거라곤 우유밖에 없다고. 옛날에 들었는데, 한 백 번은 말씀하셨을 거야.

가수는 이제 「관타나메라」를 부르고 있었다.

나이시 말이, 자기는 염소 젖 짰다면서?

오빠는 뭐든 생각나는 대로 말하니까.

안 짰어?

누가 알겠어?

닭은 잘 잡잖아!

원하면 침대차 차장도 잡을 수 있어!

열네 개야, 라일락. 칠십만이라고.

파트라이 호텔에서 하룻밤에 써 버리자.

그게 어딘데?

시카고 너머에 있어. 쥐 언덕에서 보이거든. 만 건너편에. 굉장히 큰 건물인데 성당처럼 작은 탑들이 둘러싸고 있어. 거기 가자, 깃발.

그들 뒤에서 두 난쟁이도 대화를 나누고 있었다.

불안해, 둘 중 한 명이 말했다.

그럴 것 없어.

우리를 바닥에 떨어뜨리면 어떻게 해요?

그런 일 없어, 사람들이 너무 많아.

창밖으로 던져 버리면요?

그럴 것 같지 않은데.

젊고 힘센 사람들 아닌가요?

네 나이쯤 되겠다, 사뮈엘.

그럼 여자들은….

그렇게 물어본다면, 사람들이 자기 여자들을 위해서 대회를 연 거야! 여자들이 흥이 오르면 우리를 던지면서 노는 거야. 다섯 명, 여섯 명, 일곱 명이서 천을 펼쳐 들고 말이야. 우리가 튀어 오를 때 여자들 가슴을 스치기도 하는데, 그럼 여자들이 소리를 질러.

전철이 스팔란치 역에 정차했다.

얼마나 높이 던지는데요? 젊은 난쟁이 사뮈엘이 물었다.

던질 수 있는 데까지, 샹들리에 높이까지.

그래도 불안해요.

그 정도 위험도 없이 큰돈을 벌려고 하면 안 되지.

춤은 상관없는데….

춤을 추는 건 네가 아니고 그들이야, 사뮈엘, 우리가 아니라고!

우리는 떨어지죠! 사뮈엘이 말했다.

「관타나메라」가 끝나고 가수는 모자를 손에 든 채 통로를 따라 내려왔다. 승객들은 대부분 동전 한두 개를 건넸다. 나이 든 난쟁이가 지갑을 들고 천천히 지폐 한 장을 꺼냈다.

어이쿠, 왕들이시네! 왕이 두 분이시네! 가수가 포도주 냄새를 풍기며 말했다.

수쿠스도 지폐를 건넸다. 그는 나이시에게 선금으로 절반을 주고, 일을 마치면 나머지 반을 달라고 했다. 지폐를 가수의 모자 속에 조심스럽게 놓았다. 그건 일종의, 고맙다는 표시였다.

부다페스트 역 북쪽은, 도심의 홍등가 중 하나인 장크트 파울리였다. 나란히 있는 세 개의 거리는 지난 세기에 도시의 인쇄업자들이

모여 있던 구역이었다. 상점과 작업실, 그리고 숙소 들은 이제 술집
과 스트립쇼 극장, 성 용품점과 방들, 수백 개의 방들로 바뀌었다. 매
춘부들은 오전 열한시부터 다음 날 아침까지 세 개의 거리에 줄지어
서 있었다. 트로이의 남자들이 그들을 어떻게 부르는지 나는 안다.
순항보트, 납작한 책등, 쿠르바('나무껍질'이라는 뜻의 에스토니아
어—옮긴이), 낚시꾼, 꼬리 자른 말. 덤불 위의 새들 이름이 훨씬 예
쁘다. 하지만 여자들의 별명은 좀더 부드럽다. 다람쥐, 로렌 자기, 먼
지떨이 깃털, 달콤한 루. 그 여자들은 모두 다른 삶을 꿈꾼다. 그 점
에서 그들은 지상의 다른 사람들과 비슷하지만, 그들에게는 더 그럴
듯한 이유가 있다.

　세번째 거리 끄트머리에, 이 구역에서 가장 넓고 유명한 술집 플
로레스가 있다. 여권 사건이 있던 날 저녁, 헥토르 경감은 그 술집에
앉아 위스키를 마시고 있었다. 그는 침울한 기분이었다. 여덟시에
코시가에 있는 경찰서를 나와, 이탈리안 식당에서 저녁을 먹고 플로
레스로 왔다. 그는 기분이 가라앉았을 때만 이곳을 찾았다. 아가씨
들과 이야기를 했는데, 아가씨들은 그를 손님이 아니라 영주님 대하
듯 했다. 그가 누구인지 알았던 것이다. 문젯거리는 미리 피해야 했
다. 아가씨들은 그의 비위를 맞추고 싶어 했지만, 그가 절대 아가씨
들을 데리고 나가지 않는다는 것, 그리고 어리석은 행동을 싫어한다
는 것도 들어서 알고 있었다. 그래서 그를 영주님처럼 대했고, 그것
은 그의 상처 받은 영혼에 위로가 되었다. 오늘 밤엔, 먼지떨이 깃털
이 그에게 이야기를 하고 있었다.

　그래서 그 손님들이 보트도 태워 줬거든요, 네, 파라과이 국기가
걸린 배였어요. 갑판에서 직접 보셨어야 하는데, 온수 샤워기에 칵
테일 바, 비디오, 흰색 가죽 소파, 스웨덴제 술잔까지 있더라고요. 손
님들 중 한 명이 "내가 원하는 건 세계 일주야"라고 말했을 때는, 웃
겨서 숨넘어가는 줄 알았어요.

　헥토르 경감은 듣지 않고 있었다. 그는 생각 중이었다. 이 주 후면

여기 아가씨들도 내가 끝났다는 걸 알겠지. 문을 열고 들어오면 위너는 여전히 "스카치죠, 경감님? 제가 한 잔 드리겠습니다!"라고 말할 테고, 두어 달 정도는 계속 그렇게 대해 줄지도 모르지, 어쩌면. 그는 계속 생각했다. 그러다가 어느 날, 그 친구는 이렇게 생각할 거야, 이런 젠장, 이 나이 든 놈한테 자기 술값은 직접 내라고 해야겠는 걸. 새로 온 아가씨들이 나를 노려보면, 오래된 아가씨들이 이렇게 이야기하겠지. 저 양반은 그냥 찌그러져 있게 내버려 둬, 자기야. 전에 경찰이었는데, 딱히 원하는 것도 없이 저기 앉아서 우리 구경하면서 흥분하는 거야. 우리한테 샴페인 반 잔도 사 준 적이 없어요…. 신경 쓰지 말고, 그냥 내버려 둬. 하루하루 더 나빠질 거라고, 헥토르 경감은 생각했다. 아내만 포기하면, 돌아갈 수 있을 텐데, 고향 마을로 돌아갈 수 있을 텐데.

그래서 월요일까지 안 돌아왔지 뭐예요, 먼지떨이 깃털이 말했다. 대단한 주말이었죠! 그래도, 사실대로 말씀드리면, 이틀 만에 해변으로 돌아와 단단한 땅을 밟으니 좋았어요.

그 손님들이 다음엔 어디로 갔는지는 알고?

이즈미르로 갈 거라고 했어요.

그 사람들이 너한테 돈은 뭘로 냈는데?

헥토르 경감님, 그거 꼭 여기 플로레스에서 대답해야 해요?

샴페인 마실래, 깃털?

그거 좋겠네요, 경감님…. 달러였어요. 그 손님들은 달러로 냈어요, 사실대로 말하자면.

과부네 술〔유명 샴페인 브랜드 뵈브 클리코(Veuve Clicquout)의 경영자가 미망인이었다는 이유로, 영국에서는 샴페인을 '과부의 술(Bottle of the Widow)'이라 부르기도 했다—옮긴이〕로 하지, 헥토르가 말했다.

건배를 하며 그는 그녀의 눈을 들여다보았다. 악의가 없고, 진지하지 않은, 너그러운 눈이었다. 역시 그의 눈을 들여다보던 그녀는

　　　　　　　　　라일락과 깃발

놀랐다. 헥토르 본인이 알기 전에 그녀가 먼저 그의 시선을 알아보았다. 그는 그녀에게 술을 한 잔 더 따라 주었다. 경감은 마시지 않았다. 그녀가 두번째 잔을 입에 대기도 전에, 그의 손이 그녀의 허벅지에 놓였다. 커다란 농민의 손이었다. 이렇게 오는구나, 그녀는 생각했다. 그의 손가락이 양털을 만지는 아이의 손처럼 움직였다.

저희 집으로 갈까요? 술 한 병이 다 비자 그녀가 말했다.

주소 알려 줘. 이따가 갈게.

술집을 나서며 먼지떨이 깃털은 눈을 크게 뜨고는 눈썹으로 다른 아가씨들에게 신호를 보냈다. 경찰 아저씨가 뭐에 씌었나봐, 그녀의 표정은 말하고 있었다. 경감은 일 분 후 그녀를 따라 나섰다.

안으로 들어가려는 마음, 돌아가는 길을 찾으려는 마음. 그 충동이 때로는 너무 강해서 뭐든 손에 쥐어야 한다. 똥이든, 오줌이든, 피든, 뭐든 따뜻한 것, 뭐든 몸 안에 있는 것을. 그 안은, 우리가 삶을 배우기 전에 있던 곳, 우리가 내던져지기 전에 있던 곳이다.

그는 거리를 따라 걸으며 다섯 집을 지나쳤다. 주소는 알고 있었다. '황금 양모' 옆집이었다. 가슴이 타는 듯이 아팠다. 그 고통이 어떻게든 돌아가는 길을 찾을 것이다, 후각만 남은 눈먼 개처럼. 그 통증은 이름 없는 행복을 기억할 것이다. 그는 이층으로 이어지는 계단을 올랐다. 먼지떨이 깃털은 이미 실내복으로 갈아입고 있었다.

낫! 어렸을 때는 낫이 풀을 베는 게 그렇게 신기했다. 건초 한 단을 베기에 딱 알맞은 칼날 모서리가, 이를 하나만 뺄 때처럼 말끔하게 풀들을 베어냈다. 은빛 날과 검은색 칼등이 있는 낫은 피와 아주 가깝다. 바늘이나 도끼, 단도보다 훨씬 가깝다. 그렇게 피와 가까운 건 날이 아주 얇기 때문이다. 얇은 옷감처럼.

결혼

파트라이 호텔의 대리석 로비에는 통유리와 금장 테두리를 두른 엘리베이터를 제외하고는 아무것도 없었다. 심지어 엘리베이터 바닥도 유리였다. 쥬자와 수쿠스가 타자마자, 엘리베이터 문이 닫히고 위로 올라갔다. 마치 하늘에 뜬 아기천사와 성모상처럼, 그 엘리베이터는 사방에서 볼 수 있었다.

온 세상이 우리를 볼 수 있어! 쥬자가 쿡쿡 웃으며 말했다. 정말 자신있어?

수쿠스는 고개를 끄덕이고는, 유리를 두드려 보았다.

방탄유리야, 그가 말했다.

엘리베이터가 드디어 멈추고 둘은 다시 넓은 홀로 나왔다. 이번에는 바닥에 카펫이 깔려 있고, 벽면은 목재였다. 양동이만 한 화분에 나무들이 몇 그루 심겨 있고 갑옷이 두세 벌 전시되어 있었다.

사람은 한 명도 없네, 쥬자가 말했다.

새벽 한시야!

놀랍게도, 홀 맨 끝에 있는 접수대에 내 또래의 할머니가 앉아 있었다. 그녀는 검정 옷을 입고 있었다. 손은 거칠었고, 손가락 마디는 관절염으로 부어 있었다. 팔뚝은, 두 사람이 볼 수 있었다면, 야위었고, 몸의 나머지 부분도, 그들이 볼 수 있었다면, 아주 창백했다.

방 필요하신가요? 그녀가 숙박부를 보며 물었다.

욕실 있고, 바다가 보이는 방으로 주세요, 수쿠스가 말했다.

짐은 없나요? 할머니가 물었다.

공항에 두고 왔어요, 수쿠스가 말했다.

내일 비행기 탈 거라서요, 쥬자가 선글라스를 흔들며 말했다. 필요한 것만 챙겨 왔….

아무렴요, 할머니가 말했다.

리우데자네이루로 갈 거예요, 쥬자가 덧붙였다.

거기가 최고죠, 할머니가 말했다.

방에서 뭐 좀 먹어야겠는데요, 수쿠스가 말했다.

라일락과 깃발

제 손자를 올려 보낼 테니 주문하세요. 여기 서명 좀 해 주시겠어요, 선생님? 그런 후에 바로 방으로 가시면 됩니다.

수쿠스는 망설였다. 즉석에서 가짜 이름을 떠올리기가 쉽지 않았다. 부모님이 지어 준 이름 말고 다른 이름들은 모두 사라져 버린 것 같았다. 결국, 무라트 이오아니데라는 이름을 지어냈다.

방값은 십만입니다, 할머니가 말했다.

쥬자는 갑옷들 중 하나를 바라보았다. 손가락 부분은 각각 세 번 꺾을 수 있고, 가슴에 댄 철판에는 정교한 세공이 들어가 있었다. 성기 부분은, 작은 케이크 컵 같은 모양이었다.

샴페인도 주문할까, 자기야? 그녀가 갑옷 투구를 똑바로 쳐다보며 말했다.

제 손자가 갖다 드릴 거예요.

차갑게 해서요, 수쿠스가 말했다.

보리스가 죽기 전에 마당의 여물통에 담가 놨던 것처럼 차갑게 하겠습니다.

무슨 말씀이신지….

아니, 아니에요. 모르시는 게 당연하죠. 시골 마을 이야기예요. 여기 방 열쇠 받으세요, 선생님. 삼층입니다.

방은 파란 집이나 그 뒤의 깎아 놓은 땅보다 훨씬 넓었지만, 실내는 거의 비어 있었다. 쥬자는 문 앞에 고정된 듯 멈춰 섰다. 높은 천장에는 유리조각을 매단 샹들리에가 달려 있는데, 유리갓 몇 개가 떨어져 나가 전구가 그대로 드러난 것도 있었다. 줄 하나가 돌아가자, 온 방에 빛이 퍼졌다. 두 개의 창문 사이에 텔레비전이 놓여 있고, 벽의 절반쯤을 커다란 옷장이 차지하고 있었다. 바닥은 칠이 거의 벗겨져 잿빛 모래 같은 색이 그대로 드러나 있었다. 그녀를 가장 놀라게 한 것은 침대였다. 모서리마다 기둥이 달린 침대는 두 사람 다 처음 보는 것이었다. 지저분하고 누렇게 바랜 실크 장식 천이 쳐져 있었는데, 황금방울새의 날개에 있는 줄무늬 색이었다. 천장의 모서리를 따라 흰 석고가 발려 있고, 거기에 아칸서스 잎 장식이 새겨져 있었다.

이제 뭐 할까, 깃발?

들어가서 문 닫자.

두 사람은 안으로 들어갔다. 쥬자는 신발을 벗고 실내를 돌아다니며 이것저것 만져 봤다. 네 개의 침대 기둥, 황금방울새 색의 장식천, 침대 옆 탁자를 덮은 레이스, 옷장의 여섯 개 문에 달린 손잡이. 그녀는 벨루어 천으로 된 커튼을 젖히고 창밖의 밤 풍경을 내려다보았다.

전용 해변이 있는 파트라이 호텔은 한때 영국인들에게 인기가 많았다. 하지만 해안 위쪽의 유류 저장탱크에서 새어 나온 기름이 바다를 오염시키면서, 과거에 탈의실로 쓰였던 건물은 현재 수륙양용선의 정박장으로 바뀌어 있었다. 쥬자는 부잔교만 겨우 분간할 수 있었다.

그녀는 텔레비전을 켜고, 매춘부처럼 치마를 들어 올린 다음 그 위에 걸터앉았다. 카우보이 세 명이 그녀의 다리 사이로 말을 타고 달렸다. 한 명이 말에서 떨어지고, 보안관이 술집에 들어갔다. 그녀의 갈색 다리가 화면의 양쪽에 걸쳤고, 덕분에 화려한 의상의 배우들이 장난감처럼 보였다.

그녀는 발가락으로 텔레비전을 끄고 욕실로 갔다. 욕조에 녹슨 자국이 있고 수도꼭지는 황동이었다. 그녀는 술이 달린 끈으로 불을 껐다 켰다 하며 놀다가, 다시 나와 침대 끝에 앉았다. 그 어마어마한 방과, 다른 시대 다른 제국에서 온 것 같은 가구와 직물 들도 그날 밤만큼은 그녀의 것이었다. 그녀는 커다란 베개를 껴안으며 미소를 지었다.

여권 구경하자, 그녀가 말했다.

수쿠스가 여권들을 건네자 그녀는 텔레비전 위에 가지런히 쌓았다. 맨 위에 놓인 여권을 펼쳐 사진을 살펴봤다.

라일락과 깃발

남자네, 그녀가 그렇게 말하며 사진을 더 가까이 들여다보았다. 믿을 만한 남자는 아닌 것 같아.

그녀가 그 여권을 수쿠스에게 건넸다.

미국 사람이네, 캐롤라이나 출신, 1957년생. 눈은 파란색.

자녀들도 있어?

두 명.

함께 사나?

그런 말은 없어.

직업이 뭐래?

연방경찰이라는데.

경찰이라고?

그렇게 적혀 있어.

내가 믿을 만한 사람 아니라고 했지? 나는 사람들을 꿰뚫어 볼 수 있어, 깃발. 성 조제프 교도소 앞에서 자기를 한눈에 꿰뚫어 본 것처럼 말이야. 자기가 좋은 사람이라고, 내 인생의 남자가 될 거라고 알아본 거야. 그러니까 글을 읽을 필요는 없지 않겠어? 글을 읽게 되면, 더 이상은 알 수 없게 될 거야.

그녀는 다음 여권을 집어 들고 곰곰이 살폈다. 맞춰 봐, 남자일까, 여자일까?

남자.

아니, 여자야. 몇 살이게?

마흔?

아니, 내 또래야. 머리 색은?

금발.

또 틀렸어. 나랑 같은 검은색이야.

쥬자는 그 여권을 텔레비전 위에 엎어 놓고 말했다.

자, 이제 중요한 질문이야. 잘 생각해 봐. 그녀는 미인일까?

아니, 전혀 미인이 아니야.

틀렸어, 아주 미인이야. 송곳니 무늬의 재킷을 입고 있는데, 탄 자국도 없어. 천만쯤 하는 비싼 브로치를 달고 있어.

그렇게 말한 후, 그녀는 한쪽 다리씩 차례대로 내려와 천천히 창가에서 춤을 췄다. 수쿠스는 쥬자가 엎어 놓은 여권을 들어서 살펴보았다. 오십대로 보이는 대머리 남자의 사진이 작게 붙어 있었다!

그녀는 춤을 멈추고 그의 반응을 지켜보았다. 아주 잠시, 그는 완전히 정신을 잃어버린 것처럼 보였고, 이내 크게 소리를 질렀다. 그가 정신을 잃은 것처럼 보였던 그 순간, 그녀는 그 어느 때보다 그에게 사랑을 느꼈다.

우리 저녁은 잊어버렸나 봐, 그녀가 말했다.

그가 엘리베이터를 타고 내려갔다. 접수대에 불이 켜져 있었다. 전화 교환기 옆에 녹색 불이 깜빡거렸고, 그것만 제외하면 움직이는 것은 아무것도 없었다. 할머니는 벽에 붙은 소파에서 깊이 잠들어 있었다. 소파 위쪽 벽에는 그 주에 트로이에서 개봉한 영화들을 알리는 커다란 포스터가 붙어 있었다. 그는 뒤꿈치를 들고 접수대 안쪽을 살폈다. 방 열쇠를 걸어 두는 고리 아래 칸막이 선반이 있고, 거기 여권이 몇 개 들어 있었다. 그는 망설였다. 접수대 앞을 서성였고, 술집과 식당으로 이어지는 문을 열어 보았다. **파트라이**라는 금색 글자가 새겨진 엘리베이터의 이중 유리문도 열어 보았다. 모두 잠겨 있었다. 안 돼, 그는 결심했다, 여권은 더 이상 안 돼.

쥬자는 황금방울새 색의 장식 천 아래, 침대 한가운데에 다리를 꼬고 앉아 수쿠스를 기다렸다. 베송 주임 사제의 사제관에서 발견했던 그림책, 사제님이 예상보다 일찍 돌아와 창문을 닫듯 덮어 버렸던 그 책에는 〈로마의 자비〉라는 그림 외에, 잊을 수 없는 그림이 하나 더 있었다. 천막 안에 있는 시바 여왕을 그린 그림이었다. 때는 밤이고, 하늘에 뜬 별들이 인생이란 얼마나 짧은 것인지를 말해 주고 있었다. 산호색에 테두리는 크림색으로 된 천막의 입구는 활짝 열려 있고, 입구의 천은 세워 둔 막대기 두 개에 커튼처럼 걸린 채 늘어져 있었다. 여왕의 얼굴은 근엄하면서도 기뻐하고 있었다. 근엄해 보이고 싶지만, 웃음이 터지려는 것을 참지 못하는 모양이라고 나는 생각했다! 여왕은 거기 천막 안에, 두 손을 무릎 사이에 놓은 채 앉아 있었다. 침대 위에 앉은 쥬자를 보며 나는 시바 여왕을 떠올렸다.

쥬자는 머리에 두른 터번을 풀지도 않고 그대로 벗었다. 까만 머리칼이 생생하게 흘러내리며 반짝였다. 어디에서든 여성들은, 태초부터, 머리를 감고, 솔로 다듬고, 빗질하고, 땋고, 말면서 영광스러운 모습으로 변신했다. 자연의 산물이면서 또한 복장의 일부이기도 한 건 여성의 머리칼과 새들의 깃털밖에 없다. 반짝이는 머리칼은 비단을 이야기하고, 새들과 물, 불, 정교한 세공, 별, 누더기, 그리고 꿈을 이야기한다. 모슬린을 너무 세게 묶었는지 쥬자의 이마에 빨간 줄이 생겼다.

문이 열리고 수쿠스가 돌아왔다.

쥬자는 자신의 왕좌에 그를 위한 자리를 만들어 주었다. 이제 세상의 중심은 그들 두 사람이었다. 지구가 갈라지면 둘은 함께 흔들릴 것이다. 해가 나면, 둘은 함께 햇빛 아래 누울 것이다.

할머니는 곤히 잠들었고 다 문 닫았어, 그가 말했다.

신경 쓰지 마.

손자는 없어. 내가 말했잖아, 할머니가 좀 오락가락하신다고.

아니, 아니야. 그럴 만한 이유가 있었을 거야, 깃발. 손자가 없다는 건 알고 있었어. 그래서 샴페인을 주문한 거야. 할머니는 없는 손자를 만들어서 주문을 받게 했잖아, 그렇지? 할머니가 왔을 때쯤엔 이미 호텔에 종업원 같은 건 없었을 거야. 혼자라고. 그래서 없는 손자를 만들어서 말동무로 삼은 거지.

우리 먹을 게 하나도 없어!

사람들은 혼자 있는 기분이 싫어서 거짓말을 하곤 하잖아. 거짓말이 그런 거잖아. 말동무 같은 거.

그녀는 침대에서 내려와 맨발로 천천히 옷장 쪽으로 걸어갔다. 나이시 오빠를 봐, 그녀가 말했다. 오빠가 하는 말 절반은 사실이 아니야. 하지만 그렇게 지어내지 않으면, 일 분도 못 견딜 거야. 외로움에 질식해서 죽을 거라고. 그녀는 옷장 문 하나를 열었다. 안쪽에 거울이 붙어 있었다. 오빠는 나를 위해서도 거짓말을 해. 나도 장단을 맞춰 주는 거지. 혹시 알아? 오빠가 지어낸 이야기가 언젠가 사실로 밝혀질지? 하지만 나는 늘 내가 뭘 하고 있는지 잘 알아. 그걸 잊으면 안 돼, 깃발. 세상에는 자기가 무슨 일을 하고 있는지 아는 사람이 아주 적으니까. 그런 사람들은 스스로를 웃음거리로 만들고, 말동무 삼아 이런저런 이야기를 하는 거야. 하지만 나는 알아. 자기 배고프겠다, 불쌍한 우리 깃발. 나를 먹어도 돼! 우리 처음 만난 날 내가 했던 말 기억해? 나를 영원히 먹게 될 거라는 말 말이야, 깃발. 그녀는 옷장의 두번째 문을 열었다.

내일은 혈압계 살 거야, 수쿠스가 말했다.

확실해? 나는 잘 모르겠는데.

아주 확실해.

양상추가 필요해, 깃발.

오늘 밤에 우리가 얼마나 벌었는지 알아?

오늘 밤에 우리가 없던 걸 만들어낸 거야, 그렇지?

자기 아주 훌륭했어.

그거 알아? 나는 자기가 뚱뚱해져도 계속 사랑할 거야. 그녀는 옷장 안쪽에 붙은 거울을 보며 말했다.

내가 뚱뚱해진다고?

뚱뚱해지지. 양상추 먹으면, 자기는 뚱뚱해질 거야. 어쩌면 나는 걱정거리가 적으니까 덜 뚱뚱해질지도 모르지. 내가 엄마처럼 뚱뚱해지면 자기는 뭐라고 할 거야?

그런 일 절대….

옷장 내부는 직접 만져 보기 전에는 믿을 수가 없었다. 숲이 아니라 과수원에서 나온 나무로 만든 옷장이었다. 벚나무, 배나무, 호두

나무, 복숭아나무. 다락방만 한 그 옷장은 피아노처럼 세심하게 만든 물건이었다. 그 안에는 평생 입을 옷을 모두 걸거나 개켜 둘 수 있을 것 같았다. 선반과 옷걸이 봉, 서랍, 수납함, 금색 옷걸이, 거기에 작은 어항 같은 유리상자도 있었다.

저 안에는 뭘 보관했을까? 쥬자는 속으로 생각했다. 그리고 갑자기, 자신이라면 거기 뭘 보관하면 좋을지 알 것 같았다. 복숭아! 코트 걸이에는 새틴 천이 두툼하게 덧대어져 있었다.

나 배 나온 남자가 좋아, 그녀가 말했다. 여기저기 꼬집어 줄 수 있잖아….

그녀는 재킷을 벗어 옷걸이에 걸고는, 주섬주섬 치마도 벗었다. 검은색 팬티에 싸구려 레이스가 달려 있었다.

나는 같은 옷을 이틀 연속 입지는 않을 거야, 깃발. 내일은 자기를 위해 저지 원피스 입을게. 분홍빛이 도는 회색이고, 민소매야. 뒤는 엉덩이가 시작되는 부분까지 트여 있고, 어깨끈에 진주가 달렸는데, 하나하나 장식 조각이 붙어 있어. 내일은 그 원피스에 은색 스타킹 신을 거야. 듣고 있어, 깃발?

나이 든 여자들이 모두 그렇듯이 나도 레이스를 좋아한다. 레이스만 구경하며 몇 시간을 보낼 수도 있을 정도다. 레이스를 보고 있으면 아직 완성되지 못한 일에도 질서가 있다는 것을, 아무것도 숨길 수 없고, 모든 것은 날실과 씨실을 통해 만나게 되어 있다는 것을 알 수 있다. 레이스 커튼을 보면 그 모든 것을 알 수 있다. 하지만 가장 사랑스러운 건 사람의 몸 위에 걸친 레이스다. 레이스 사이로 살결이 빛나고, 레이스와 피부가 빈자리를 두고 서로를 간지럽힌다! 마지막 바늘땀이 끝나면….

아니면 내일 표범 원피스 입을까? 흉내만 낸 거야, 깃발, 양모로 만든. 아까 말한 회색 원피스처럼 저지로 만든 건데, 훨씬 더 몸에 끼고, 검은 무늬가 표범 발자국 같아. 그래서 마치… 마치 표범이 뒷다리로 서서 나한테 기대고 있는 것 같은 모양이야!

옷장은 비어 있었다.

깃털 목도리는 마음에 들어? 깃발? 봐봐! 오렌지색이랑 녹색이 섞인 거야!

그렇게 말하며, 쥬자는 한 달 전 아르고노 슈퍼마켓에서 슬쩍한 포플린 셔츠의 단추를 풀었다.

백 년쯤 된 것 같아, 이 침대 말이야. 수쿠스가 말했다.

결혼식 날 밤을 위한 침대야, 그녀가 말했다.

그녀는 셔츠를 개켜서 빈 옷장의 배나무 선반에 내려놓았다.

내 혼수품 보고 싶지 않아? 깃발?

침대 기둥에 모두 조각이 되어 있어, 그가 말했다.

나뭇잎이지.

맞아, 포도나무 잎.

아니, 무화과 잎이야, 쥬자가 말했다.

내가 포도랑 무화과도 구분 못할 것 같아?

무화과 잎이라니까! 그런 침대에서 결혼 첫날밤을 보내면, 언젠가 그 침대에서 아이도 낳을 거야, 그녀가 말했다.

아들이야 딸이야? 수쿠스가 물었다.

그녀는 잠시 머뭇거리다 대답했다. 딸.

이름은 뭘로 할까? 수쿠스가 침대에 머리를 기대며 물었다.

쥬자는 다시 머뭇거렸다. 잔, 그렇게 대답하고 그녀는 마치 옷장이 자신을 태우고 사라질 사륜마차라도 되는 것처럼 그 안으로 올라갔다.

이제 마을에 남은 말은 한 마리뿐이고, 잔 소유였다. 잔은 본명이 아니지만 다들 그녀를 잔이라고 부른다. 오래전, 그녀가 젊고 아름다웠을 때, 잔다르크의 사망 오백 주기를 기념하는 행진에서 백마에 오르는 잔다르크 역할을 맡았기 때문이다. 젊은 도로정비사 에르퀼이 그녀와 사랑에 빠졌다. 그녀는 정직하고 튼튼하다는 이유로 그와 결혼했다. 그는 몇백 킬로그램의 통나무 더미도 지치지 않고 옮길

라일락과 깃발

수 있었다. 몇 년의 시간이 흐르고, 에르퀼은 술을 마시기 시작했다. 그의 기운이 갈증을 느끼고, 그가 정비한 길들이 갈증을 느끼는 것 같았고, 마침내 그의 기억도 술에 취한 것처럼 되고 말았다. 잔은 두 사람의 농장과 여섯 마리의 암소를 지켜냈다. 이제 그녀의 말은 서른 살이고, 털이 회색으로 변했다. 그녀는 단 하루도 거르지 않고 그 말에 마구를 채우고 나가 일을 시킨다. 눈이 많이 오는 날에도 그녀는 말에게 장비를 채운 다음 농장으로 가는 길의 눈을 치운다. 다리에 혈전증을 앓는 에르퀼은 거의 침대에 누워서만 지낸다. 그가 할 수 있는 일은 실내화를 신은 채 여물통이 있는 곳까지 몇백 미터를 걸어가 닭들에게 물을 먹이는 일 정도다. 잔은 말을 데리고 밭에서 일하면서, 이미 트랙터의 시대가 되어 버린 지금은 찾아보기도 어려운 농기구들을 사용한다. 멀리서 보면, 수레에 올라탄 그녀와 그녀의 말은 마치 유령처럼 보인다. 가까이 다가가면, 가죽처럼 갈색으로 그을린 그녀의 넓적한 얼굴과, 그녀의 눈에 불타오르는 분노의 기운을 보면, 길에서 마주친 적이 있는 여인임을 알 수 있다.

그래… 잔, 쥬자가 옷장 안에서 다시 한번 말했다.

엄청나게 큰 방의 높은 창문으로 뱃고동 소리가 희미하게 들려왔다. 큰 배, 멀리 있는 큰 배였다.

우리 하룻밤을 꼬박 함께 보낸 적은 없었지, 깃발?

그 말을 하는 그녀의 목소리, 나직하지만, 마치 바다 건너 울리는 뱃고동 소리에 화답이라도 할 것처럼 단어 하나하나를 또박또박 말하는 그 목소리 때문에, 수쿠스는 베개에서 고개를 들었다.

그녀는 옷장 안에, 열어 놓은 두 개의 옷장 문 사이에 서 있었다. 그리고 발가벗고 있었다. 귀걸이만 하고 있었는데, 양쪽 귀걸이가 모두 그 사이로 레몬도 지나갈 수 있을 정도로 큼지막했다.

그것은 우리에겐 빵처럼, 혹은 하늘처럼 익숙하다. 이름은 모르지만 평생 알고 지낸 것만 같다. 그것의 이름을 찾아보려고 애썼던 적이 있었다, 아주 어릴 때 마을학교에 가는 길에. 성모상에게 물어보

결혼

고, 소들에게 물어보고, 달에게 물어봤지만, 그 어떤 것도 그것의 이름을 알려 주지 못했다. 이제 나는 할머니가 되었지만, 아직도 그것의 이름은 모른다. 내가 아는 건 그것이 어떻게 우리를 지나가는가 하는 것뿐이다. 어떤 사람들은 다른 사람들보다 자주 겪기도 하지만, 심지어 아주 짧은 순간일지라도, 누구나 그것을 겪는다. 거의 눈에 띄지 않게 지나가기도 하고, 평생 기억되기도 한다. 그건 일종의 힘이다. 하지만 남자들이 펌프질을 할 때 쓰는 그런 힘은 아니다. 아마 이름이 없는 것은 그런 이유 때문일 것이다. 그것은 우리를 지나가고, 모든 것이 시작될 때 우리와 함께한다. 그것이 우리에게 땅을 내준다. 땅뿐만 아니라, 하늘과, 천국을 내준다. 그 일이 일어날 때면 우리는 안다. 혈관과 무릎에서, 엉덩이와 손바닥에서 알 수 있다. 우리는 가지고 싶은 대상이 된다. 남자들의 욕망이 따라온다. 하지만 절대 남자에게서 먼저 시작되지는 않는다. 남자들은 없던 것에서 그것을 만들어내지 못한다. 매번 그들은 우리 여자들 중 누군가와 함께 시작해야만 한다. 그러고 나면 그동안 일어났던 일은 모두 용서할 수 있다. 우리는 사랑이 된다. 이것이 권력을 가진 자들이 우리를 증오하는 이유다. 그들은 용서를 증오한다. 그 일이 일어나는 동안 시간이 멈춘다. 나중에 우리 삶에서, 시간은 복수를 하지만, 남자에게는 하지 않는다. 시간은 한때 우리 안의 무언가가 자신을 멈추게 했다는 사실을 잊지 않는다. 모든 것이 용서를 받고 나면, 권력이나 시간은 설 자리가 없다. 그래서 그것들이 우리의 사랑을 증오에 찬 눈빛으로 노려보는 것이다.

발가벗고 옷장 문 옆에 서 있는 동안, 쥬자는 이 이름 없는 것이 자신의 몸을 타고 흐르는 것을 느꼈다. 그녀는, 지금까지 원했던 그 어떤 것보다, 이 이름 없는 것이 하는 약속을 깃발과 나누고 싶었다. 흔들리는 귀걸이 두 개가 그녀가 움직이고 있음을 보여 주었다. 그녀의 온몸이 흔들리고 있었지만, 그럼에도 그녀는 꼼짝도 하지 않는 것처럼 보였다.

꼿꼿이 앉아 있던 수쿠스는, 팔을 앞으로 구부린 채 기어서 침대를 가로질러 그녀에게 다가갔다.

그녀는 팔을 내렸다. 몸 안에서 뭔가가 춤을 추고 있었지만 그녀는 그대로 가만히 있고 싶었다. 성숙한 여인이 된 후 자란 온몸의 털 한 올까지 자신의 모든 부분을, 거기 깃발의 눈앞에 펼쳐 보이고 싶었다. 천천히 그녀가 팔을 들었다. 쥬자는 손이 컸다. 그녀가 손으로 자신의 배를 한번 만진 다음, 마치 그에게 주는 선물을 쥐듯 작은 가슴을 받쳐 줬었다.

사랑은 그 어떤 것보다 손을 소중하게 여긴다. 어쩌면 몸의 다른 부분들이 더 귀하게 여겨지고, 더 많이 키스를 받고, 더 많이 상상의 대상이 될지 모르지만, 손은 그 어떤 부분보다 소중하다. 그 손이 그동안 취하고, 만들고, 심고, 뽑고, 먹이고, 훔치고, 쓰다듬고, 정리하고, 자는 동안 떨어뜨리고, 내주었던 것들 때문에 그렇다. 생의 마지막에 수쿠스가 찾는 것도 아마 쥬자의 손이 될 것이다.

그녀가 침대를 향해 걸어왔다. 수쿠스와 함께 그의 옷을 벗겼다. 잠시 후 네 개의 조각 기둥이 조금씩 흔들리며 황금방울새 색의 낡은 장식 천의 실밥이 몇 개 더 풀렸고, 그들의 몸 위로 실크에서 떨어진 황금빛 먼지가 흘러내렸다.

두 사람은 어둠 속에서 이야기를 나누고 있었다. 각자의 팔을 베고 누워 있는데, 내게도 둘의 목소리가 들렸다. 옷장 속 거울에 바다 쪽으로 난 창문이 희미하게 비쳤다. 내게는 그것밖에 보이지 않았다. 둘은 속삭이고 있었다.

천막 안으로 들어와.

안이야.

불쌍한 깃발.

라일락.

갈까?

우리 갈 수도 있었어, 알잖아.

파리로 가는 침대차 탈 수 있었지.

아니, 아니야, 더 큰 침대차 말이야.

멀리, 아주 멀리.

자기 보지에 코 박고 있어.

내 보지에 자기 코.

편도 표야!

일등석, 낡은 기차 말고.

아무도 못 알아볼 거야.

아직은 아니야. 자기 어머니가 계시잖아! 우리 옷장 채울 때까지 기다려.

옷장은 무슨 썩을!

지금은 너무 일러.

더 나이 들고 싶어? 아버지 병원에 계실 때 나는….

이리 와.

더 좋은 건 없을 거야.

뭐보다 더 좋은 거? 사랑보다?

이거.

사람들이 우리를 갈라놓고, 모든 걸 뺏어 가잖아.

내가 자기를 몰래 찾아가서 창살 너머로 물건을 건넬 거야.

불쌍한 깃발.

지금이 아니면, 언제? 여기가 아니라면, 어디? 그 사람이 했던 말 기억 나.

누구? 그 사람이 사랑에 대해서 이야기한 거야?

아니, 무라트라고. 미래에 대한 이야기였어.

나랑 함께하는 미래!

자기 보지에 코 박고.

그래, 그래….

라일락과 깃발

그들은 젖을 먹다 잠이 드는 아이들처럼 웅얼거렸다. 다시 이야기를 시작했을 때 목소리는 침대 발치 쪽에서 났다.

나는 천막이야, 나는 천막!

열려라, 천막!

밤이야.

달이 떴나?

어두운 곳에서도 자기가 보여.

아, 지금!

둘은 남녀가 만족할 때 내는 깊은 신음 소리를 냈다. 배의 경적 같은, 개 짖는 소리 같은, 사냥꾼의 나팔 소리 같은, 나이 든 여인의 흐느낌 같은 울부짖음으로 신음 소리를 내고, 조용해졌다. 침대의 나무가 삐걱거렸다.

일어났어? 깃발?

아침인가?

아니.

아직 어두운 거야?

눈 감고 있어, 내가 이야기해 줄게.

아마도 그녀는 그의 눈에 입을 맞췄을 것이다. 어쨌든, 그녀는 그에게 입을 맞추고 나서, 이야기했다.

온통 흰색이야, 깃발. 흰색, 우리가 결혼하는 날 신혼방의 벽처럼 흰색이야.

지금 안아 줘.

팔기

나는 평생을 마을에서 살았다. 트로이에 대해 아는 것은 지역신문인 『메신저』와 텔레비전, 꿈에서 본 것, 부서진 가슴이 하는 말, 그리고 마을로 돌아온 이들이 영원히 사라지기 전에 해 준 이야기 들을 통해 알게 된 것이 전부다. 수없이 많은 남자들이 떠나는 것을 보았다. 그들은 '공화국의 리라' 앞에서 정오에 출발하는 버스를 타고 떠났고, 버스가 낙농장 옆의 언덕을 돌아가는 동안 뒤쪽 창문 너머로 손을 흔들었다. 그것이 그들이 가장 먼저 택하는, 가장 쉬운 선택이었다. 일단 마을을 떠나 우리의 파란 강물에서 멀리 떨어져 지내게 되면 (진정한 트로이 시민이 되기 전에는, 만약 그렇게 될 수 있다면) 세상에서 그들이 믿고 의지할 만한 것은 하나도 없다. 어쩔 수 없이 그들은 여우나 산토끼처럼 된다.

수쿠스는 혈압 재는 기계를 샀다. 가게에서 상자를 겨드랑이에 끼고 나오자마자 어떤 남자가 문을 두드리는 것처럼 그의 어깨를 쳤다. 너무 세게 치는 바람에 놀란 수쿠스가 뒤를 돌아보았다.

사용법 알려 드릴까? 남자가 물었다.

남자는 커다란 중절모를 쓰고 옷을 잘 차려입고 있었다. 손도 깨끗했다. 하지만 얼굴은 마치 방금 틀에서 빼낸 것처럼 옆으로 약간 쏠려 있었다.

아니요, 수쿠스가 대답했다, 괜찮습니다.

혼자서는 영업 못할걸, 이쪽에서는. 남자가 '마노'와 '미터'라는 글자 아래 파란색 뱀 두 마리가 찍힌 종이상자를 가리키며 말했다. 사용법 배워야 해요.

괜찮다니까요, 수쿠스가 말했다. 오 분이면 익힐 수 있어요.

그래도 살 사람이 있어야지.

라일락과 깃발

뭘 사요?

피 말이야, 이 친구야, 피. 지금 혈액 관련 사업 하려는 거 아닌가? 맞지?

그냥 혈압만 읽어 주는 거예요, 간단합니다.

무슨 책 이야기하듯 하네. 읽어 준다! 읽어 준다! 제대로 읽고 싶으면, 자 여기 내 명함. 받아, 그리고 한번 읽어 봐.

나는 물건을 빼 주고, 구매하는 사람이야, 그가 선언하듯 말했다.

명함에는 '지아 의료기구'라고 적혀 있고, 산 이시드로의 주소도 적혀 있었다.

새로운 사기를 치려는 것 같은데, 이 신참 친구야!

제가 어제 새로 태어났거든요, 수쿠스가 말했다.

커피 한잔 하자고, 커다란 중절모를 쓴 남자가 말했다. 커피 한잔 하면서 사업 계획을 말해 줄 테니까.

한쪽으로 쏠린 것처럼 뒤틀리고 눈이 축 처진 그 얼굴이, 남자에게는 약점이 되지 않고 오히려 어떤 자신감을 주는 모양이었다. 몸이 아프고 나서는 세상의 우아함 따위도 모두 떨어져 나간 것만 같았다.

에스프레소 두 잔! 남자가 커피숍의 여종업원에게 주문했다. 치즈 케이크도 먹을 텐가?

아니요.

잘 안 먹는구먼, 젊은 사람이. 돈을 못 벌어서 그렇겠지.

배고플 때는 잘 먹습니다.

손님들 혈압 재는 건 식은 죽 먹기지, 남자가 설명했다. 귀머거리만 아니라면 말이야. 보아 하니 귀머거리는 아닌 것 같네. 사업 이야기 듣고 싶어 하는 것 같은데, 듣고 싶나?

선생님이 이야기하는 중이니까요.

치즈 케이크 안 먹을 텐가?

지아는 치즈 케이크를 먹었다. 포크로 잘라서 입안에 넣고 요란하게 소리를 내며 씹어 먹었다.

펌프질을 한 다음, 그가 말했다. 소리가 안 나는 부분이 어디서 멈추고 시작하는지만 잘 들으면 되니까 말이야. 무슨 이야긴지 알지? 심장이 멈출 때 말이야. 심장이 뛰었다가 멈췄다 하는 그 시점을 듣는 게, 아까 자네가 말한 그 '읽는다'라는 거야. 자네 꼭 아버지가 선생님이었던 사람처럼 말하던데.

우리 아버지는 굴 까는 사람이었습니다.

그렇게 읽어 주고 천오백 정도 받겠지. 여기처럼 근사한 이탈리안 커피숍에서 커피 두 잔 마실 수 있는 돈이야. 그 이상은 아니지. 그런 식으로 돈방석에 앉을 기회를 놓치는 거야! 코앞에 있는 걸 말이야. 치즈 케이크 안 먹을 텐가?

지아는 치즈 케이크를 다 먹고 하나 더 주문할 참이었다. 그는 접은 손수건으로 입을 닦았다.

내가 무슨 이야기하는지 알지? 피 이야기야. 노인들의 심장이 퍼올리는 거! 뇌를 돌아가게 하고, 철없는 노인들이 벌떡벌떡 서게 만드는 거. 무슨 말인지 알지? 내가 피 장사를 하거든. 자네가 내 공급책이 되는 거야. 내가 일생일대의 기회를 주는 거라고. 나는 공급책한테 리터당 팔천씩 쳐주니까.

그러니까, 제 피를 사겠다고 제안하시는 거예요? 수쿠스가 미소를 지으며 말했다.

이 일 전에는 뭐 했나? 지아가 물었다.

꽃 장사요, 수쿠스가 말했다.

화환이나 그런 거?

흰색 달리아.

좋아. 말 안 해도 돼. 이 일을 하려면 잘못 읽는 법을 배워야 해, 알겠나? 건강한 손님이 오면, 잘못 읽어야 한다고, 수치를 높여서 말이야. 그런 다음 그 남자에게 경고를 하는 거지, 아니면 그 여자라고 할까, 여자들이 더 쉬워. 왜냐하면 여자들은 피 보는 거에 익숙하니까,

라일락과 깃발

피 흘리는 일에 말이야. '고혈압'이란 단어가 중요해. 고혈압은 하지 정맥류와, 뇌졸중, 혈전, 혈전증, 편두통, 건망증, 실명의 원인이 되거든. 심지어 망막까지 망칠 수도 있다고. 손님은 걱정이 가득한 얼굴이 되겠지. 약은 없는 건가요? 하고 여자 손님이 물어. 거짓말은 하면 안 되지. 절대 거짓말은 하면 안 돼. 치즈 케이크 안 먹을 텐가? 좋아, 잘 안 먹는군. 나는 좀 먹겠네. 내가 혈당이 부족해서 말이야. 그래, 그 여자 손님한테 약이 있기는 하지만 비싸다고 이야기하는 거야! 그런 다음에 더 간단하고 몸에도 덜 해로운 방법이 있다고, 자네가 말해 주는 거지. 안전밸브 같은 거라고 말이야! 혈압이 너무 높은데, 그건 피가 너무 많아서, 너무 건강해서 그렇다고 하는 거야! 너무 건강하다는 말을 하면 사람들이 꼭 웃음을 터뜨릴 거야! '자연의 안전밸브'라고 주장하는 거지…. 그저 피를 조금만 빼 주면 된다고 말이야. 그리고 그건 금방 되는 거라고, 특히 선생님을 위해, 혹은 숙녀분을 위해서, 그 자리에서, 말만 하면 금방 되는 거라고 하는 거야.

피 뽑는 건 누가 해요?

우리 간호사 중 한 명이 할 거야. 자네가 손님을 데리고 오면.

얼마나 줄 건데요?

리터당 팔천이라고 말했잖아.

아니, 손님한테요.

자네가 일만 제대로 하면, 손님은 돈 안 내고 치료를 받는다고 생각할 거야! 공짜로 뭘 받았다고 말이야. 내가 진료소만 세 개를 가지고 있거든. 시카고에 하나, 알렉산더 광장에 하나, 그리고 올림피아에 하나. 매일 두시부터 밤 열시까지 열어.

선금 같은 건 없어요?

자네가 거절했잖아, 이 친구야, 그것도 세 번이나. 치즈 케이크 안 먹는다며. 생각해 봐. 콴토 파, 시뇨리나?(Quanto fa, Signorina?, "얼마예요, 아가씨?"라는 뜻의 이탈리아어—옮긴이)

그날 오후 수쿠스는 쥬자의 심장 소리를 듣는 연습을 했다. 그녀가 소매를 걷고, 그는 길고 가는 팔에 고무줄을 묶었다. 오른팔, 그는 다른 남자들이 돈을 사랑하듯 그녀의 팔을 사랑했다. 그 팔은 그가 상상하는 건 뭐든 약속해 주었다.

두 사람은 파란 집에 있었다. 바닥에 놓인 매트리스에 레이스가 달린 베개를 놓고 앉아 있었다. 그는 작은 검은색 청진판을 팔꿈치 안쪽의 오목한 부분에 있는 동맥 위에 올려놓았다. 그녀의 심장이 뛰는 소리가 말뚝 박는 기계 소리처럼 들렸고, 그는 미소를 지었다. 그는 청진기의 귀꽂이를 자신의 귓속에 더 깊이 밀어 넣었다.

방 건너편, 나이시의 본부 문이 열려 있고, 나이시는 눈을 감고 침대에 누워 계산을 하고 있었다.

쥬자, 거기 있니? 나이시가 불렀다. 내일 세시에 오디션 있는 거 안 잊어 먹었지?

어떻게 잊어 먹어? 그녀가 대답했다.

혈압 재느라 정신 놓으면 안 돼, 그가 말했다.

쉿! 수쿠스가 말했다, 말하면 안 돼, 안 들리잖아.

내가 자기 귀 멀게 하는 거 아냐, 깃발? 심장이 너무 빨리 뛰어서?

조용! 안 들리잖아. 거기! 조용해졌어. 십삼. 이제 최저치를 봐야지. 확장-기-혈압이라….

걱정할 거 없어, 동생아. 나이시가 말했다, 그래 봤자 요란한 파티일 뿐이야. 그 이상은 아니야.

쉿! 팔이야!

얼마 후, 수쿠스와 쥬자는 곳을 향해 쥐 언덕을 내려왔다. 맑은 날이었고, 가을 오후의 특별한 햇빛이 내리쬐고 있었다. 모든 것이 짙고 긴 그림자를 드리웠고, 땅 위에 있는 것은 모두 해를 향해 미끄러져 들어갈 것처럼 보였다. 바람이 무두질 공장의 악취를 바다로 날려 보냈다. 아침에 널어놓은 빨래는 이미 말랐다. 암탉들이 그늘에서 졸고 있었다. 소화전 앞에 플라스틱 물통을 들고 줄을 선 사람들

라일락과 깃발

은 보이지 않았다. 구월 이후로 오후 세시에서 여섯시까지는 단수가 되었다. 무허가 술집에서는 낙오자들만 술을 마셨다. 허름한 동네에 가을이 차분히 내려앉고 있었다. 언덕 꼭대기에 하늘을 향해 뻗은 텔레비전 안테나들이 장난감 함대의 망가진 돛대처럼 보였다.

두 사람은 훌라후프가 엉덩이 아래로 내려오지 않게 애쓰며 몸을 흔드는 여자아이를 지나쳤다. 쥬자는 아이에게 훌라후프 돌리는 시범을 보여 준 다음 수쿠스를 좇아가, 그의 몸에 꼭 붙어서 사라지기 놀이를 했다.

나 없어, 그녀가 그의 귀에 속삭였다. 고개를 돌려도 나를 찾을 수 없을 거야, 사라졌으니까! 영원히!

그런 식으로 몸을 밀착하면 그가 흥분한다는 것을 그녀는 잘 알고 있었다. 오늘은 특히 재미있었다. 그는 점점 더 큰 소리로 농담을 했다. 그녀가 웃었다. 그녀의 콧구멍과 그의 목덜미 사이에 그녀의 웃음소리가 흘렀다. 이발을 해 줘야 할 것 같았다. 지금은 건달처럼 보였다. 알렉산더 광장에 나가기 전에 꼭 이발을 해 줘야 할 것 같았다. 농담을 하는 그의 목소리가 더욱 커졌고, 그와 함께 귀도 빨개졌다. 갑자기, 그녀가 몸을 떼고 앞으로 달려 나가 그를 마주했다. 커다란 황동 귀걸이, 그 사이로 레몬도 지나갈 것 같은 커다란 귀걸이가 결혼식의 교회 종처럼 흔들렸다. 사랑해, 그녀는 그렇게 말하고 그에게 키스했다. 그가 그녀를 번쩍 들어 올렸다.

나는 흐느낀다, 할머니답게, 모든 것이 다시 시작되고 기억되는 것을 보면서.

알렉산더 광장에 늘 그렇게 사람이 많은 건 신기한 일이었다. 버스 정류장이 있기는 했지만, 밤에도 사람이 많은 건 그것 때문만은 아니었다. 어쩌면 사람들은 그저 넓다는 이유로 거기로 가는 것인지도 모른다. 드러나 있는 빈 곳이라는, 공원과는 다른 그 느낌 때문에, 사람과 거리의 어떤 자연법칙, 인간이라는 자연법칙이 군중들을 그리로 모이게 하는 것인지도 모른다. 모든 도시에는 그런 공간이 하나씩 있다. 승리를 축하하고, 새해가 되면 사람들이 모여 춤을 추고, 정치적 행진이 시작되고 끝나는 곳, 거대한 기둥과 벽면의 조각품이 있는 건물이 부자들에 속하듯, 민중들에게 속한 곳. 그런 공간을 가로지를 때면, 무대를 가로지르는 것 같은 기분이 든다. 이 무대에서, 약식으로 즉결재판이 진행될 때면, 폭군이나 배신자들을 가로등에 매달아 교수형에 처한다. 그곳의 영원한 관객은 가난한 자들이다. 과거의 가난한 자들과 미래의 가난한 자들, 할머니가 된 입장에서 보자면, 그런 사람들은 대부분 곧장 천국으로 간다.

광활하게 펼쳐진 공간의 모퉁이에 있는 신문판매점이나 가판에서는 신문과 코카콜라, 은수저, 스카프, 재미있는 동물 인형, 가슴에 '내 ♥ 알렉산더 광장(I ♥ ALEXANDERPLATZ)'이라고 적힌 티셔츠, 사프란, 사진기, 레이스 달린 속옷, 카우보이 모자, 포스터, 버스정류장에 있는 버스와 똑같이 생긴 장난감 버스, 가발, 맥주, 해바라기씨, 전자계산기 등을 팔았다. 그런 물건들만큼이나 사람들도 다양했다. 버스를 타고 이제 막 도착한 시골 사람들과 몇 세대 전에 도착한 사람들을 구분하는 건 쉬웠다. 남자는 신발만 보면 알 수 있었고, 여자들은 머리칼로 알 수 있었다. 양쪽 모두 두께나 굵기의 문제였다. 트로이 사람들은 얇고, 가는 것들을 좋아했다.

분수대의 커다란 동상이 광장 서쪽의 중심이었다. 동상 주위에 비둘기 수백 마리가 있었고, 관광객들에게 비둘기 모이를 파는 노점상들도 모여 있었다.

동상은 선원이 바위 위에서 에게해의 인어에게 말을 걸고 있는 모습이었다. 꼬리지느러미가 세 갈래로 쪼개져 있어서 에게해의 인어임을 알 수 있었다. 선원의 머리는 비둘기 똥이 묻어 색이 바랬는데, 그 덕분에 머리가 회색으로 센 것처럼 보였다. 인어의 몸에서는 물이 계속 뿜어져 나왔기 때문에 비둘기 똥으로부터는 안전했지만, 물 때문에 몸은 녹색으로 변해 있었다. 전설에 따르면, 그 미녀가 선원에게 알렉산더 대왕은 어디에 있냐고 물었다고 한다. 선원은, 전설에 따르면, 늘 같은 대답이었다. "그는 살아 있고 지배하고 있습니다!"

알렉산더 대왕이 어디에 있는지는 아무도 몰랐지만, 그 분수는, 자동차 매트에서 여성들의 브로치까지 수많은 기념품으로 만들어졌다. 군중 틈에서 일행을 놓친 사람들은, 분수대 선원의 발밑에서 다시 만나곤 했다.

동상이 그렇게 유명해진 건 죽음에 대한 위안이 되어 주었기 때문일까? 알렉산더 대왕은 서른둘의 나이에 바빌론에서 죽었고, 화장되었다. 하지만 이십사세기가 지난 지금까지도 녹색의 인어는 그의 소식을 궁금해하고 있었다!

수쿠스는 나이시가 준 접이식 의자를 들고 아침 일찍 광장에 도착했다. 나이시는 그런 의자 여섯 개를 본부 한구석에 쌓아 두고 있었다. 태풍이 왔을 때 애틀랜틱 호텔의 전용 해변에서 분실된 것들이었다.

수쿠스는 다른 피 장수들을 볼 수 있는, 분수에 조금 더 가까운 곳에 자리를 잡았다. 거기라면 주변을 더 잘 살필 수 있을 것 같았다. 그는 흰색 가운을 걸치고 의자를 펼친 다음, 혈압계를 무릎 위에 놓고 청진기를 목에 걸친 채 앉았다. 행인들이 그를 지나쳤고, 몇몇은 얼굴을 찌푸렸지만 걸음을 멈추는 사람은 한 명도 없었다.

알렉산더 광장 끝, 버스들이 정차해 있는 곳에 남자 한 명이, 나무에 등을 기댄 채 목발 두 개를 옆에 세워 놓고 바닥에 앉아 있었다. 주변 바닥에는 혁명적 신문 『마일스톤(Milestone)』이 부채처럼 가지런히 늘어져 있었다.

늘 말랐던 무라트였지만, 그 사이 더 마른 것 같았다. 그의 얼굴은 다른 세상을 가리는 가면이 되어 있었다. 버스에서 사람들이 내릴 때마다 그는 고개를 들고 "『마일스톤』 있습니다! 『마일스톤』이 이백 즐로티!〔소설 속 도시 트로이는 가상의 도시이며, 폴란드의 화폐

팔기

단위(zloty)와 발음은 같지만 표기가 다른 즐로티(zloti)를 사용하고 있다—옮긴이]"라고 소리쳤다. 일 면의 머리기사는 '트로이 노동자들, 바보 취급당하지 않기로!'였다.

무라트는 인류는 보다 정의로운 세상을 향해 진보하겠지만, 자신은 그 세상을 볼 수 없을 거라고 믿고 있었다. 어쩌면 그의 자식들은 볼 수 있을지도 모른다. 아이들도 못 본다면 손주들은 볼 수 있을 것이다. 그때까지 사람들에게 『마일스톤』의 메시지가 필요했다. 그런 생각에 이를 때마다, 큰 소리로 신문 이름을 외치며 팔아 보려고 최선을 다했다. 소리를 지르지 않을 때는, 바닥에 앉아 지나가는 사람들의 발을 쳐다보며, 깊은 동정심에 빠졌다.

몇백 미터 떨어진 곳에 흰 가운을 걸친 수쿠스가 오지 않는 손님을 기다리고 있다는 것을 알았다면, 무라트는 자신의 목숨을 구해 준 그 젊은 노동자에게 목발을 짚고 다가가 생각을 함께 나누었을 것이다.

사람들의 걷는 모습만큼 어색한 게 없거든, 그는 수쿠스에게 그렇게 말했을 것이다. 내가 불구가 되고 나니까 그게 보이더라고. 사람의 발이란 게 아주 독립적으로 움직이는데, 그게 또 혼자서는 아무것도 못하는 거야. 한쪽 다리가 최대한 멀리 뻗어 나가지, 그러고는 즉시 멈춰야 해, 짝이 되는 다른 쪽 다리가 도와줄 때까지 기다려야 하니까. 내가 온종일 버스들 사이로 그 모습을 보고 있거든. 아무도 염두에 두지 않는 무릎이(우리 몸에서 가장 관심을 적게 받는 부분이야, 그러니까 다치거나 제대로 굽혀지지 않게 될 때까지는 말이야) 굽혀지고, 다리가 씩씩하게 앞으로 나갔다가, 다른 쪽 다리가 도와주기를 기다리고, 다시 앞으로 나아가고, 기다리고, 나아가고, 이 과정이 이 초마다 한 번씩 반복되는 거지. 그렇게 한 걸음 한 걸음, 지구를 가로지르는 거야. 새로 태어난 내가 버스들 사이로 보는 광경이 바로 그거야. 다리가 한쪽만 있는 사람은 양쪽 다 없는 사람보다 더 안 좋다고 할 수 있어. 일단 앉아 봐, 그럼 아이의 뒤를 쫓는 엄마의 발이 땅을 박차고 뛰어오르는 모습도 볼 수 있을 거야. 노인들의 발이 도로에 간청하는 모습도 보고, 굶주린 사람들의 발이 질질 끌리는 모습도 보고, 짐꾼의 발이 느리게 생활비를 버는 모습도 보고, 가난한 사람들은 발가락을 쓰지만 부자들은 그렇지 않다는 것도 보게 될 거야. 손은 항상 다른 손들을 찾으려 하지만, 발은 한 가지 생각밖에 없어. 완고하고, 미련하고, 하나밖에 모르거든. 그러니까 짝이 되는 다른 쪽 발이 따라오는지, 잘 지나가는지 하는 생각밖에 없다고. 미래를 향해 전진하는 우리 인류처럼….

하지만 무라트는 자신의 젊은 동료가 그렇게 가까이 있다는 사실을 알지 못했다. 몇 시간 후 수쿠스는 자리에서 일어나, 신문판매점으로 가 판지 두 장을 샀다. 판지 한쪽에 '고혈압＝고위험'이라고 쓴 다음 흰 가운에 핀으로 꽂았다. 그래도 걸음을 멈추는 사람은 없었다.

한 시간 후 판지를 뒤집어 '당신의 피에게 잘해 주세요'라고 적었다. 끈이 없는 부츠를 신은 노인이 다가와, 너는 피가 젊잖아! 하고 말했다. 수쿠스가 자리에서 일어났다. 꺼져! 노인이 말했다. 다른 사람들은 걸음을 멈추지 않았다.

수쿠스는 두번째 판지를 꺼내 '제때 검사하면 몇 년을 아낄 수 있습니다'라고 적었다. 사람들은 눈길을 외면한 채 지나갔고, 아무도 멈추지 않았다.

마지막 면에 '단돈 천 즐로티!'라고 적었다.

오 분 후에 어린 소년 한 명이 다가와서는 소매를 걷고 말했다. 알렉산더 광장에서 가격을 함부로 깎으면, 형씨 면상도 확 깎아 버리는 수가 있어!

수쿠스는 표정의 변화 없이 눈썹만 살짝 치켜올렸다. 소년은 이를 꽉 물고, 턱으로 다른 피 장수들이 있는 쪽을 가리켰다. 수쿠스는 바닥에 침을 한 번 뱉고는, 장비를 챙기고, 흰 가운을 벗은 다음, 의자를 접어 들고 사람들 사이로 걸어갔다.

그는 선원이 있는 분수로 갔다. 인어의 가슴 위로 흘러내리는 물을 보며, 위대한 정복자의 안부를 묻는 그녀를 보며 그는 딸의 이름을 잔이라고 짓고 싶다고 했던 쥬자를 떠올렸다. 아이가 아들이면, 이름을 알렉산더라고 지어야겠다고 그는 결심했다. 기회가 점점 더 줄어들수록 사람들은 점점 더 자주 아버지가 되는 꿈을 꾼다.

거기, 동상에서 몇 걸음 떨어진 곳에서 수쿠스는 의자를 펴고 그 위로 올라갔다. 장비들을 준비하고, 군중들을 살폈다. 사진기를 목에 걸고, 잘 차려입은 관광객 무리가 보였다. 그 사람들은 비둘기 모이를 사고 있었다.

저기요, 아주머니! 모자 쓰신 분! 그가 소리쳤다. 공짜로 봐 드릴게요. 친구분들도 구경하세요. 이리 와서 보세요. 이 분이면 됩니다. 일단 소매 좀 걷어 주시고요, 아주머니. 부끄러워하지 마세요. 어깨가 예쁘니까 부끄러워하실 것 하나도 없습니다. 편두통 없으세요? 저는 있거든요. 제 얘기 좀 들어 보세요, 여기 정답이 있습니다! 제가 혈압 재 드릴게요, 수축과 확장, 무슨 노래 같죠? 제가 테스트해 드릴게요, 그냥 봐 드리는 거예요.

활짝 펼친 그의 팔에 비둘기 한 마리가 내려앉았다.

공짜로 봐 드립니다, 혈압 재 드립니다!

모자를 쓴 여인이 잠시 그를 쳐다봤다. 그 눈빛에서 그는 그녀가 원하는 게 혈압 측정이 아니라는 것을 읽어낼 수 있었다. 비둘기가 그의 팔에서 날아갔다.

제가 심장 한번 측정해 드릴게요, 아주머니. 그리고 미래에 대해서… 그러니까 심장이 더 좋아질지 나빠질지 말씀드리겠습니다. 궁금하시죠, 아주머니, 알렉산더 대왕이 어디에 있는지요.

누군가 그의 다리를 툭툭 쳤다. 고개를 숙여 보니 초상화가 라파엘레가 키득키득 웃으며 그를 보고 있었다.

여기서 자네를 만날 줄은 몰랐는데, 라파엘레가 말했다.

아직도 천장화 그리고 계세요?

자네는 약속을 지키지 않았어, 이 친구야.

아무 약속도 안 했는데요.

다시 오겠다고 했잖아. 내가 초상화 그려 준 대가로 말이야. 내가 자네 바지에 뱀을 그려 주겠다고 했는데, 기억 안 나나?

길을 잃어버려서요!

내가 하나 알려 줄게, 이 친구야, 조언 말이야. 자네 그 사업을 하기에는 장소를 잘못 골랐어. 알렉산더 광장은 아니지. 의학 관련 일을 하기에는 자네가 너무 젊단 말이야. 머리를 하얗게 염색이라도 하고 나와. 아니면 장크트 파울리로 가든가. 거기는 사람들이 덜 까다로우니까. 거기 사람들은 그냥 하룻밤 버틸 수만 있다면 무슨 이야기든 들으려고 할 거야. 흰색 가운 같은 것도 필요 없어. 장크트 파울리에서는 병원이 치료 받으러 가는 곳이 아니라 벌 받으러 가는 곳이니까. 거기서는, 흰 가운 없이도, 기회가 더 많을 거야.

오늘 아침에 담비를 한 마리 봤다. 녀석이 달려갔다. 담비는 절대 생각 없이 달리지 않는다. 마당에서 살짝 솟은 곳이 나오면 뛰어넘거나, 옆으로 돌아가며 달렸다. 옆으로 돌아서 달릴 때는 몸을 땅에 바짝 붙이고 움직였다. 뾰족하고, 날씬하고, 몸통이 불꽃처럼 검붉은 녀석이었다. 동작이 빠른 만큼 영리하기도 할 것이다. 우리 집 담비를 처음 본 건 석 달 전이었다. 집이 어딘지는 모르지만, 아마 그리 멀지는 않을 것이다. 우리는 나란히 살지만 서로를 볼 수는 없다. 어쩌다 마주치는 상황은 사고 혹은 실수였다. 오늘 아침에는 녀석이 개에게 쫓기고 있었다. 담비는, 달걀처럼 조그마한 녀석의 머리는 위험을 알리는 신호였다.

수배

하루가 시작되고 있었다. 일자리가 있는 운 좋은 사람들은 직장으로 향했고, 트로이로 가는 길의 교통은 혼잡했다. 아직 침대에 있는 사람들은 대부분 혼자였고, 많은 이들은 새로운 하루가 두려웠다. 바다 위로 태양이 이글거렸다. 코시가에 있는 경찰서에서 경감은 자신의 회전의자에 등을 기대고 앉아, 반갑지 않은 남자의 말을 듣는 중이었다. 헥토르의 외모는 더 나빠지고 있었다. 얼굴이 부었고, 검은 털이 무성한 손등도 두툼했다. 나는 그의 눈을 들여다볼 때면 그 안에 파도가 일렁이는 것 같은 인상을 받았다. 그는 떠다니고 있었다. 직장에서 보내는 마지막 주였다.

그래서, 그 사람 정체를 어떻게 알아내셨다고요? 그가 신고자에게 물었다.

제가 사람들을 잘 알아봅니다, 남자가 말했다. 온종일 그 일만 하니까.

헥토르는 고개를 끄덕이고는, 아무 생각 없이 문 위에 걸린 대통령의 사진을 쳐다봤다.

그 여자를 보자마자 의문이 하나 떠오르더라고요, 신고자가 말을 이었다.

의문?

이 여자는 테러리스트일까?라고요. 그런 의문이 자주 떠오르지는 않거든요. 제가 선생님처럼 경찰은 아니지만, 아무튼 이 여자를 봤을 때는 그 뭐랄까…. 남자는 적당한 단어를 찾으려는 듯 손으로 허공을 가리켰다. 아무튼 그런 의문이 저절로 떠올랐습니다.

직업이 어떻게 되십니까?

스완지의 직업소개센터에서 일합니다. 올해 말이면 퇴직이네요.

아무도 피할 수 없는 일이죠, 헥토르가 말했다.

기다려지네요, 남자가 말했다.

그래서 그 여자가 테러리스트라고 생각하셨다고요?

네, 당시에는 그 여자가 '누군지'도 몰랐어요. 그냥 테러리스트라고만 생각했습니다.

그래서요?

앉아 있던 자세를 보면 틀림없어요.

테러리스트들이 앉는 방식이 있습니까?

책상 너머의 남자는 재킷 주머니에서 사탕 상자를 꺼내서는 경감에게 내밀었다.

담배를 끊고 나서 이걸 먹습니다, 하나 드실래요?

상자 안에는 레고 블록처럼 생긴 선명한 색의 사탕들이 가득 들어 있었는데, 양만 충분하다면 그 사탕들로 우주선이나 공중전화 부스도 만들 수 있을 것 같았다. 레몬 같은 노란색, 황금색, 장밋빛 핑크색, 검은색, 적갈색의 사탕들이었다.

괜찮습니다, 헥토르가 말했다.

안에 감초 진액이 들어 있어요.

헥토르는 갑자기 헤로인이 떠올랐다. 그런 사탕을 두 번씩 검사할 사람은 없을 것 같았다.

여기 두겠습니다, 생각이 바뀌실 수도 있으니까. 남자는 상자를 책상에 있던 무선 송신기 위에 놓았다.

그 여자는 모자를 푹 눌러쓰고 선글라스까지 끼고 있었어요, 그가 말을 이었다. 그리고 사탕을 먹고 있었습니다. 제가 그녀를 발견하자마자, 바로 딱! 핸드백을 닫더군요. 이 모든 게 신문판매점 옆에 있는 카페에서 벌어졌죠. 그래서 저는 신문을 한 부 사고 반대편으로 길을 건넜습니다. 그리고 그 구역을 한 바퀴 돌아 다시 카페로 접근했죠. 무슨 이야긴지 아시겠습니까, 경감님? 이번에는 반대편에서 접근했다는 뜻입니다.

헥토르는 자리에서 일어나 창가로 갔다. 계속하세요, 그가 말했다. 매일매일 창밖으로 몽드 은행 건물이 올라가는 모습을 멍하니 바라보는 시간이 늘어나고 있었다. 머지않아 완공될 테지만, 그때가 되면 그는 떠나고 없을 것이다.

제가 카운터에 서서 커피를 한 잔 주문했는데, 그 여자는 여전히 거기 앉아 있었습니다. 저를 알아차리지는 못했고요.

헥토르는 어떤 사람이 보이지도 않는 탑을 타고, 두 크레인의 꼭대기에 있는 조종실로 올라가는 모습을 지켜봤다. 내가 저 사람이라면, 그는 생각했다. 짭새가 아니라 크레인 기사였다면….

그러다가 그 여자가 선글라스를 벗고 계산하려고 영수증을 들여다봤거든요. 그때 알아봤습니다! 즉시요! 그 여자의 정체를 안 거죠. 헬렌. 틀림없어요. 헬렌이었습니다. 당신들이 찾고 있는 그 헬렌이요.

어떻게 그렇게 확신하시죠?

확신이라고요? 어떻게 그렇게 확신하냐고요? 안나 헬렌의 사진이 몇 달 동안 온 도시에 붙어 있었습니다. 그 밑에 신고 포상금까지 딱 찍혀서요.

아주 희미한 사진이지만, 저희도 가진 게 그것밖에 없었습니다.

신고자는 사탕을 하나 더 입에 넣고 머리칼을 만졌다.

그 여자였어요, 남자가 말했다. 틀림없이 당신들이 찾고 있는 그 헬렌이었다고요. 사람들이 많이 왔습니까?

오다니요?

포상금 받으려는 사람들 말입니다.

알면 놀라실 겁니다.

어쨌든, 저는 거기서 멈추지 않았단 말입니다, 경감님. 그 여자를 미행했어요.

남자의 회색 머리는 숱이 적지만 구불구불하고, 이미 땀에 젖어 있었다. 평생 그 머리칼을 만졌을 것이다. 그 머리칼을 보며 나는 갓 태어난 아기를 떠올렸다. 똑같이 숱이 적고, 똑같이 축축한 그 머리칼을.

치밀하게 미행을 했어요. 걸어서 온 도시를 가로지르더군요. 벌써 의심스럽지 않습니까, 그렇게 생각하지 않으세요? 당신들이 찾는 헬렌을 제가 그렇게 미행했습니다. 그 모든 거리를 하나도 빠트리지 않고요.

도착했네, 헥토르가 중얼거렸다.

누가 도착해요, 경감님?

크레인 기사요.

지금 저는 트로이에서 가장 찾고 싶어 하는 여자가 사는 곳을 이야기하는 중입니다!

어디죠?

이게 그 여자 주소입니다.

남자가 쪽지를 한 장 내밀었다. 헥토르는 창가에서 물러나 쪽지에 적힌 주소를 살폈다.

장티이라…. 그 여자가 여기에 산다는 건 어떻게 아셨죠?

처음엔 이런 행운을 믿을 수가 없었죠. 솔직히 말씀드릴게요, 경감님. 포상금을 받으면 제게 연금 외에 좀더 도움이 될 것 같습니다. 백만이라! 찾으시던 정보를 지금 손안에 쥔 겁니다, 경감님.

그런 것 같지는 않은데요.

그 여자가 들어가는 건 확실히 봤는데, 제가 엘리베이터를 함께 타지를 못해서 몇 층인지는 알 수가 없었습니다. 이제 사탕 하나 드세요, 경감님. 마음에 드실 겁니다. 그때 두번째 행운이 찾아온 거예요. 제가 건물 앞에서 망설이고 있는데, 갑자기 그 여자가 창문을 열고 카펫을 털지 뭡니까. 오층에서요!

헥토르는 다시 창문 앞으로 갔다. 듣고 있습니다, 그가 말했다. 아빠 크레인의 팔이 엄마 크레인 위로 움직였다.

엘리베이터를 타고 올라가니 그 층에 문이 두 개 있더군요. 양쪽 다 초인종을 눌러 봤습니다. 대답이 없었어요. 그 덕분에 용기가 났단 말입니다, 경감님. 왜냐하면, 어쨌든 제가 그 여자를 봤기 때문에, 그 사이에 집을 나갔을 리는 없었으니까요! 초인종 소리에 대답이 없었던 건, 그 여자가 몸을 숨겼기 때문이죠!

위험하다는 생각은 안 하셨습니까?

했죠, 하지만 해 볼 만한 가치가 있었으니까요. 백만! 시골에 집을 한 채 살 겁니다. 뭐라고 꾸며 대면 좋을지는 이미 생각해 뒀어요. 보험외판원 행세를 하는 거죠. 자동차보험, 주택보험, 생명보험이요. 제가 그런 일 하는 사람처럼 보이니까요, 아닌가요? 어쨌든, 다시 초인종을 눌렀습니다. 대답이 없었어요. 문에 귀를 대고 무슨 소리가 들리는지 확인도 했죠. 그때 문이 열리고 그 여자가 나왔습니다. 그 여자였어요. 당신들이 찾고 있는 헬렌.

헥토르는 다시 크레인의 팔로 눈길을 돌렸다. 저렇게 높은 곳에서 도시 위의 하늘을 휘젓고 있구나, 그는 생각했다.

이제 제가 어디 사는지도 아셨네요, 그 여자가 그렇게 말했습니다. 그래서 제가 시간 괜찮으시면 보험 상품을 좀 소개해 드리겠다 말했죠. 그 여자가 뭐라고 대답했는지 아십니까?

누가요?

백만 즐로티짜리 여자가요.

뭐라고 했습니까?

저를 본 건 잊어버리세요, 할아버지!라고 하더라고요. 그 와중에도 저는 어떻게든 아파트 내부를 살피려고 했습니다. 죽기 싫으면 꺼져요!라고 그 여자가 말하더군요.

여기 지상에서는 현실은 고통뿐인데, 헥토르는 생각했다. 다른 건 없는데.

이렇게 경찰서에 오기까지 큰 위험을 감수했다는 건 저도 알고 있습니다.

저희가 좀더 알아보겠습니다, 헥토르가 말했다. 선생님 연락처는 알고 있으니까, 저희가 체포를 하게 되면 즉시 연락을 받으실 겁니다. 나가는 길은 경사가 알려 줄 겁니다.

헥토르는 창밖을 내다봤다. 이번에는 숨이 막히는 것 같아서 옷깃을 느슨하게 풀었다. 바로 그때, 신고자가 나간 후에, 내가 그에게 다가갔다.

염소 키우던 이모 기억하니, 헥토르? 어느 날인가 그 이모가 집 뒤에 풀이 길게 자란 곳에서 죽은 여우 한 마리를 발견했잖아. 여우의 뾰족한 이빨에 서리가 내려앉아 있었지.

헥토르는 유리창에 이마를 기댔다.

이모가 어떻게 하면 좋을지 생각하고 있을 때 네가 나타났잖아. 기억하니? 너는 그때 열다섯 살이었는데.

아침에 오줌 누러 나왔다가 저걸 발견했지 뭐니! 이모가 네게 말했지.

제가 처리할게요, 너는 장화 끝으로 죽은 짐승을 툭툭 치며 대답했어.

시청에 전화해야 할까? 헬렌 이모가 물었지.

아뇨, 이모. 시청은 신경 쓰지 마시고요, 집게 있어요?

닭장에 하나 있다.

제가 묻어 줄게요, 이모는 가서 커피나 좀 끓여 두세요, 네가 말했지.

네 이모가 부엌에서 커피를 가는 동안, 우체부 다니엘이 왔어.

누가 죽었는지 아니? 그가 네게 물었지.

수 샤테뉴의 세자르요?

응.

아침에 이상한 일을 겪었어요, 네가 그렇게 말했지, 헥토르. 아침에 똥 싸려고 담 너머 이쪽으로 왔거든요. 멜빵을 풀고 쪼그려 앉았는데….

세상에! 우체부가 소리를 쳤지. 저걸 못 봤네. 죽은 건가?

뭔가 엉덩이에 걸리는 거예요, 너는 거짓말을 했어.

수배

풀은 아녔을 테고! 이제 다니엘도 웃으며 그렇게 말했지.

이 위에 똥을 쌌다고 생각해 보세요, 네가 말했지.

여우 시체에 똥을 싸면 광견병은 안 걸리겠다, 우체부가 말했어.

아주 깊이 묻어 주려고요, 네가 말했지. 이 미터, 손가락만큼의 차이도 안 나게 할 거예요.

그 사이 네 이모 헬렌은 창 너머로 그 대화를 모두 듣고 있었단다. 손을 배에 대고 엉덩이를 흔들면서 웃음을 참고 있었지. 거기 남자들! 그녀가 외쳤지. 여자들도 광견병 걸린 여우 위에 오줌 싸지 않게 해 줘야 해요!

네가 마을을 떠난 후, 이모는 그 이야기를 자주 했단다. 그때마다 꽤나 자랑스러워하면서 이렇게 덧붙였지. 지금 우리 조카는 트로이에 있다고, 거기 경찰이라고 말이야.

누군가 문을 두드렸다.

들어오세요.

방금 보고가 들어왔습니다, 경감님, 유럽횡단 야간열차에서 있었던 여권 도난 사건 관련인데요.

사건이 언제였지?

일주일 전입니다.

기억나네, 우리가 허탕 쳤지.

어젯밤에 도난 여권들 중 하나를 가지고 있던 남자를 공항에서 체포했습니다. 펜데라고 통하는 자인데, 마약 관련으로 꽤 무거운 혐의를 받고 있습니다. 조사 과정에서 이자가 이름을 불었는데요.

누구?

나이시라는 친구에게서 여권을 받았다고 했습니다. 나이시는 서에 왔던 적이 있는데, 그때 경감님이 풀어 주셨던 그 친구입니다.

다 기억하고 있으니까 일부러 이야기해 줄 필요는 없네, 헥토르가 말했다.

역에 근무하는 경찰이 설명한 바에 따르면, 속임수로 여권을 빼낸 여성은 나이시의 여동생인 것 같습니다. 공범은 수쿠스라고 불리는, 멋 내기를 좋아하는 친구입니다. 이 친구는 카샹에 살고 있습니다.

그 두 사람에 대한 정보가 있나?

남자에 대해서는 없습니다. 여자는 장크트 파울리에서 일하는 스트리퍼입니다.

펜데는 지금 어디 있지?

취조실에 있습니다.

볼 수 있나?

네, 경감님.

내가 가 보겠네, 헥토르가 말했다.

사랑스런 몸

그 여자가 첫 손님이었다. 수쿠스는 삼번가에 있는 술집 플로레스에서 몇 집 떨어진 모퉁이에 자리를 잡았다. 그녀는 소매 없는 원피스에 어깨에 호박단 볼레로를 걸치고 있었다. 의자에 앉은 그녀는 작은 재킷을 벗어 무릎 위에 내려놓았다. 수쿠스는 엄청나게 두꺼운 그녀의 팔뚝에 고무줄을 묶었다. 그녀의 살이 설익은 페이스트리처럼 축 늘어졌다. 고개를 돌린 모습과 고집이 세 보이는 탁한 눈빛을 보면, 그녀는 세상의 살들이 모두 부질없다고 생각하는 것 같았다. 매춘부 중에는 살과 관련된 거라면 수녀들보다 더 경멸하는 이들이 있다. 손가락을 그녀의 팔에 대고 밴드를 두를 때, 수쿠스는 그녀의 몸에서 열기를 느낄 수 있었다. 그건 여자의 몸에서 나오는 거라고는 한 번도 상상하지 못했던 열기였다. 그건 귀뚜라미 다리에서 나는 것 같은 메마른 열기였다.

이 일 오래 했어요? 그녀가 물었다. 그는 감히 대답을 못하고 고개만 끄덕였다. 그녀의 심장 박동에 집중하며 듣고 있었고, 소리가 언제 멈추는지 듣기 위해 귀를 기울였다. 최대한 조심스럽게 공기를 빼내자 수은주가 천천히 내려왔다. 그녀도 숨을 멈추고, 갑자기 불안한 모습을 보였다. 온종일 두통으로 힘들었는데, 이제 고혈압 걱정까지 해야 했다.

승리의 소리처럼 다시 심장 박동이 들렸고, 그는 재빨리 심장 수축 수치를 읽었다. 그는 그녀가 수정란일 때부터 멈추지 않았던 박동 소리에 귀를 기울였다. 심장은 착상 후 삼십 일, 수정란이 빵 부스러기만 할 때부터 뛰기 시작한다. 첫번째 박동, 무에서 태어나는 그 소리는 온전히 선물이다. 첫번째 박동이 시작되면, 수많은 열정들이 있든 없든, 또 하나의 죽음 역시 불가피하다.

할머니의 박동 소리가 어떤 성에 있는 거대한 종탑의 종처럼 울렸

라일락과 깃발

다. 잠시 후 종소리가 멎고, 성도 그대로 사라졌다. 그녀의 심장은 여전히 뛰고 있었지만, 동맥에 갖다 댄 청진판에선 아무 소리도 전해지지 않았다. 이제 심장 확장이었다.

십팔에서 십이라, 조금 높네요. 그가 말했다.

나한테는 높은 것도 아니에요, 그녀가 말했다. 이십까지 나온 적도 있는걸.

그가 그녀의 팔뚝에 두른 밴드를 풀었고, 그녀는 탁한 눈으로 그를 올려다봤다. 죽음을 기다리고, 반가운 소식에 기뻐할 준비를 하고, 마실 것을 원하고, 혹시 그가 미소를 짓지 않는지 살피는 눈빛이었다.

약이 있기는 합니다, 그가 말했다.

그래요? 그녀는 웃음을 터뜨렸고, 웃음이 기침으로 이어지며 그녀는 침을 뱉었다. 정말 약이 있다고 믿는 거예요, 자기는?

그의 도움을 받아 의자에서 일어난 그녀가 볼레로를 걸쳤다.

얼마예요?

천오백입니다.

그녀가 검지와 중지 끝으로 앞섶에서 지폐를 꺼냈다.

비슷한 또래지만 조금 마르고, 곧은 금발에 정장 바지를 입은 다른 할머니가 보도에 놓인 수쿠스의 의자 앞으로 다가왔다.

할리, 여인이 말했다. 내가 찾고 있었는데.

수쿠스는 돈을 주머니에 넣었다.

십팔에서 십이, 아까 그렇게 말했죠?

적어 드릴게요.

그럴 필요 없어요.

높네, 할리, 정장 할머니가 말했다.

나한테는 아니야, 플리스.

가서 라일락 한번 봐봐.

라일락? 수쿠스의 손님이 물었다.

　　　　　　　　　　　사랑스런 몸

전에 이야기했던 공연하는 여자애.

기억이 가물가물해서 말이야, 플리스. 라일락이라고?

직접 가서 봐봐.

두 여인은 팔짱을 끼고 보도를 따라 내려갔다. 중간중간 걸음을 멈추고, 마치 연로한 부인들이 장미 정원을 거닐 때처럼 나란히 방향을 틀고 하늘을 올려다보기도 했다. 수쿠스는 즉시 두 여인을 따라갔다.

술집 황금 양모 앞에는 여자들이 입을 벌린 채 호소하듯 손가락을 들어 보이는 사진들이 붙어 있었다. 수쿠스는 그 사진들을 유심히 들여다보았다. 쥬자가 있을 리가 없었다.

지금 나는 수쿠스를 조용히 달래 재우고 싶다. 헛간에 수쿠스가 누울 만큼 충분히 큰 요람도 있다. 아주 오래전, 돌 나막신을 남기고 돌아가신 증조할아버지가 만든 요람이었다. 그 요람에 수쿠스를 눕히고 흔들어 주며 잠이 들 때까지 노래를 불러 주고 싶다. 어쩌면 쥬자도 청소부 친구 리파트에게 배웠을지 모르는 노래. 이런 노래였다.

> 졸린 밤, 행복한 낮
> 장난감은 없지
> 어디에도 아무것도 없지
> 그건 없지
> 그건 없지
> 너의 사랑스런 몸에는….

이 노래를 들으면, 남자들은 모두 잠이 든다.

잠시 후면 수쿠스는 잠에서 깨어나, 미소를 띤 채 여자들 사진을 한 번 보고는, 의자를 들고 다시 삼번가의 모퉁이로 돌아가 다른 손님을 기다렸을 것이다. 하지만 그가 내 노래에 귀를 기울이는 동안, 세 남자가 떠들썩하게 나타나 그를 깨워 버렸다. 내가 할 수 있는 일은 없었다. 남자들은 넘어지지 않게 서로 어깨동무를 하고 거리를 걸었는데, 마치 셋이 뭉쳐서 황소처럼 반응이 느린 짐승 한 마리가 된 것만 같았다. 그들은 비틀거리며 황금 양모 입구 앞을 서성거렸다. 남자들 중 한 명이 외쳤다. 털 좀 봐야겠는데. 그들은 매표소를 향해 휘청거리며 다가갔고, 한 명이 지폐 다발을 꺼냈다. 수쿠스는 남자들을 지켜봤다. 남자가 잔돈을 뒷주머니에 넣을 때, 지폐 한 장이 나뭇잎처럼 펄럭이며 바닥에 떨어졌다. 수쿠스는 얼른 두 걸음 다가가 지폐를 밟았다. 만짜리, 자홍색 지폐였다. 그는 몸을 숙여 지폐를 집어 들어서는 그걸로 입장권을 샀다.

옛날부터 남자들은 여자를 꽃에 비유했고, 여자들은 그걸 즐기며, 남자들을 부추겼다. 여자들은 머리에 꽃을 꽂고, 향수를 뿌리고, 나뭇잎을 꼬아 장식하고, 자신들을 내보였다. "들판의 백합이 어떻게 자라는지 생각해 보라, 수고도 아니하고 길쌈도 아니하느니라"라는 성서의 말은, 내가 알았던 여자들에게는 전혀 해당하지 않는다. 내가 알았던 여자들은 토끼를 잡고, 건초를 쌓고, 마구간을 청소하고, 닭 모이를 만들고, 숲에서 나무를 해 온 후에야 꽃을 흉내냈다. 그럼에도 우리 여성들을 꽃에 비유한 남자들은 옳았다. 그건 우리가 순수하기 때문이 아니라, 우리 여성들 역시, 꽃과 마찬가지로, 유혹하기 위해 만들어진 존재이기 때문이다. 꽃과 마찬가지로 우리의 아름다움도 섬세하다. 꽃과 마찬가지로 우리 몸의 색 역시 보는 이의 시선을 가장 은밀한 곳으로 이끈다.

매표소를 지나 벨벳 커튼을 통과하면, 황금 양모 안에서는 맥주와 운모, 효모 냄새와 달콤한 냄새가 났다. 햇빛은 들지 않았고, 벽들도 지하 창고처럼 초벽칠만 해 놓은 상태였다. 망사 스타킹을 신은 안내원이 황소를 복도 안쪽으로 데리고 갔다.

일 번 아가씨 보실까요?

우리는 같이 들어갈 거야. 아무리 몸매 좋은 영계라도! 황소 남자

사랑스런 몸

들 중 한 명이 소리쳤다, 같이 들어갈 거라고!

수쿠스는 그들을 지나 복도 끝으로 갔다.

저 친구는 왜 의자를 들고 다니는 거야?

왜 의자 가지고 다니는지 몰라?

왜 가지고 다니는데?

가지고 다니면 안 돼?

내가 말해 줄게.

저 친구가 알려 주겠지.

좆을 얹어 놓으려고 그러는 거야!

황소 남자들 셋은 잘 지은 정장에 조끼를 입고 있었다. 줄무늬 넥타이는 여러 번 당겨서 매듭이 셔츠 중간까지 내려와 있었다.

좀 좁으실 거예요, 원래 삼인용으로 만든 방이 아니라서.

아무리 몸매 좋은 영계라도, 우리는 같이 들어갈 거라니까!

그들은 야니스의 크레인 조종실만 한 방에 함께 꾸역꾸역 들어갔다.

필요한 거 있으면 종 울려 주세요, 안내원은 그렇게 말하고 문을 닫았다.

방 한쪽 벽 앞에 천을 덧씌운 낮은 안락의자가 있고, 세 남자는 거기 나란히 앉았다. 그들의 무릎 높이에, 크레인 기사 야니스가 트로이 도심을 내려다보던 유리창만 한 넓은 창이 기울어져 있었다. 그들의 발 아래 카펫에는 모조품 황금 성배와 곱게 접힌 휴지가 쌓여 있었다.

같이 싸는 거야, 알았지?

이것은 할머니가 된 내가 하는 이야기다. 나는 세상의 귀한 먼지들을 거의 모두 치워 보았다. 해가 갈수록 커지는 이 귀로 들어 보지 못한 것도(아무리 안쓰러운 것이라고 해도) 없다. 나이를 먹으면 모든 것이 줄어들지만 귀만큼은 점점 커진다.

라일락과 깃발

방안의 불이 꺼졌다. 유리창 반대편에는 여전히 불이 켜져 있었지만, 이상하게도, 유리창 반대쪽은 불투명했기 때문에 그쪽 불빛은 거의 새 나오지 않았다. 유리창은 한쪽에서만 볼 수 있는 것으로, 교도소용으로 맨 처음 발명된 것이었다. '위협용 거울'이라고 시장에서는 통했다. 위협용 거울.

털 보고 싶다고! 지금!

불이 모두 꺼졌다. 세 명의 황소 남자들은 칠흑 같은 어둠 속에 앉아 있었다. 말은 한마디도 없었다. 다시 불이 들어왔을 때 그녀가 거기 있었다. 유리창 가까이, 아주 가까이에. 겨우 몸을 일으킬 공간밖에 없는 것처럼 보였다. 그녀는 웅크린 자세로 어깨 위에 기모노, 장미 문양이 수놓인 검은색 기모노를 걸치고 있었다. 기모노가 천천히 흘러내리고, 그녀는 다리 자세를 바꾸며 어깨가 땅에 닿을 정도로 몸을 뒤로 젖혔고, 고개도 뒤로 꺾었다. 유심히 관찰하는 사람이라면, 그녀의 발바닥과 뒤꿈치를 보고 자주 맨발로 걷는 사람임을 알아차릴 수 있었을 것이다.

유리창은 방안에 앉은 세 남자가 보고 있는 것을 확대시키는 효과가 있었다. 그 덕분에 그녀의 몸이 더 가까이 있는 것처럼 느껴졌다. 그녀 몸에 있는 모공이 오렌지 껍질의 구멍처럼 보였다. 몸에 난 털들을 모두 셀 수 있을 정도였는데, 털 하나하나가, 취조하는 듯한 불빛 아래서 속눈썹처럼 또렷하게 보였다. 그녀가 천천히 고개를 들었다. 불빛 덕분에 손톱 때까지 보였다. 그녀는 커다란 손으로 작은 가슴 주위를 문지르기 시작했다.

젖꼭지가 단단해지고 있어! 황소의 한 부분이 신음하며 말했다.

작고 딱딱해! 깨물 거야! 다른 부분이 웅얼거렸다.

크림 막대기 준비해야지! 세번째 부분이 낮게 속삭였다.

그녀는 조명을 받으며 머리칼이 바닥에 닿을 때까지 몸을 숙였다. 어디에서든 여성들은, 태초부터, 머리를 감고, 솔로 다듬고, 빗질하

　　　　　　　　사랑스런 몸

고, 땋고, 말면서 영광스러운 모습으로 변신했다.

그녀는 엉덩이를 비틀어 옆으로 누워서, 무릎을 세우고, 가는, 아주 가는 팔을 허벅지 사이에 끼웠다.

이제 털 좀 보여 줘!

유리창 가까이 다가온 그녀가 두 손가락으로 음부의 입술처럼 생긴 부분을 벌렸다. 마을에서는 여자의 그 부분을 그녀의 '자연'이라고 부른다. 두 손가락으로 그녀는 자기 자연의 주름진 입술을 벌렸다. 장미가 아직 꽃받침에 싸여 있어 보이지 않을 때, 그 꽃잎 색이 지금 그녀가 유리창 앞에 드러낸 부분의 색을 닮았다.

문이 부서지는 소리가 황금 양모 안에 울려 퍼졌다. 놀라서 껌뻑거리는 황소의 여섯 개의 눈동자 앞에서 접이식 의자를 든 남자가 조명이 켜진 방을 부수고, 몸매 좋은 영계를 쓰러뜨리고, 남자들의 머리를 마구 때렸다.

개가 짖고 있었다.

수쿠스는 달아났다. 길거리의 매춘부들이 자신들 앞을 달려가는 그를 지켜보았다. 아직 낮의 빛이 남아 있었다. 가을 늦은 오후의 빛, 일 년 중 자연의 모든 것이 늘어지고 아무것도 서두르지 않는 시기, 시간이 서서히 느려지고, 거의 멈추었다가, 첫얼음이 어는 밤이 되면 점점 짧아지는 빛. 그 빛 속에서 수쿠스는 달리고 있었다.

달리는 동안, 그는 주변의 모든 소리와 말 들을 막으려고 머릿속에 담장을 세웠다. 담장은, 카샹에 불이 났을 때 너무 늦게 도착한 소방차의 사이렌 소리처럼, '쥬-자'라는 소리에 맞춰 올라갔다 내려갔다 했다. 빨리 달리면 달릴수록, 담장에 부딪히는 소리도 커졌다.

그는 일을 마치고 집으로 돌아가는 사람들로 가득한 거리를 달렸다. 휴식과 술과 편한 신발과 안락한 의자를 기대하며 이미 발걸음이 가벼워진 사람들이었다. 그들은 보도 옆으로 물러나 수쿠스를 구경했다. 그는 사냥꾼에게 쫓기는 사슴처럼, 미친 듯이 달렸다. 사람들은 그를 피했고, 즉시 반대편으로 시선을 돌려 누가, 그리고 왜 그를 쫓는지 알아보려 했다.

아무도 보이지 않았다. 어떤 이들은 길 건너편에 나란히 달리며 그를 쫓는 사람이 있을 거라 확신하고 그쪽을 쳐다보기도 했다. 거기엔 버스를 기다리는 사람들과, 상점의 진열장을 구경하는 여자들, 그리고 거지 몇 명이 있을 뿐이었다. 또 어떤 이들은 트럭들이 짐을 내리고 자동차들이 경적을 울리는 샛골목 안을 살폈다. 달리는 사람은 아무도 없었다. 어떤 남자는 혹시 헬리콥터가 있나 하고 하늘을 올려다보기도 했다. 하늘은 텅 비어 있었다.

수쿠스는 계속 달렸다. 어떤 일에, 생사가 달린 일에 늦은 것이 틀림없다고 트로이 사람들은 생각했다. 하지만 마음 깊은 곳에서는 어떤 남자도 어딘가에 늦었다고 해서 그렇게 달리지는 않는다는 것을 알고 있었다.

해가 도시 위의 먼지 사이로 내려앉아 붉게 변했다.

수쿠스는 다시는 멈추지 않을 것처럼 달렸다. 왜냐하면, 일단 멈추고 나면, 트로이를 마주하고, 그 바다와 시월의 하늘과 은하수와 우주의 한쪽 가장자리를 마주하게 될 것이기 때문이었다. 설명할 길 없는 그 우주의 광활함에선 사실을 바로잡을 어떤 것도 나오지 않을 것 같았다.

그는 무궤도전차와 오토바이들 사이를 달렸다. 힐튼 호텔을 지나고, 애완동물 사료를 파는 가게를 지나고, 자동차 전시장을 지나고, 여행사를 지나고, 법원을 지나고, 사우나를 지나고, 결혼 예복 가게를 지나고, 아이들을 위한 양모 제품점을 지나고, 꽃집을 지나고, 환전소를 지나고, 장례식장을 지나고, 커피숍을 지나고, 트로이의 목마를 지났다. 그것들이 약속하는 승리, 패배, 쾌락, 탈출, 평화, 고요함, 정의, 위로를 전하는 손길 중 그 어떤 것도 그를 위한 것은 아니었다. 그래서 그는 더 빨리 달렸다.

도심 서쪽에 이르자, 파리 병원 건물에 불이 들어왔고 병원의 창문이 내륙 지방을 지나는 정기여객선의 선창처럼 보였다. 산부인과

사랑스런 몸

병동에서, 절벽에 면한 그 병원에서, 야니스의 아내 소니아가 막 남자아이를 낳았고, 이름을 알렉산더라고 지었다. 야니스는 크레인에서 출산 소식을 기다리고 있었다. 소니아는 지쳐 있었다. 눈에 땀이 차고, 피가 몰린 다리는 하늘의 구름 같은 색이었지만, 새 생명을 앞에 둔 그녀는 승리감에 차 있었다. 이리 주세요, 그녀가 알렉산더를 거꾸로 들고 있는 산파에게 말했다, 사랑하는 아이 이리 주세요.

가슴이 터질 것만 같았다. 수쿠스는 그렇게 가슴이 터질 때까지 달릴 작정이었다. 목과 가슴의 피가 달리는 발보다 더 빨리 뛰고 있었다. 더 이상 자신의 발이 아니었다. 그녀가 그를 향해 달려오고 있었다. 그녀는 파크애비뉴 반대편에 있었고, 한 걸음씩 달릴 때마다 그에게 가까워지고 있었다. 종종 그는 눈을 감았다. 사람들은 미친 사람 앞에서 그렇듯이, 옆으로 물러나며 그에게 길을 내주었다. 차들이 멈추고 운전자들은 그 시간대의 도심에서는 상상할 수 없는 인내심을 가지고 미소를 지어 보였다. 마치 그 몇 초 동안은 사막에서 낙타를 모는 사람들이 된 것 같았다. 다른 사람의 광기를 보는 것이 일종의 차분함을 가져다주었다. 그녀는 표범 원피스를 허벅지까지 끌어 올린 채 맨발로 달리고 있었다.

통곡은 멈추지 않았지만, 그는 달리는 중에도 그녀를 향해 팔을 뻗었다. 그는 스팔란치 지하철역을 지나고 있었다. 그녀가 그를 향해 더 빨리 달려왔다. 이가 두 개 빠진 자리와 커다란 손이 보였다. 그는 달렸다. 그녀에게 닿았을 때 그는 그녀의 헐떡이는 숨소리를 들을 수 있었다. 그녀가 그를 지나쳐 달려갔다, 그녀가 그를 깨끗이 통과했다.

역에서 올라오던 여학생 한 명이 자신을 향해 팔을 내밀고 달려오는 남자를 보았다. 여학생은 재빨리 벽으로 몸을 붙였다. 남자는 그대로 지나쳐 달려갔다. 여학생은 몇 분이 지나도록 진정이 되지 않았다. 그녀가 계속 몸을 떨었던 것은, 남자와 부딪힐 뻔한 상황을 가까스로 피했기 때문이 아니라, 자신을 지나치던 남자의 얼굴에서 뭔

라일락과 깃발

가를 흘긋 보았기 때문이다. 너무나 일그러진 얼굴이어서 더 이상 두 눈과 코와, 입과, 귀라고 할 수 없을 것 같았다. 그의 얼굴은 한데 뒤엉킨 뱀들로 변해 있었고, 뱀들은 서로를 게걸스럽게 삼키고 있었다.

먼저 나는 모루를 풀들이 난 제방으로 가져간 다음, 조금 높은 경사면에 앉는다. 부츠의 끈을 꿰는 쇠구멍이 하늘을 향한다. 양모 스타킹은, 평소처럼 약간 주름이 잡혀 있다. 모루는 있어야 할 자리에, 그러니까 깡마른 나의 허벅지 사이에 있고, 자루에서 떼 온 낫날이 무릎 위에 가로놓여 있다.

　날 손보시게요? 에르퀼이 물었다.

　눈이 잘 안 보여서.

　잠깐 이리 줘 보세요. 내가 낫날을 건네자 그는 손톱으로 날을 톡톡 건드려 본다. 징! 아무 울림이 없네! 요즘은 좋은 낫 구하기가 어렵죠. 그는 날을 다시 한번 가볍게 두드린다. 들리시죠, 그죠? 아무 음이 안 나잖아요. 쓰레기네!

　두드리면 종달새처럼 노래를 부르던 낫이 기억나네요, 에르퀼이 말을 잇는다.

　그는 힘겨운 발걸음으로 천천히 자신의 집을 향해 걸어간다. 그의 집 앞에서 잔이 암소들을 풀밭으로 내보내는 중이고, 나는 그대로 제방에 앉아 망치를 들고 모루 위에 놓인 낫날을 두드린다. 날 안쪽에서 시작해 뾰족한 끝까지 두드린다. 땀이 안경알에 떨어지고, 시커먼 쇠붙이가, 눈앞에서 흐릿해진다.

　트로이에 밤이 내렸다. 수쿠스는 세관 근처 부두에 혼자 있었다. 그곳에는 탐조등과 군인들이 있었다. 두 사람이 처음 만났던 날 쥬자를 기다렸던 공터로 올라갔다. 캐딜락에는 불이 켜져 있었다. 수쿠스는 그쪽으로는 가지 않았다. 그는 풀이 자란 제방에 누웠다. 자렴, 내가 그에게 속삭였다, 자렴.

귓전에 울리는 소리를 듣고 잠이 깬 그가 고개를 돌리자 풀밭 위에 머리 하나가 보였다.

가끔은 좋은 꿈을 꿉니다, 양쪽 다리가 없는 남자가 말했다.

수쿠스는 남자의 얼굴을 유심히 바라보았다. 마치 귀가 먹어서 입술을 읽어야만 하는 사람 같았다.

지난 화요일에는 브랜디 마시는 꿈을 꿨어요, 남자가 말했다.

아래쪽 길에서 군인들은 탐조등으로 장난을 치고 있었다. 남자의 입술은 회색이었다.

한 병을 다 마실 작정이었는데, 캐딜락에 사는 남자가 말을 이었다. 한 모금쯤은 다음에 같은 꿈을 꿀 때를 위해 남겨 둬야겠다는 생각이 들었어요. 아직은 그 꿈으로 되돌아가지 못했지만 말이죠. 꼴이 말이 아니네요, 친구. 저기 캐딜락으로 갑시다, 내가 커피 좀 끓여 드릴 테니.

수쿠스는 아무 말도 하지 않았다.

팔꿈치에 샌들을 묶은 남자가, 경사면을 기어 올라갔다. 오래 걸렸다. 이따금씩 유리창을 오르는 파리처럼 미끄러지기도 했지만, 수쿠스에 비하면 그의 몸이 할 수 있는 것도 더 많고, 민첩했다. 남자에게는 놀랍지 않은 일이었다. 그는 트로이에서는 매 시간 보이지 않는 주먹들이 내려와 사람들의 팔다리를 못 쓰게 만든다는 것을 알고 있었기 때문이다. 차에서 맥주병을 찾은 그는 다시 언덕을 내려왔다. 허리 부분부터 먼저 내려오는 것이 마치 멀쩡한 두 다리로 사다리를 내려오는 것 같은 자세였다.

마셔요, 그가 말했다. 그리고 내 이야기 한번 들어 봐요, 친구. 캐딜락에서 잠들기를 기다리며 생각했던 이야깁니다. 돈이 없으면 이 지상에서 할 수 있는 게 거의 없죠. 달처럼 재와 타다 남은 숯덩이밖에 없는 곳입니다. 최고는 잠이나 자는 겁니다, 원할 때 잠을 잘 수 있다면요. 꿈에서는 돈이 필요 없으니까. 모든 꿈이 다 그래요. 물론 돈이 나오는 꿈을 꿀 수는 있겠지만, 돈을 내는 일은 절대 없습니다!

돈을 내는 꿈을 꾸는 사람은 세상에 한 명도 없는 거예요. 그렇기 때문에 잠에서 깨는 일이 그렇게 끔찍한 거죠. 그렇기 때문에 잠에서 깨는 일이 배고픔보다 더 나쁜 거라고요. 맥주 마시고 잠 좀 자요.

사랑스런 몸

취조

코시가의 경찰서에서 취조실로 가는 문들은 모두 잠겨 있었다. 구층에서 하는 일을 하려면 삶과 죽음에 속한 다른 모든 것으로부터 고립될 필요가 있었다. 그들은 자신들 이전에는 이야기가 없었으며, 이후에도 없을 거라고 믿어야만 했다. 신은 외롭게 세상을 창조하셨다. 구층에 있는 그들은 그 세상을, 하나씩 하나씩 파괴하려 했다. 그래서 모든 문은 잠겨야 했다.

나는 신음 소리와, 발소리, 그리고 목소리를 들었다. 목소리는 파스콰 경사의 목소리였는데, 평소보다 조금 더 날카로웠다. 신음 소리는 수쿠스가 내는 소리였다. 수쿠스는 마음속의 슬픔 때문에 경사가 자신에게 가하는 고통에는 사실상 무감했다. 한 대씩 맞을 때마다 충격으로 숨이 막혔고, 무자비한 타격에 머릿속까지 울리는 것 같았다. 하지만 그 충격들 사이에 느껴지는 다른 고통이 훨씬 심했다.

누구랑 있었지? 경사가 그 질문을 너무 자주 해서 이제 그 단어들은 아무 의미도 없었다. 처음에는, 지난 밤에 있었던 쥐 언덕에서의 총격전에 관한 이야기였다. 그 총격전에서 나이시와 경관 한 명이 사망했다. 누구랑있었냐고! 누구랑있었냐고! 반복되는 그 단어들은 하늘을 맴도는 독수리의 울음처럼 되어 버렸다. 그리고 멀리서, 겨우 들릴 듯한 크기로, 두더지나 들쥐 소리 같은 소리가 들렸다. 그것이 사람의 후두에서 나는 소리인지, 아니면 험한 꼴을 당하고 있는 수감자 몸의 다른 부분에서 나는 소리인지는 분간할 수 없었다. 그런 다음에 침묵이 찾아왔다. 독수리 울음도 없고, 들쥐 소리, 발소리, 콧노래 소리도 없었다. 문이 열리고 두번째 목소리가 그 침묵을 깼다. 헥토르가 말했다. 수감자와 독대를 좀 해야겠네, 경사. 자네는 가도 좋아.

라일락과 깃발

파스콰 경사가 성큼성큼 물러났다. 그의 부츠 소리, 리듬에 따라 움직이는 발소리에서 강철 같은 자부심이 느껴졌다. 잠시 후, 두 남자가 가파른 능선을 오르기라도 하는 것처럼, 무거운 숨소리와 애쓰는 소리가 들렸다.

오래전, 내가 양 떼와 암소 두 마리, 그러니까 데지레와 루킨을 데리고 고지대에서 지내던 어느 여름에, 낯선 개 한 마리가 나타났다. 중간 크기의 검은 개, 아무도 본 적이 없는 개였다. 녀석은 오두막에서 멀지 않은 풀밭에 누웠다. 내가 종종 툭 튀어나온 바위 위에 앉아 천 미터 아래의 골짜기와 구름들을 내려다보곤 하는 곳이었다. 그날 오후는 더웠고, 메뚜기가 쉭쉭 소리를 냈고, 노란 용담은 검은딱새가 그 위에 앉거나 날아갈 때마다 흔들렸다. 그 개는 아주 늙은 개가 틀림없었다. 뒷다리가 너무 뻣뻣해서 걸음을 옮길 때마다 마치 똥을 누려는 것처럼 보였다. 그 엉성한 모습이 우스웠지만, 몇 걸음 옮기는 걸 보고 나서는 녀석이 안쓰러워졌다.

그날 오후가 끝날 무렵 녀석을 다시 보았다. 전혀 알아볼 수 없는 모습이어서 처음에는 다른 개인 줄 알았다. 녀석은 꼬리를 쭈뼛쭈뼛 들고 맹렬히 흔들어 댔다. 걸음걸이도 빠르고 간결했다. 녀석은 라피네의 오두막에 있는 갈색 암캐와 함께였다. 암캐가 발정기였던 게 틀림없었다. 두 녀석은 서로의 꼬리 밑을 쿵쿵거리고 혀로 핥았다. 나는 두 녀석을 그대로 내버려 두었다.

밤이 되자, 목초지 위로 별이 너무 밝아서 그대로 걸어서 닿을 수 있을 것 같았다. 그때 녀석이 또 다시 나타났다. 난로에 쓸 장작을 가지러 나갔을 때 풀밭 위에서 떨고 있는 녀석을 발견했다. 녀석은 이상한 자세로 누워 있었는데, 머리를 몸과 나란히 하고, 자신의 몸이 왜 움직이지 않는지 알아보려는 듯 쿡쿡 찔러 보고 있었다. 꽤 힘들게 녀석을 오두막 안으로 데리고 들어왔다. 녀석은 소나무가 타닥타닥 소리를 내며 타고 있는 난로 앞에 몸을 뻗고 누워 졸았다. 깊이 잠들지는 못했는데, 몇 분마다 한 번씩 가슴에서 일어나는 경련 때문

취조

에 온몸을 부르르 떨었다.

장작 타는 소리가 잦아들고 달이 떴다. 유리창에 물웅덩이처럼 비친 달을 볼 수 있었다. 개가 어떻게 했는지 자리에서 일어나 문 쪽으로 갔다. 문을 열어 주자 녀석은 내가 처음 발견했던 바위 쪽으로 가서 자리를 잡고 앉아 길게 울부짖었다. 그렇게 딱 한 번만 짖고는, 십분 후 녀석은 사라졌다. 죽으려고 숲속으로 들어간 것이다.

남자와 여자는 말이 있기 때문에 그 개와는 다르다. 말이 있어 그들은 모든 것을 바꾸고, 아무것도 바꾸지 못한다. 어떤 상황에서든, 말은 무언가를 더하고, 앗아간다. 입 밖에 낸 말이든 머릿속에서만 들린 말이든 상관없이 말은 언제나 앞뒤가 맞지 않는다. 말은 절대 딱 떨어지지 않는다. 그런 이유로 말은 고통을 불러일으키고, 구원을 준다.

이름부터 시작하지. 성과 이름을 말해 봐.

거기 적혀 있잖아요.

친구들은 뭐라고 부르지?

모릅니다.

수쿠스라는 이름은 특별한 의미가 있는 건가?

아무 의미도 없어요.

어제 저녁 여섯시쯤 어디에 있었지?

수쿠스와 경감의 말이 잠긴 문 사이로 들렸다.

아무 데도 안 갔어요.

내가 알려 줄까?

상관없어요.

나이시라는 밀매꾼과 쥐 언덕에 있었지. 권총을 들고 말이야.

나이시가 죽었다고 경사님이 말해 줬어요.

경찰은 정당방위로 발포한 거야.

그래서 나이시가 죽었죠.

나이시는 체포에 저항했고 혼자도 아니었어, 총을 든 사람이 두 명 더 있었다고. 그러니까 모두 세 명이었던 셈이지. 모두 총을 쐈어. 나이시, 나이시의 여동생, 그리고 너 말이야.

저는 거기 없었습니다.

경관 한 명이 사망했어.

나이시가 죽다니.

거기 없었다면, 너는 어디 있었던 거지?

말들은 이미 수쿠스와 경감을 취조실의 잠긴 문 밖으로 데려 가고 있었다.

지난번 생에 있었던 일 같아요.

몇 살이지?

찾아보세요.

나는 예순다섯이야. 부모님은 살아 계시나?

아버지는 돌아가셨어요.

트로이 분인가?

산악 지대 출신이세요.

나랑 같네.

우리 아버지는 짭새가 아니었다고요!

무슨 일을 하셨는데?

장사하셨어요.

우리 아버지는 소 장수셨지, 경감이 말했다. 아버지는 무슨 장사를 하셨나?

굴 까셨어요.

다른 일은?

평생 굴만 까셨어요.

너는 직업은 있나?

뭘 기대하세요?

그러니까 무직이군.

공사장에서 일했어요.

시내에서?

여기서 길만 건너면 돼요.

크레인 있는 곳 말이군.

크레인 있었던 곳이죠!

아직 있어.

그래요?

창 쪽으로 가서 봐봐, 보이니까.

침묵이 흘렀다. 두 남자가 몽드 은행의 건설 현장 쪽으로 난 창 앞에 서 있는 게 분명했다.

봐봐! 경감이 말했다. 저기 키 큰 크레인 꼭대기에 뭔가 펄럭이는 게 있지? 깃발이야.

깃발! 수쿠스가 갈라지는 목소리로 말했다.

뭐가 그려져 있는지는 분간은 못하겠네, 경감이 말했다. 눈이 침침해져서 말이야.

우리 구층에 있는 거 맞죠? 그렇죠?

깃발 문양 보이나?

하늘색 바탕에 흰색 줄무늬랑 십자가요. 깃발은 대부분은 잘 안 바뀌니까.

그럼 그리스네, 그리스 국기야.

크레인 기사가 그리스 사람이었어요.

아는 사람인가?

지난번 생에서요. 이름은 야니스였어요. 사모스 섬 출신. 크레인으로 와인 코르크를 뽑을 수 있는 사람이에요.

어제는 깃발이 없었는데, 헥토르가 말했다.

야니스는 아내가 아이를 낳을 때마다 깃발을 걸어요, 수쿠스가 설명했다. 딸이 둘인데, 그중 한 명은 이름이 크리산테예요. 아들을 바라고 있는데, 이름은 알렉산더라고 지을 거고요. 더 알고 싶으신 거

있어요?

어젯밤에 네가 어디 있었는지 알았으면 하는데, 총이 어디서 났는지도 말이야. 나이시가 누구 밑에서 일하는지도 알고 싶어. 말해 주면, 너를 도울 수 있도록 최선을 다하지. 말을 안 하면, 경고하는데, 너한테 아주 안 좋을 거야. 경관을 살해한 범인은 절대 두 번 다시 그런 일 못하게 만들어 버리거든.

그 말을 하며 헥토르는 손짓을 해 보였을 것이다. 어쩌면 손으로 목을 긋는 동작이었을지도 모른다.

상관없어요.

공사장에선 얼마나 일했지?

할 만큼 했어요.

쫓겨난 건가?

현장 감독을 때렸거든요.

그런 사람을 때리면 안 되지!

나이시도 그렇게 말했어요, 똑같이.

너 나이시를 존경하고 있구나, 그런 것 같은데?

존경이요? 나이시는 그냥 살아남으려고 했던 것뿐이에요, 다른 사람들이 살아남도록 도와주고. 그런데 이제 죽었어요.

내 평생에 존경하는 사람은 거의 없었거든, 경감이 말했다.

당신들이 나이시를 쏴 죽였어요.

말했잖아, 정당방위였다고.

상관없어요.

내가 이야기 하나 해 줄게, 이 젊은 친구야. 내가 아주 어렸을 때 말이야, 뭐 한 열두 살쯤 됐으려나, 아직 마을을 떠나기 전이었는데, 그때 나는 이미 인생이 어떤 건지 짐작하고 있었거든. 전부 다 말이야! 다만 실감하지 못했을 뿐이지. 뭔가 더 있을 줄 알았단 말이야. 물론 그때까지 해 보지 못한 일들도 있었고, 보지 못한 것들도 있었지만, 그런 건 다 세부적인 거야. 본질적인 건 알고 있었는데, 알고 있다는 걸 실감하지 못했을 뿐인 거라. 다 큰 남자나 여자들, 특히 여자들은 내가 모르는 비밀을 지니고 있을 거라고 생각했지. 그 비밀들 덕분에 어른들은 특별한 힘을 가지게 되는 거라고, 문제가 생겼을 때나 행복을 찾으려고 할 때 그 특별한 힘을 쓸 수 있는 거라고 말이야. 나는 그 비밀 생각뿐이었고, 그것들을 알고 싶었지. 그러다 트로이로 나온 거야. 그리고 오랜 세월이 지나고 보니(우선은 인정하고 싶지 않지만), 오랜 세월이 지나고 보니 비밀 같은 건 없다는 사실에 직면하고 만 거라. 인생은 어릴 때 알던 그대로야. 내가 너보다 아는 게 더 많지는 않겠지만, 너를 도울 수는 있어. 너도 나를 도울 수 있고.

다시 침묵이 흘렀다. 두 남자가 창밖의 크레인을 보고 있었을지도 모른다. 아니면 흰색 타일이 깔린, 거의 텅 빈 실내를 둘러보고 있을지도 모른다. 낙농장처럼 생겼지만 정작 우유는 없고, 총을 걸어두는 벽걸이에 수갑이 매달려 있는 방이었다. 아니면 두 남자가 서로를 바라보고 있었을지도 모른다. 헥토르는 짙은 청색 바지에 제복을 입고, 어깨에는 황동으로 된 왕관 모양의 견장을 차고, 손이 부었다. 수쿠스는 초췌한 모습에, 상실감으로 눈빛이 거칠어졌고, 청바지는 찢어졌고, 셔츠는 지저분했다. 두 사람이 어디를 보고 있었는가 하는 것은, 그들이 하는 말과는 아무 관련이 없었다. 그들의 말은 이미 먼 곳에서, 어느 방향으로 가야 할지를 놓고 다투고 있었고, 서로 자신의 방향을 주장하고 있었다. 두 남자는 기다리고 있었지만, 둘 다 뭘 기다리고 있는지는 몰랐다.

몇 주 전으로 돌아가 보자고, 시월 십이일 밤에 말이야, 너는 부다페스트 역에 있었지.

돌아가는 일 같은 건 전혀, 전혀, 전혀 없는 거야, 경찰 아저씨. 열두 살의 당신이 몰랐던 비밀은, 어떤 일들은 망가지고 나면 다시는 수습할 수 없는 거야. 절대.

부다페스트 역의 십칠번 승강장에 있었지.

신이라고 해도 과거를 바꿀 수는 없는 거야.

혼자가 아니었어, 젊은 여자와 함께 있었지. 누구였는지 내가 말해 줄까?

네, 이름을 알려 주세요.

쥬자라고 하는 여자야.

쥬자!

시월 십이일 밤에, 이 쥬자라고 알려진 젊은 여자와 네가 유럽횡단 야간열차의 침대차에서 여권을 여러 개 훔쳤지.

혼자였습니다. 아무도 없었어요.

승무원실에는 어떻게 들어간 거지?

문이 열려 있었어요.

승무원은 어디 있었는데?

여자 승객이랑 이야기하고 있었어요.

쥬자라는 여자 승객?

승객들 이름은 몰라요, 훔친 여권 주인들 이름 말고는.

아버지는 산악 지대 어디 출신이신가?

아라비스요.

열차에서 여권 몇 개나 훔쳤지?

열네 개요.

그걸 나이시에게 넘겼고?

이제 나이시한테 확인할 수도 없잖아요!

아버지가 살았던 마을 이름이 뭐지?

유럽횡단 야간열차가 아라비스도 지나가는 거 아셨어요, 경찰 아저씨?

돌아가고 싶어 하셨나? 네 아버지는 돌아가고 싶어 하셨던 건가?

네.

마을 이름이 뭐냐니까?

'다리가 부러진 운 좋은 말'이라는 뜻이라고 했어요.

거짓말!

돌아가셨다고요(dead), 돌아가셨어요, 경찰 아저씨, 고대 독일어 톳(tot)에서 유래한 단어예요. 톳! 톳!

아무 대답이 없었다. 두 남자 모두 침묵을 깨려 하지 않는 것 같았다. 잠시 그들이 방을 나가 버린 것은 아닌지 궁금했다. 파스콰 경사처럼 건물 안의 엘리베이터를 타고 간 것은 아닌지. 그러다 경감이 속삭이는 소리가 들렸다. 나 좀 도와주지 않겠나? 의자 끄는 소리가 들리고, 뒤섞인 발소리가 들렸다.

창문 좀 열어 줘.

안 열리는데요.

잠금장치부터 풀어야 해. 저기 선반에 열쇠 있을 거야. 찾을 수 있겠나?…. 좀 낫네…. 신선한 공기를 쐬는 건 좋은 거야. 네 아버지와 나는 말이야, 수쿠스, 같은 마을 출신이야.

이런 잠금장치가 달린 창은 처음 봐요.

뛰어내리려는 수감자들이 있으니까.

뛰어내린다고요, 경찰 아저씨? 자살하려는 게 아니고?

아버지 이름이 뭐지?

클레망이요.

클레망 뭐?

클레망 젝스.

젝스!

이제 아무 상관없어요.

네 아버지랑 내가 같은 반이었네. 같은 썰매를 타고 놀았다고. 이런, 세상에, 클레망이 죽었다니. 어떻게 죽었지?

텔레비전 때문에요.

무슨 말인지….

말했잖아요, 돌아가신 게 잘된 거예요.

아버지와 아들 사이가 늘 쉽지는 않지.

저 아버지 사랑했어요(love), 초기 라틴어 루베레(lubere)에서 유래한 단어죠. '무언가를 주다' '즐거움을 주다'라는 뜻이에요.

그 친구 어머니도 알아, 그러니까 네 할머니 말이야. 안젤린 아주머니는 마을에서 유일하게 복숭아나무를 키웠는데, 아주, 아주아주 자랑스러워하셨지. 그 나무는 네 아버지가 어릴 때 살던 집의 남쪽 담장에 붙어서 자랐는데, 부엌 창문과 창고 사이에 있었지. 안젤린 아주머니가 젊을 때 심으신 건데, 네 할아버지는 반대를 하셨어. 그 자리에 복숭아나무를 심는 건 미친 짓이라고. 마을에서 복숭아나무를 심은 사람은 아무도 없었으니까, 담장에 습기가 차고, 여름에는 말벌이 꼬이니까. 그런데도 네 할머니는 뜻을 굽히지 않으셨지. 그래서, 시간이 꽤 흐르고 나서는, 아주 과즙이 많은 새하얀 복숭아가 열렸던 거야, 당구공만 한 복숭아가. 지금도 혀끝에 그 맛이 느껴지는 것 같구나. 말벌이 너무 많이 몰려들면 안젤린 아주머니는 창문을 닫아 두셨지. 클레망에게 자식은 너 하난가?

네.

우리는 다들 돌아가고 싶어 했지…. 잠시나마 살펴보려고 말이야. 아니, 사실은 뭔가를 찾고 싶었던 거겠지. 잃어버린 것들을. 그걸 찾을 수 있다면 행복하게 죽음을 맞이할 수 있을 것 같으니까. 내 경험에 따르면 행복하게 죽음을 맞이하는 사람은 없어. 어쩌면 갑자기 죽음을 맞이한 사람들은 모르지, 승강장에서 사망한 질베르 도르메송 같은 사람은 말이야. 어쩌면 도르메송은 행복하게 죽음을 맞이했을지도 모르겠네.

안 좋아 보이시는데요, 경찰 아저씨.

좀 누워야겠다.

잠시 후 무슨 소리가 들려서 놀란 나는 잠시 의아했다. 그것은 봄에 우는 뻐꾸기 소리처럼 반복되었다. 하지만 덜 맑은 소리였다. 끽끽거리는 마른 소리. 갑자기 무슨 바퀴가 구르고 있다는 생각이 들었고, 그렇게 상황을 짐작할 수 있었다. 고무바퀴 달린 수레 같은 것이 바닥에 끌리고 있었다.

내 다리 좀 들어 줄래? 헥토르의 목소리가 들렸다.

두 사람은 서로 다른 이유로 한숨을 쉬었다. 수쿠스는 힘을 쓰느라 한숨을 쉬었고, 헥토르는 안도의 한숨을 쉬었다. 다시 침묵이 흘렀고, 올라갔다 내려갔다 하는 발소리만 들렸다. 일곱 걸음 가서, 돌고, 일곱 걸음⋯. 걸음은 여러 번 반복됐고, 발소리는 부드럽게 바닥을 쓸고 다녔다. 마치 스타킹 신은 사람의 발처럼, 혹은 우리에 갇힌 곰처럼.

나는 이대로 못 돌아올 거야, 경감이 낮은 목소리로 선언하듯 말했다.

발걸음이 멈췄다.

제가 사람을 죽였어요.

뭐라고!

어젯밤에요.

어디 있었는데?

쥐 언덕은 아니에요.

누구를 죽인 거야?

쥬자.

나이시의 여동생을 죽였다고?

제 아내예요.

네 아내?

나이시의 여동생이 제 아내라고요.

그러니까 둘이 결혼한 거구나, 클레망의 아들이 결혼을 했어.

내가 쥬자를 어떻게 죽였는지 알고 싶으세요?

말이 없으면 뉘우침도 없다. 말이 있어, 마치 지금 내가 하고 있는 이야기처럼, 모든 일들은 다시 한번 일어나지만, 그렇다고 해도 이미 일어난 일들은 절대 달라지지는 않는다.

나도 결혼했지, 경감이 속삭였다. 아내 이름은 수산나야.

하지만 사모님을 죽인 건 아니잖아요. 오늘밤에 집에 가면 사모님이 기다리고 계실 거잖아요, 경찰 아저씨.

그렇지, 기다리고 있겠지.

사랑했어요.

네가 죽였다면서, 그렇게 말했잖아.

제가 죽였다는 거 아시잖아요.

나는 아무것도 몰라…. 안경을 벗는 게 낫겠구나, 헥토르가 말했다.

어젯밤에 쥬자를 죽였어요.

이제 좀 잘 보이는구나. 난 이대로 집으로 돌려보내지는 건 싫은데.

어젯밤에 쥬자를 죽였다고 말씀드리는 거예요.

여기 좀 눕고 싶구나.

사람들이 쥬자에게 무슨 옷을 입힐까요?

여기 권총집 좀 풀어 줄래? 너무 빡빡하구나.

시체 보관실에서는 무슨 옷을 입혀요?

외투를 풀면 보일 거야. 거기 버클을 좀 느슨하게 해 줘.

무슨 옷 입혀요?

가운.

진짜 아름다웠는데.

거기 싱크대에 병이 있을 텐데, 조금만 따라 줘라.

천천히 바닥을 쓰는 듯한 발걸음으로 수쿠스가 싱크대에 다가갔다.

어디 잔도 있을 거야. 너도 좀 마셔라, 경감이 말했다.

잔이 부딪히고 음료를 들이켜는 소리가 들리고, 수쿠스가 우리 안을 가로지르는 소리가 들렸다.

죽은 사람은 아름답게 남는 거야, 경감이 음료를 한 모금 들이켜고 말했다. 죽은 사람들은 더러워지지 않지. 그 사람들은 아름답게 남는 거야… 내 나비들처럼.

늘 놀라운 일을 기다리잖아요, 수쿠스가 말했다, 어릴 때는요. 그런데 놀라운 일은 죽은 후에야 찾아오는 것 같아요.

뭐 땜에 싸운 거냐?

안 싸웠어요.

결혼을 했는데 안 싸웠다니!

말은 한마디도 안 하고 죽였어요.

창문 조금만 더 열어 줘라. 그렇지, 클레망의 아들이라니. 놀라운 일은 당장이라도 생기는구나, 좀 열어 줘.

눈이 내린 날이면, 매일 아침 울새가 우리 집 창문에 날아온다. 나는 창문을 열고, 딱딱해진 빵을 으깨서 가루를 던져 준다. 녀석은 집 안으로 들어와 내 발 주변에서 뽐내듯 걸어 다닌다. 작은 몸통은 잔뜩 부풀어서 귤처럼 동그랗고, 다리는 성냥보다 가늘다. 내 새끼, 내가 말한다, 네가 세상에서 제일 믿을 만하구나.

닫힌 문 너머는 쥐 죽은 듯 조용했다. 잠시 후 두 사람 중 누군가가 말했다.

용서가 있다고 믿을 수 있을까?

둘 중 누가 말한 건지는 확신할 수 없었다. 하지만 그다음 말을 한 사람은 경감이었다.

내 기억으로는 마을에 신부님이 한 분 계셨지, 경감이 말했다. 이름이 이폴리트 카스토르였지. 네 아버지도 아마 그 신부님 이야기를 했을 거야. 신부님 여동생의 남편에게 여동생이 있었는데, 그게 클레망 젝스의 숙모님이니까. 매일 아침 카스토르 신부님은 신문을 가지러 사제관에서 식료품점까지 내려오셨지. 지금도 그 모습이 보이는 것 같네. 지나치는 사람들에게 일일이 좋은 날이라고 아침 인사를 하시면서 말이야. 카스토르 신부님은 아주 존경받는 분이었고, 누가 술버릇 때문에 흉이라도 보려고 하면 항상 다른 사람들이 이렇게 말하며 지켜 주곤 했지. 신부님 사시는 걸 한번 봐! 얼마나 고독하시겠냐고! 가끔씩 술이라도 드셔야지. 그거면 이유로 충분하지 않아?

헥토르는 거기서 잠시 말을 멈췄다. 마치 술을 마시는 다른 이유를 말하고 싶지만, 차마 입 밖에는 꺼내지 않는 것 같았다.

신부님은 상점에서 나오자마자 신문을 읽기 시작했지. 마치 맹인처럼 돌아가는 언덕길은 발이 알고 있는 것 같았고, 한순간도 고개를 들지 않았다. 가끔은 신문에서 흥미로운 기사를 발견하셨는지, 사냥개처럼 한쪽 발을 허공에 둔 채 그대로 멈추어 설 때도 있었어. 그럴 때면 지나가는 사람들도 눈치를 채고, 아는 척을 하지 않았지. 신부님 눈에는 아무것도 안 보였으니까. 사제관에 돌아올 무렵에는 발걸음이 아주 느려져 있었고, 신부님은 지난 이십사 시간 동안 세상에서 있었던 일을 모두 알게 됐지. 그분이, 이폴리트 카스토르 신부님이, 용서는 하느님이 하시는 거라고 말씀하셨다. 용서는 신성한 거라고. 그뿐만이 아니야. 그분은 용서가 없다면 하느님도 없는 거라고까지 하셨어. 하느님이 곧 용서라고 그분이 말씀하셨지.

그러니까 우리는 홀로 있고, 용서도 못 받은 거네요, 수쿠스가 조용히 말했다.

나는 그냥 경찰이고, 신부님 말씀을 전하는 것뿐이다.

어떻게 용서가 가능해요?

춥구나. 담요 좀 줘라.

제가 하얀 배를 탔다면 어땠을까요, 경찰 아저씨? 그게 우리가 처음 했던 약속이거든요.

창문은 그대로 좀 두고. 첫번째 약속?

쥬자와 한 첫번째 약속이요. 배를 타는 거.

총이 마음에 드나 보구나. 베레타921. 한번 꺼내 봐.

됐어요.

가벼운 권총으로는 세계에서 최고지. 경찰 보급품은 아니고, 내가 개인적으로 구한 거야. 반자동. 팔 연발…. 많이 아프네.

어디가요?

전부 다. 잠깐 이리 줘 봐라. 여기가 맨 처음 격발하기 전에 다시 한번 생각하게 하는 부분이지. 방아쇠에 손을 걸고 살짝 힘을 주는 건 안전장치랑 비슷한 거야. 아직 격발된 건 아니니까. 한 번 더 당기면 그때 나가는 거지. 하얀 배를 타고 싶은 거라면, 가지고 가라.

문 뒤에서 누군가 헛기침을 했다.

여기 짭새들 되게 많아요, 경찰 아저씨. 도와달라고 할게요.

제발, 그러지 마라! 그냥 여기 같이 있어. 그 친구 본명이 쥬자인가?

본명은 라일락이에요.

하는 일이 뭐지?

죽었어요. 스트립쇼 가게에서 일했어요.

말했잖아, 죽은 사람들은 아름답게 남는 거라고.

둔탁한 소리가 나고 거친 숨소리가 들려서, 나는 수쿠스가 경감을 때린 건가 하고 잠시 생각했다. 잠시 후 흐느끼는 소리가 들렸다. 두 남자 모두 흐느끼고 있는 것 같았다.

같이 돌아가자. 마을을 찾아가서, '공화국의 리라' 입구 계단을 함께 오르는 거야. 샴페인을 시키고 테라스에 앉는 거지. 나는 너무 나이가 들었어, 헥토르는 나이가 들었지. 하지만 너는 아니야, 너는 클레망 젝스의 아들이니까. 우리 둘을 위해서 외치는 거야! 우리 돌아왔다! 헥토르 쥐라도스와 클레망 젝스의 아들이 돌아왔다!…. 완전히 돌아왔다고, 영원히 돌아왔다고 말이야. 도와주세요! 도와주세요!

그런데 라일락이요, 경찰 아저씨, 제 말 들리세요? 들리실 수 있게 제가 소리치고 있는데요. 경찰 아저씨, 라일락은 저를 깃발이라고 불렀어요!

총소리가 울리고, 나는 문을 열었다. 잠겨 있지 않은 문이 늘 그렇듯, 아무 잘못도 없다는 듯 스르륵 열렸다. 방 안의 침묵과 정지된 광

라일락과 깃발

경 역시 아무 잘못이 없었다. 막 나오기 시작한 퇴근길 차들의 소음이 열린 창문으로 들려왔다. 두 대의 크레인도 동작을 멈췄다. 야니스의 조종실 위에 작은 깃발이 펄럭였다. 헥토르는 담요를 덮은 채 환자용 이송 침대에 누워 있었다. 분명 취조 중에 정신을 잃은 수감자를 위한 침대였을 것이다. 고개를 젖히고 입을 벌린 채 눈을 크게 뜨고 있는 그는, 죽었다. 입술이 조프루아 뽈나비의 앞날개 색이었는데, 뽈나비 중에서 제일 귀하고 아름다운 종이었다. 그 창백한 파란빛이 도는 자주색은, 심근 경색이 왔을 때의 전형적인 입술 색이었다. 왼쪽 겨드랑이 아래에 찰 수 있는 권총집이 텅 빈 채 싱크대 옆 선반에 걸려 있었다. 선반의 서랍에는 휴지 뭉치가 들어 있었다. 수쿠스가, 가슴에서 피를 흘리며, 흰색 타일이 깔린 바닥에 얼굴을 엎드린 채 쓰러져 있었다. 권총집에서 나온 베레타921이 그의 몸 아래 깔려 있었다. 수쿠스의 안쓰러운 손가락은 여전히 방아쇠에 걸려 있었다.

여정

부두에 정박한 그 배 때문에 눈에 보이는 다른 건물들은 모두 작아
진 것 같았다. 마을에서는 남자와 여자와 아이들이 궁전을 꿈꾼다.
가난한 자들은 집을 꿈꾸지만, 더 완벽한 것은 궁전이다. 하얀 배는
떠다니는 궁전이다. 모든 선실이 일등석이고, 방 하나하나가 모두
달라서 가구나 내부 구조, 기념품들이 제각각이다. 승객들은 노숙자
나 망명자 들인데, 평생 시설에서만 지내 온 이 승객들도 나의 배에
선 자신들이 꿈꾸던 방을 얻게 된다.

 그 배는 작은 특징 때문에 트로이의 부두에 정박한 다른 여객선들
과는 구별되었다. 객실이 칠층이나 되는데 어디에도 구명보트나 구
명조끼가 보이지 않았던 것이다. 그 이상한 특징을 발견한 구경꾼들
은 그게 무슨 의미인지를 놓고 자기들끼리 언쟁을 벌였다. 어떤 이
들은 비상 상황이 되면 갑판 밑에서 구명보트가 자동으로 튀어나온
다고 주장했다. 다른 사람들은 어깨를 으쓱해 보이며, 저 정도로 화
려한 배라면 구명보트가 아예 필요 없다고 간단히 말했다.

 나이시의 선실은 황제에게나 어울릴 것 같은 온실이었는데, 꽃을
피운 식물들로 가득했고, 그 녹색 사이에 피아노와 신시사이저가 놓
여 있었다. 바닥에는 알레포산(産) 카펫이 깔려 있었는데, 직조된 꽃
무늬가 지폐의 소용돌이무늬만큼이나 기하학적이고 아름다웠다.
카펫에 쓰인 색색의 실은 값을 매길 수 없을 것 같았다. 벌꿀의 베이
지색이나, 저녁 빛에 비치는 연기 같은 파란색도 보였다. 반바지 수
영복 차림의 나이시는 고리버들로 만든 의자에 태양의 신처럼 앉아,
신시사이저로 「불알이 밖으로 나왔네」를 시험 삼아 연주해 보고 있
었다. 가슴의 상처는 다 나았다. 흉터는 문신이 되었는데, 마치 어떤
정원들이 몇 세기가 지나면서 카펫의 장식이 되어 버린 것과 비슷했
다. 직접적인 사인(死因)이 되었던 가장 큰 상처는, 손바닥을 펼친 모

라일락과 깃발

양의 문신이 되었다.

다른 층 다른 선실에서는 파란 집 습격이 있기 전날 밤 나이시의 총에 맞아 사망한 프레이 경관이 생선 꼬치를 준비하고 있었다. 그는 에스키모처럼 헐렁한 방한 외투 차림에 모자까지 올려 쓰고 있었다. 통나무로 된 그의 선실 벽에는 곰 가죽이 걸려 있었다. 전기 오븐의 그릴에는 이미 불이 들어와서, 그가 다듬고 있는 생선을 구울 준비가 되어 있었다. 침대 옆에는 허스키 한 마리가 엎드려 있고, 라디오에서는 극지방의 날씨가 영하 사십 도라는 일기예보가 흘러나오고 있었다. 그도 역시 행복했다.

수쿠스와 경감은 마지막으로 배에 오른 무리였는데, 나는 트랩을 함께 오르는 두 사람을 맞아 주었다.

어서 오세요, 내가 헥토르에게 말했다. 좋아 보이시네요! C층에 가시면 카페 드 라페가 있습니다. 거기 가면 아가씨들이 술을 대접하는데요, 경감님 드릴 것도 한 잔 준비해 뒀습니다.

수쿠스에게는 이렇게 말했다. 자기 방 옆방인 삼백십육호에 가면 누가 자기를 기다리고 있을 거예요, 작은 딱새.

들어와! 수쿠스가 문을 두드리자 나이시가 말했다.

너구나! 벌써 가 버린 줄 알았는데! 수쿠스가 말했다.

편안하게 지내.

선실 끝내주는데!

흰 장미에 걸려서 넘어질 정도야, 나이시가 말했다.

눈의 여왕이네.

수쿠스는 창 쪽으로 다가갔다. 파트라이 호텔도 보여, 그가 말했다.

나는 안 보이는데, 나이시가 말했다. 없어.

저기 저장탱크 너머에.

없다니까.

그쪽이 아니라, 엑손 탱크 말이야.

상처 보여 줘, 나이시가 말했다.

수쿠스가 셔츠를 벗었다. 가슴에 상처가 있었고, 아직 Z자 모양의 꿰맨 자국도 그대로였다.

네가 이 배에 있을 줄은 상상도 못했는데, 수쿠스가 다시 한번 말했다.

이 배는 삼 일마다 한 번씩 출발해.

매일 밤인 줄 알았는데.

딱 한 번, 옛날에 그랬대. 용서가 시작되었을 때 예루살렘에서 일정이 바뀌었어.

너도 꼭 짭새처럼 용서에 대해서 말하네, 나이시.

이 배에 탄 사람들은 모두 행복해. 승객이 이렇게 많은데, 비극은 단 하나도 없고, 슬픔도 없어!

승객이 수백 명이라고?

수천 명.

파스콰 경사가 어떻게 됐는지도 들었어, 수쿠스가 말했다.

그 사람은 절대 이 배에 못 타! 나이시가 말했다.

그 사람은 안 죽을 거라고 생각하는 거야?

파스콰는 바다에 던져서 게들 먹이나 되라고 해. 그 사람은 아무 데도 못 가.

짭새가 말한 용서는?

잊어버렸구나, 매제. 용서할 수 없는 일이라는 것도 있는 거야.

내가 무슨 짓을 했는지 알아? 수쿠스가 물었다.

베레타921을 썼지. 새까만 악동 같은 놈이잖아, 안 그래? 베레타는 정말 좋아. 돼지꼬리처럼 작고 검은 꼬리도 있고!

누가 알려 줬지?

왜가리들이. 러시아어로는 '차플리아'라고 하는데, 먼 곳에서 소식을 전해 주는 새야.

그럼 녀석들은 다 알고 있는 거네, 왜가리들은.

다는 아니야. 다 알고 있는 건 악마밖에 없어. 그래서 모르는 게 약인 거지. 모르는 채로 살아, 매제.

왜가리는 어디서 본 거야?

음악 소리가 들리면 녀석들이 와.

결국은 다시 올 거야, 슬픔이, 수쿠스가 말했다.

너는 어디로 가? 나이시가 잠시 후에 물었다.

마을에, 우리 아버지 고향 마을.

아버지들이 돌아오는 건 재미있지 않아? 계속 생각해 봤는데, 옛날에는 무슨 일이 있어도 다 구해 줬잖아, 아버지들이 말이야. 그래서 우리는 계속 그렇게 믿어 버리는 거지. 내가 알레포로 가는 것도 그 이유 때문인 것 같아.

내가 무슨 짓을 했는지 알아, 나이시?

작고 새까만 악동으로? 알지.

결국은 다시 올 거야, 슬픔이.

한잔 하자, 나이시가 말했다. 위층에 술집이 있는데, 춤을 출 수 있는 야외 정원도 있어.

둘은 천천히 넓은 계단을 올라갔다. 양쪽 벽에는 호수와 많은 새들을 묘사한 모자이크 장식이 있었고, 맨 앞에 왜가리들이 있었다.

차플리아, 나이시가 턱으로 그 새들을 가리키며 말했다.

내가 무슨 짓을 했는지 알아, 나이시?

안다고 했잖아.

나이시….

말해.

배에서 쥬자 봤어?

쥬자!

쥬자도 여기 있어야 하거든.

여정

제정신이 아니구나, 매제.

내가 죽였어.

그런 일은 절대 불가능해. 절대.

수쿠스가 쥬자를 죽였어. 수쿠스가 낮은 목소리로 말했다.

말해졌지만 아무것도 전하지 못하는 말들이 있다. 그 단조로운 어조가 모든 것을 말해 준다. 수쿠스의 말을 들은 나이시가 양팔을 벌렸고, 수쿠스는 그 속으로 뛰어들 듯 안겼다. 몇 주 동안 둘은 그대로 있었다, 계단 맨 위에서 그렇게 껴안은 채.

카페 드 라페의 구석 자리에 앉은 헥토르는 노래를 불렀다. 노래를 부르면서 그는, 마치 몇 미터 앞에 놓인 바위를 쳐다보는 것처럼, 부드러우면서도 흔들림 없는 시선으로 정면을 응시했다. 그 바위에서 어린 시절의 그 노래를 똑같이 부르고 있는 다른 목소리들을 들었다.

여종업원이 더블 모미를 갖다 주었다. 얼음같이 차가운 잔을 테이블에 놓고 물을 따르는 그녀는 헥토르가 어느 정도의 진하기를 원하는지 정확히 알고 있었고, 음료는 진주 같은 희뿌연 빛깔로 변했다. 그런 다음 종업원은 자리에 앉아 그와 함께 노래를 불렀다. 며칠이 지나도록 그는 그녀의 존재를 알아차리지 못했고, 마침내 알게 되었을 때 환한 미소를 띠며 노래를 멈췄다.

가사를 다 알고 계시네? 그가 물었다.

선생님을 위해서 배웠어요.

내가 음료 한잔 사 드려야지.

저는 괜찮아요.

내 아내는 늘 술이 필요했거든, 경감이 말했다. 아침 열한시에 그날의 첫 잔을 마실 때면, 어린아이처럼 가는 팔을 머리 위로 들고는 버클이 달린 신발을 신은 작은 발로 종종걸음으로 달려가곤 했지. 정원의 비둘기장 옆으로 지나가는 어른 걸음을 따라잡으려고 말이야. 눈이 구슬 같은 그 새들을 무서워했거든. 첫 모금을 넘기고 무거웠던 머리가 가벼워지면 아버지의 커다란 손이, 아킬레스의 방패보다 더 든든한 그 손이, 그녀의 손을 잡아 주었던 거라, 아침 열한시에 말이지. 그렇게 두 사람은 함께 걸었어, 죽은 아버지와 겁먹은 딸이 함께, 자갈이 깔린 길을 지나… 그날 하루에 닥칠 일들을 마주하러 갔던 거지…. 이제 그 모든 걸 알겠네.

선생님이 행복하셨으면 좋겠어요, 맞은편에 앉은 여인이 말했다.

그럼 같이 노래나 부릅시다.

두 사람은 노래를 불렀다. 바다 너머에, 당신의 아버지가 있지.

믿을 수가 없네, 어떻게 이 노래들을 다 알지? 경감이 말했다.

저희 모두 사무장님 밑에서 일하거든요, 배에 탄 승무원들은 모두 자원봉사자예요. 여종업원이 설명했다.

그래서 내가 아는 노래들을 모두 익히셨다고?

살아 있는 동안에는 즐거움을 충분히 누리지 못했으니까요. 그래서 그걸 보상하려고, 세계 일주를 하는 이 배에 승무원으로 자원한 거예요. 세계 일주는 일 분 만에 끝나요.

「내 사랑, 당신의 눈썹은 연필처럼 얇지」도 부릅시다, 헥토르가 말했다.

배는 한참 전에 닻을 올렸다. 갑판은 어두웠다. 혹은 다시 어두워졌다. 검은 물에 일렁이는 파도는 느리고 넓었다, 대양의 파도 같았다.

유조선 한 대가 항구를 향해 지나쳐 갔지만, 브리지에 있는 사관들은 아무것도 보지 못했고 레이더에는 아무것도 나타나지 않았다. 바다의 다른 배에서 보면 하얀 배는 밤과 구분되지 않았기 때문이다.

쥬자를 찾아야 해, 마침내 나이시가 계단 끝에서 말했다. 쥬자도 분명 탔을 거야.

내가 A층을 찾아볼 테니까, 너는 B층을 맡아. 찾으면 바로… 서로한테 알리고.

아래층에서는 모든 것이 구름 한 점 없는 날 산비탈에 쌓인 눈처럼 빛이 났다. 그날 밤 나의 배는 구석까지 모두 눈부시게 반짝였다.

두 남자에겐 한 가지 목표, 즉 쥬자를 찾겠다는 목표밖에 없었다. 하지만 두 사람 모두 서두르지 않았다. 시간이 빼앗아 갈 것은 하나도 없었다.

수쿠스는 A층의 고물 끝에 있는 연회장에서 들려오는 희미한 음악 소리를 듣고는, 거기부터 살펴보기로 했다. 쥬자가 춤을 추고 있을지도 몰랐다. 상점들이 늘어선 복도를 지나(도시의 거리와 비슷했지만, 여기는 거지들이 없다는 점이 달랐다) 음악이 흘러나오는 곳으로 향하던 그는, 갑자기 양모 원피스가 걸린 진열장 앞에서 걸음을 멈췄다. 몸에 끼는, 표범처럼 검은 점 무늬가 들어간 원피스였다.

순간, 그는 무릎 뒤쪽과 어깨뼈에 묵직한 느낌이 들었다. 손을 뻗어 평소에 하던 것처럼 그녀의 엉덩이를 만져 보고 싶었지만, 감히 그럴 수 없었다.

그는 그냥 그 자리에서 멈춰 서 있을 뿐이었다, 일 년 동안, 그리고 그 시간의 끝에서 그는 오직 하나의 몸만이 다른 하나의 몸을 용서할 수 있다는 것을, 그리고 그 용서는, 만약 주어진다면, 그 두 몸이 은밀히 만들어낸 부드러움으로 가득한 벌집 같은 공간에서만 가능하다는 것을 깨달았다. 그는 진열장 앞에서 눈을 감고, 용서라는 것이 절대 어떤 판단의 결과일 수는 없음을 보았다. 용서는 원칙이 아니라, 감은 눈에 와서 닿는 입술이었다. 고대 영어 포르기판(forgiefan)에서 접두사 for는 그리스어의 페리(peri)처럼, '안고 닫히다' '감싸다' '껴안다'라는 뜻이다.

그는 쥬자를 맞이하기 위해 몸을 돌렸다. 거기는 아무도 없었지만, '포르기판'이란 단어가 그의 머릿속에서 떠나지 않았고, 여전히 들려오는 음악의 일부가 되어 버렸다. 이제 그가 그쪽으로 다가갔다. 연회장에서 수쿠스는 춤추는 승객들 무리 틈에서 혼자 춤을 췄

　　　　　　　　　　　　　　라일락과 깃발

다. 이제 그녀를 찾을 수 있다는 확신이 들었다. 포르기판.

B층에서 나이시는 카지노를 지났다. 커튼 너머로 사람들이 숨죽이고 있는 정적이 느껴졌고, 그는 저항할 수 없었다. 슬쩍 들어가 보았다. 쥬자는 거기 없었다. 딜러는 등에 날개가 달린 은색 정장을 입고 있었다. 나이시가 다가가자 회전판이 천천히 돌기 시작했고, 구슬은 척추를 따라 몸을 간질이는 손가락처럼 통통 튀었다. 구슬은 십칠에서 멈췄다. 돈을 잃은 손님들이 돌아섰다.

바라는 걸 말씀해 보세요, 선생님, 딜러가 미소를 띠며 나이시에게 말했다. 지려고 게임 하시는 건가요?

아니요.

그럼 이기세요. 이기기를 바라세요.

아니요, 도박을 원합니다.

도박을 원하신다고요, 정말입니까?

네, 다 걸고요.

승객분들은 걸 수 있는 게 거의 없는데요, 선생님.

뭐든 찾아볼게요.

칩을 구하시려면 선생님, 환전소는 저쪽입니다.

환전소에는 열 살짜리 소년이 흰색 장갑을 끼고 앉아 있었다.

잠깐, 나이시가 소년에게 말했다. 나 너 본 적 있어. 쥐 언덕에 살았지? 맞지? 이름이 카두르였고, 십오 년 전에 장티푸스에 걸려서 죽었는데.

소년은 미소를 띤 채 고개를 끄덕였다.

저기, 카두르. 내가 한탕 크게 하려고 하는데 말이야.

그럼 뭘 걸 건지 말해 주세요.

선실에 피아노가 한 대 있는데.

소년은 고개를 저었다, 여전히 미소를 띤 채.

이기면, 나이시가 말했다. 만일 내가 이기면 말이야, 돈 보따리를 챙길 거야, 동그라미가 몇 개가 될지 몰라, 카두르.

이기고 싶다면 칩 다섯 개 줄게요, 만약 지고 싶다면 오십 개 주고요. 그냥 주는 거예요.

아니야, 나이시가 말했다, 내기를 걸어야 한다니까. 이해가 안 돼? 내가 이기면, 내 동생한테 하고 싶은 말이 있어, 너도 쥬자 기억하지? 쥬자도 이 배 어딘가에 있거든. 쥬자를 찾고 나면, 만약 그때가 내가 이긴 후라면, 이렇게 말해 주고 싶단 말이야. 여기 있다고, 다 네 거라고. 가지라고. 원하는 건 뭐든… 뭐든 말이야!

그럼 뭘 걸 거예요, 나이시?

나이시는 망설였다. 주머니는 비어 있었다. 뒤에서 회전판 돌아가는 소리가 들렸다. 그는 어떻게 쥬자에게 갈 수 있을지 생각했다. 아마 지금 연회장에서 춤을 추고 있을 쥬자를 찾아가서, 어깨를 툭 치며 아는 척을 하는 광경을 떠올렸다…. 좋아, 마침내 그가 말했다. 생각이 났다. 이 이야기 안에서 내 자리를 걸면 어때? 그런 것도 받아 주나?

소년은 그를 똑바로 쳐다봤다. 커다랗게 뜬 눈에 존경심이 가득했다.

내가 지면, 나이시가 말했다. 나는 지워지는 거야!

소년은 그에게 칩 백 개를 건넸다.

몇 년이 지났다. 나이시는 이겼다. 헥토르는 밤이면 나비 꿈을 꾸고 낮에는 노래를 불렀다. 나는 대부분 꼭대기층의 고물 쪽에 앉아 배가 지나온 물길을 뒤돌아봤다. 나는 배 뒤쪽으로 하얗게 일어났던 물거품이 다시 잔잔하게 가라앉는 모습이 좋고, 물살이 흩어지고 가라앉으며 바다의 살결 위에 내려앉은 레이스 조각처럼 변해 가는 모습이 좋다.

수쿠스와 나이시는 왜가리 계단 끝에서 만났다.

없어? 나이시가 물었다.

없어.

그럼 C층에 있는 게 분명해.

먼저 가, 나는 배 뒤쪽을 한번 볼게.

방금 쥬자에게 주려고 한 건 했어, 나이시가 말했다. 이제 쥬자는 뭐든 가질 수 있어. 뭐든.

내가 한 이야기가 있어, 수쿠스가 말했다. 여권 훔칠 때 내가 한 이야기가 있거든, 마을에 데리고 가겠다고 했는데 지금 이 배가 그리 가고 있잖아. '다리가 부러진 운 좋은 말'로 가고 있다고.

두 남자는 즐거워할 쥬자를 생각했다.

C층 뒤쪽에 미용실이 있었다. 그는 머리를 말리고 있는 여자들을 주의 깊게 살피며 혹시 쥬자가 아닌지 확인했다. 미용실 옆은 극장이었다. 어둠 속에서 쥬자가 있는지 어떻게 알아볼 수 있을까? 그는 스크린 앞에 서서 외쳤다. 라일락, 사랑해! 그리고 기다렸다. 그녀가 있다면 대답을 할 것이었다. 관객들은 그 어느 때보다 조용했다. 라일락, 사랑해! 침묵. 그는 뒤돌아서서 영화의 첫 장면을 지켜봤다. 쥬자가 보였다. 쥬자가 파란 집 마당에서 그의 머리를 감겨 주고 있었다.

갑판에서는 바람이 삭구를 때리고 흰색 페인트가 눈이 부시게 빛났다. 배는 이제 속도를 줄였고, 물도 이전과는 달랐다. 더 이상 대양이 아니라 내해여서, 너울이 거의 일지 않고 파도도 잔잔했다. 그 차분함은 자신이 용서를 받았다는 수쿠스의 확신과 비슷했다. 난간 위로 몸을 기댄 그는, 아래 바다에 떠 있는 것 같은 양의 머리를 보았다. 양은 살아 있었다. 양이 고개를 돌렸다. 한 마리, 또 한 마리. 배는 한 무리의 양 떼를 고스란히 지나갔다. 양들은 수영하고 있는 것이 아니라고, 그는 생각했다. 양들은 두 발을 땅에 딛고 있었다.

배 중앙에서 두 남자는 만났다.

그럼 쥬자는 자기 선실에 있겠네, 나이시가 말했다.

쥬자가 나를 용서한 것 같아, 수쿠스가 말했다.

말했잖아….

용서할 수 없는 일도 있다고 네가 말했지.

내가 그런 말도 하긴 했지. 선실 살펴보자.

모두 잠겨 있을 거야.

문제없어. 사무장은 선실이라고 부르지만, 그게 뭔지는 너도 알잖아.

그렇지, 수쿠스가 말했다. 우리 무덤이지.

그러니까 적혀 있는 것만 보면 돼. 쥬자도 금방 찾을 수 있을 거야. 금방. 네 선실에는 가 봤어?

쥬자 찾느라고 정신이 없어서.

들어가 보면 놀랄 거야.

어떤데?

소들이 가득 있는 축사야!

이런! 수쿠스가 말했다.

네가 고른 걸 거야.

둘은 서로를 바라보았다, 머리가 모르는 사이에 가슴이 주장해 버리는 일들이 놀라웠다.

배가 아라비스 산에 도착했다. 이른 아침이었고 배 아래의 풀들은 아직 서리가 끼어 희었다. 뻐꾸기가 벌써 울고 있었다. 배의 엔진 소리는 트랙터 소리보다도 작았다. 딱새, 푸른머리되새, 진박새, 제비들이 과수원과 곡식 창고 들 위로 날아다니며 지저귀고, 경고를 하고, 노래했다. 갑판 위 의자에 앉은 내게도 그 소리들이 들렸다. 그날 아침엔 모든 사람들과 모든 생명들이 백 년은 더 살 것 같았다. 해가 뜨고, 풀들은 서리를 벗고 녹색이 되었다.

가장 낮은 층에 있는 선실 창문으로 내다보이는 과실수의 검은 가지에서 이제 막 하얀 꽃망울이 맺혔지만, 잎들은 아직 꽁꽁 말려 있었다. 우현 쪽의 골짜기, 예배당 너머에서 활짝 꽃을 피운 커다란 사과나무는 손수건 크기만 한 구름처럼 보였다. 마을 위의 암벽만이

　　　　　　　　라일락과 깃발

아직 반쯤 안개에 가려 있었다. 해가 높이 오르자 사방의 풀밭들도 색이 달라졌다. 녹색에서 빛나는 노란색으로. 수백만 송이의 민들레가 한꺼번에 꽃잎을 열면서 풀밭들의 색도 달라졌다.

내가 F층 볼 테니까 너는 D층 봐봐, 수쿠스가 말했다. 과실수 높이의 선실 복도를 천천히 걸으며, 그는 문 앞에 새겨진 글씨를 살피고 또 살폈다. 쥬자의 이름은 어디에도 없었다. 갑판 승강구를 허겁지겁 내려온 나이시가 수쿠스의 팔을 잡았다.

없어?

없어.

나이시, 들어 봐, 만약 쥬자가 이 배에 안 탔다면 말이야!

그럼 살아 있는 거지.

그렇지?

그래.

살아 있어!

처음부터 읽을 수 있었어, 내가 도착하던 날 저녁부터 말이야. 나이시가 혼잣말을 하듯 중얼거렸다. 이런 배에 얼마나 많은 행복이 실려 있는지 꿈꿀 수 있는 사람은 없어.

배가 닻을 내렸다. 수쿠스의 선실에 있던 암소들이 한 마리씩 차례대로 트랩을 따라 목초지로 내려왔다. 한 발 한 발 아주 조심스럽게 사뿐사뿐 내려놓는 것이, 꼭 하이힐을 신은 도시 여자들이 자갈길을 걷는 것 같았다. 풀밭에 완전히 내려서고 나서야 녀석들은 뒷발을 힘차게 뻗으며 뛰어올랐고, 뿔로 서로를 들이받고, 원을 그리며 달렸다. 송아지를 여섯 마리나 낳은 델핀은 염소만큼이나 높이 뛰어올랐다.

하얀 배가 멀어지며 항상 눈에 덮여 있는 산이 될 때 나는 배나무 아래에 앉아 있었다. 소 떼는 우리 집 과수원 깊은 곳에 있는 풀밭으로 들어가 맛보고, 냄새 맡고, 핥고, 삼켰다. 풀을 충분히 뜯은 후에는 나무 아래 누워서 되새김질을 했고, 그렇게 잠이 들었다. 수쿠스는 내가 앉아 있는 곳에서 멀지 않은 자리에 몸을 뻗고 누웠다.

저기 아드레예요, 수쿠스가 내게 말했다. 풀밭 보이시죠, 저 노란 색 보이세요? 쥬자 귀걸이 색깔이 꼭 저랬거든요, 귀걸이는 아주 커서 그 사이로 레몬도 지나갈 수 있을 정도였거든요.

그런 다음 수쿠스는 천 년 동안 흐느꼈다, 거기 내 옆, 풀밭에서.

모두 끝나고 눈물이 말랐을 때, 그가 하늘을 올려다보며 말했다. 제가 저 파란색이 되면요, 할머니, 아무것도, 더 이상 아무것도 저랑 쥬자를 떼어 놓지 못할 거예요.

그래, 내가 속삭였다. 너한테 벌들이 코트처럼 앉았을 때 내가 쫓아 줬단다, 그래, 말은 그만 하고… 자렴, 수쿠스, 자. 쥬자는 살아 있는 거야.

라일락과 깃발

여러분들은 자신도 모르는 사이에 트로이에 와 본 적이 있을 수 있다. 공항에서 오는 도로는 세계의 다른 도시들과 비슷하다. 고가도로가 있는데 종종 통제된다. 절대 완성되지 않는 우주선처럼 생긴 공항을 나서면, 자동차가 가득한 주차장과 세계적인 호텔들이 있고, 이삼 킬로미터 정도 철조망이 이어지고, 황무지와, 길 잃은 마지막 가축들, 자동차와 코카콜라를 선전하는 광고판, 창고들, 시멘트 공장, 맨 처음 나타나는 허름한 동네, 대형 상점들이 들어선 창고형 매장, 순환도로로 진입하는 입체교차로, 노동자들의 집단주택, 고대 성벽의 잔해, 나무들이 많은 옛날 동네, 사람들이 빽빽한 상점가, 새로 지은 으리으리한 사무실 건물들, 고대의 사원과 첨탑 들을 지나면, 마침내 부(富)의 중심에 도착한다.

다시 트로이를 찾을 때면, 여러분도 쥬자를 알아볼 것이다. 매일 밤 길거리와 구석진 곳과 기차역을 가득 채우는 수천 개의 얼굴에서 그녀를 찾아내지 못하는 일은 없을 것이다. 심지어 멀리서도 그녀를 알아볼 수 있을 것이다. 어쩌면 그녀는 에딩턴선 전철 안에서 노래를 부르며 구걸을 할 수도 있다. 어쩌면 그녀는 장크트 파울리의 술집 카운터 너머에서 짧은 치마를 입은 채 다리를 꼬고 앉아 기다리고 있을 수도 있다. 어쩌면 그녀는 결혼을 해서 아이를 여럿 두었을 수도, 여러분을 지나칠 때 유모차를 밀고 있을 수도 있다. 나는 알 수 없다, 아직 그녀의 삶이 끝나지 않았기 때문에.

어쩌면 여러분은 그녀가 기도를 위해 찾은 산타바버라 성당의 중앙 통로에서 그녀를 알아볼 수도 있다. 비스와바는 기회가 있을 때마다 그 성당을 찾아 브란치와 수쿠스를 위해 기도할 것이다. 상실이 있었고, 건강이 나쁘고, 눈이 불편하고, 가난하지만 그녀가 계속 성당에 나오는 힘을 얻을 수 있는 것은, 그녀가 신이라는 나무에 자리를 잡았기 때문이다. 바닥에 성 게오르기우스를 묘사한 모자이크가 있는 그 성당에서 두 여인이 만나게 될지, 나는 알 수 없다.

어쩌면 여러분은 마르스 광장에서 그녀를 발견할지도 모른다. 그녀는 교도소에 있는 누군가를 면회하러 가는 중일 것이다. 여러분이 쥐 언덕에 가 볼 용기를 낸다면, 그녀가 거기 있는 다른 판잣집에 살고 있을지도 모른다. 그녀는 이제 할머니처럼 보일 것이다.

가난, 상실, 고통, 열정, 시간 혹은 돈이 그녀의 눈, 손, 입, 팔짱 끼는 모양, 발걸음에 흔적을 남겼을 테지만, 그런 것들도, 내 생각에, 그녀의 영혼을 바꿔 놓지는 못했을 것이다. 이 세상을 즐기기 위해 그녀는 여전히 자신이 그 세상의 중심이라고, 자신은 세상이 내린 상(賞)이며 재산이라 믿고, 다른 사람들도 그렇게 믿도록 만들 것이다. 아마 그녀가 옳을 것이다.

혹시 정말 그녀가 맞는지 의심이 들더라도, 만일 여러분이 그녀에게 충분히 가까이 다가갈 수 있을 만큼 운이 좋다면, 이가 두 개 빠진 자리와 머리의 흉터, 제멋대로 헝클어진, 한때 새카맣던 머리칼에 약간 가려진 그 흉터를 보면… 정말 쥬자라는 것을 알 수 있을 것이다.

떨지 마, 아가. 날아가렴! 모두 괜찮을 거야. 날아가렴, 내 심장.

라일락과 깃발

존 버거(John Berger, 1926-2017)는 미술비평가, 사진이론가, 소설가, 다큐멘터리 작가, 사회비평가로 널리 알려져 있다. 처음 미술평론으로 시작해 점차 관심과 활동 영역을 넓혀 예술과 인문, 사회 전반에 걸쳐 깊고 명쾌한 관점을 제시했다. 중년 이후 프랑스 동부의 알프스 산록에 위치한 시골 농촌 마을로 옮겨 가 살면서 생을 마감할 때까지 농사일과 글쓰기를 함께했다. 저서로『피카소의 성공과 실패』『예술과 혁명』『다른 방식으로 보기』『본다는 것의 의미』『말하기의 다른 방법』『센스 오브 사이트』『그리고 사진처럼 덧없는 우리들의 얼굴, 내 가슴』『모든것을 소중히하라』『백내장』『벤투의 스케치북』『아내의 빈 방』『사진의 이해』『스모크』『우리가 아는 모든 언어』『초상들』『풍경들』등이 있고, 소설로『우리 시대의 화가』『여기, 우리가 만나는 곳』『G』『A가 X에게』『킹』, 삼부작 '그들의 노동에'『끈질긴 땅』『한때 유로파에서』『라일락과 깃발』이 있다.

김현우(金玄佑)는 1974년생으로, 연세대학교 영어영문학과를 졸업하고 동대학원 비교문학과 석사과정을 수료했다. 역서로『스티븐 킹 단편집』『행운아』『고딕의 영상시인 팀 버튼』『G』『로라, 시티』『알링턴파크 여자들의 어느 완벽한 하루』『A가 X에게』『벤투의 스케치북』『돈 혹은 한 남자의 자살 노트』『브래드쇼 가족 변주곡』『그레이트 하우스』『우리의 낯선 시간들에 대한 진실』『킹』『아내의 빈 방』『사진의 이해』『스모크』『우리가 아는 모든 언어』『초상들』, 삼부작 '그들의 노동에'『끈질긴 땅』『한때 유로파에서』『라일락과 깃발』등이 있다.

라일락과 깃발

노부인이 전하는 어느 도시 이야기

그들의 노동에 3

존 버거 | 김현우 옮김

초판1쇄 발행일 2019년 12월 25일
발행인 李起雄 발행처 悅話堂
전화 031-955-7000 팩스 031-955-7010
경기도 파주시 광인사길 25 파주출판도시
www.youlhwadang.co.kr yhdp@youlhwadang.co.kr
등록번호 제10-74호 등록일자 1971년 7월 2일
편집 이수정 장한을 디자인 박소영
인쇄 제책 (주)상지사피앤비

ISBN 978-89-301-0662-7 03840

Korean edition is published by arrangement with John Berger
Estate through Agencia Literaria Carmen Balcells, Barcelona, and
Duran Kim Agency, Seoul.

이 도서의 국립중앙도서관 출판예정도서목록(CIP)은
서지정보유통지원시스템 홈페이지(http://seoji.nl.go.kr)와
국가자료공동목록시스템(http://www.nl.go.kr/kolisnet)에서
이용하실 수 있습니다. (CIP제어번호: CIP2019048966)